山河枕
第二部・家燈暖
上卷
墨書白 著

目錄
CONTENTS

第一章　江北衛七郎

衛聽到這話，楚瑜不免笑了：「我去見長公主，能有什麼事兒？倒是你……」

說著，楚瑜抬頭看了外面一眼：「上來說話吧。」

衛韞低頭應聲，趕忙上了馬車。楚瑜讓了位子出來給衛韞，又給他倒了茶，慢慢道：「你和趙玥談得如何？」

「我給他提了三個要求，未來殺姚勇、給妳封一品誥命外加軍職、放我去北邊。」

衛韞說著，從楚瑜手中接過茶杯，像一隻大貓一般懶洋洋靠在車壁上，曲起一隻腿來，沒有半點規矩。

楚瑜輕輕拍他的膝蓋，笑著道：「哪兒學來的姿勢，沒規矩。」

「都不在人前，」衛韞嘟囔著坐直起來：「我就懶懶的也沒什麼呀。」

「也不是小孩子了。」楚瑜輕輕瞪他一眼。

這話衛韞聽著高興，撐著下巴道：「嫂嫂，我給妳討了個官當，高不高興？」

「費這個事兒做什麼？」

大楚以前也有過女將軍，給女子封軍職雖然不常見，但也不是頭一次。只是大多男子都希望能將自己家中女性的軍功記在自己頭上，鮮少有衛韞這樣外分出去的。

「我又不能往上爬，空拿了個虛銜，你當我還貪圖月銀不成？」

「倒也不是這個，」衛韞笑了笑：「不是妳的東西，我都想捧來給妳，更何況本就是妳的東西，那誰都不該搶走。」

聽到這話，楚瑜端著茶的動作頓了頓，她轉過頭看他，這話他漫不經心地隨口而出，便是他心底深處的本意了。楚瑜垂下眼眸，感覺自己內心有幾分不常見的波動，她勾了勾唇角，有些無奈道：「小七，你對我太好了。」

「不夠。」衛韞看著她，目光裡落滿了這個人：「始終不夠。」

楚瑜沒說話，明明兩個人都沒動，然而有那麼一瞬間，她卻覺得，這個人似乎正欺身上來，步步緊逼，讓她有幾分喘不過氣。

她輕咳了兩聲，調整一下氣氛，繼續道：「趙玥答應了嗎？」

「他說他想想。這在我意料之內，倒是長公主那邊，怎麼說？」

「長公主怕是有反意。」楚瑜認真開口，將長公主的計畫說出來：「她同我說，趙玥能忍到現在，絕非泛泛之輩，我們要找他的把柄怕是不容易。但趙玥對她心裡有結，她會好好利用姚勇和這個結。」

「反一個明君不容易，但反一個昏君，則是再容易不過了。」

楚瑜說到這裡，衛韞便明白了長公主的意思。

如今計畫分成兩步，一步是增加自己的實力，另一步則是抹黑趙玥的名聲，把趙玥逼成昏君。

衛韞沉默著沒說話，楚瑜從他眼中看出不忍，如果趙玥本是一個好人被逼成壞人，對衛韞來說，是太大的心理負擔。

「小七，」她嘆了口氣：「一個願意拿國家去謀取皇位的人，不會成為好皇帝。更何況，以長公主和趙玥的局面，無論你幫不幫長公主，這一步長公主都會走。」

說著，她抬手摸著衛韞的頭，認真道：「你不是神，每個人都會走很黑暗的路，走到哪裡，都是他自己的選擇。你救不了誰，你只能盡己所能，做好自己要做的事就可以。」

衛韞點頭應聲，他抬眼看她，微微一笑：「嫂嫂，謝謝妳，一直在我身邊。」

兩人一起回家，終於放鬆下來，回了房間倒下就睡。

第二天天還沒亮，衛韞又醒過來，穿上官服後，出門上朝。

出門前，他瞧見一個人影站在門口，他迷迷糊糊那麼一看，覺得有幾分熟悉，忙叫住衛夏，下巴朝著那人影的方向抬了抬道：「沈佑？」

「是呢。」衛夏小聲道：「管家說，他一回來，就每天來這門口守著。每天早上上朝前來一趟，下朝後來一趟。聽說他在咱們府邸斜對面租了個房，天天守在這裡。」

「守六夫人？」衛韞皺起眉頭。

衛夏見他不喜，有些猶豫道：「小侯爺不喜？那我讓人把他打過去……」

「罷了。」衛韞擺擺手：「他如今也是朝廷命官。」

如今衛韞知道沈佑是趙玥的人，對沈佑直接從間諜搖身成為少將軍的傳奇人生，也就不覺得奇怪了。

馬車將他搖搖晃晃送到宮門前，他下了馬車，看見邊上都是下了馬車正準備往裡走去的官員。見了衛韞，眾人紛紛上前問好，寒暄著詢問了幾句北狄的事後，一輛馬車疾馳而來，穩穩停住。所有人朝那馬車看過去，一位老者輕嗤一聲：「小人得志。」

說話間，衛韞看見顧楚生用笏板挑起車簾，慢慢走了下來。

站在衛韞身邊的老者靠近他幾分，用嘴朝著顧楚生努了努道：「瞧，那就是如今最得陛下盛寵的金部主事，顧楚生。您別瞧他如今只是金部主事，我同您說，這人啊，陛下完全把他當內閣的人在培養呢。」

聽到這話，衛韞神色動了動，面上回道：「顧大人的確有這個能力。」

老者露出嘲諷的笑，換了個話題，同衛韞說了幾句，便朝宮裡進去。

衛韞跟著來到廣場，按照各自的位置排列著進殿。進殿不久，便聽禮官唱喝，趙玥從外走了進來。

他坐到金座之上，所有人高呼萬歲，衛韞抬眼看他，男子始終保持著盈盈笑意，然而眉宇之間卻又有了一份之前看不到的貴氣。

這是多能忍的一個人。

衛韞垂下眼眸，跟著跪拜。

早朝開始的慣例，先報緊急之事，眾人討論後，就是各部門日常敘職，最後才到衛韞回來這樣看似無關緊要的小事。

君臣表面熱絡一番，衛韞簡短說了從天守關一戰開始到如今的始末，朝上之人聽得聚精會神，雖然早就有所耳聞，但聽當事人說起來，的確有幾分不一樣。

衛韞說完後，顧楚生開口道：「那如今看來，鎮北侯對北狄想必是十分瞭解了？」

「不算極其瞭解，但也大致清楚。」衛韞實話實說。

旁邊有一個漢子高興道：「那太好了，鎮北侯就按照之前的法子再殺上幾個來回，平了北狄就好了！」

「窮兵黷武不是好事，」一個老者順著鬍鬚道：「只要將這些蠻子驅逐出大楚即可，如今大楚修生養息才是正經。」

兩邊人爭執起來，朝堂上頓時一片混亂，趙玥靜靜聽著各方陳詞，許久後，卻是看向顧楚生，詢問道：「顧楚生，你如何看？」

「修生養息，利大楚如今，然而若能乘勝追擊滅了北狄，卻是利百年之大計。若按照鎮北侯所言以戰養戰，以大楚如今國庫來看，倒是可以一戰。臣以為，陛下不妨一試。」顧楚生說得穩穩當當。

趙玥點頭道：「愛卿說得極是，衛愛卿。」

「臣在。」

「你臨危受命，被任命為兵馬大元帥，如今便將此職繼續下去，北討北狄，保家衛國。」

「臣遵旨。」

「你衛家抗敵有功，大夫人楚瑜於戰場之上，巾幗不讓鬚眉，守鳳陵，闖王庭，斬蘇勇首級，戰功累累，為表嘉獎，特封衛楚氏為一品誥命，賜名昭華，賞封地寧縣，並擢為正五品南城軍校尉。」

「臣謝過陛下聖恩！」

「衛愛卿，」趙玥從高臺上走下來，親自扶起衛韞，面露鄭重之色：「這大楚的國運，朕就交到你手中了。」

「陛下放心，」衛韞抬眼看他，眼中飽含熱切：「臣拋頭顱灑熱血，也絕不辜負陛下一片苦心！」

「好！」趙玥豪氣道：「朕相信愛卿，必會帶來嶄新的大楚。愛卿在戰場上大可放心，後方之事，朕會一律處理妥帖，愛卿的家人，朕也會親自照拂，讓愛卿絕無後顧之憂！」

聽到這話，衛韞眼中一冷，然而面上仍舊是一副君賢臣忠的模樣，感激道：「謝陛下！」

衛韞在大殿裡前腳剛被封賞，後腳聖旨就送到了衛府。楚瑜帶著人換上正式場合穿的華服，同柳雪陽、蔣純等人一起跪在大門口接了冊封聖旨。楚瑜早已知道會有這樣一遭，並沒有十分意外。然而當楚瑜接著聖旨回了大堂，關上家門，衛府裡卻瘋了一般。柳雪陽高興壞了，握著楚瑜的手往前走著道：「妳也是運道好了，我熬這個一品誥命，熬了至少十年。妳如今才幾歲，便是一品誥命了，這真是小七出息了。」

楚瑜笑了笑，沒有多說，旁邊長月卻有些不滿地撇了撇嘴。

楚瑜同柳雪陽隨便說了幾句，便回頭去找蔣純，吩咐蔣純將衛韞要出門的東西準備好。

蔣純一面記錄著一面覺得奇怪：「怎的才回來，又要出去了？而且妳做這些準備，怎麼像他要在外面住好幾年一樣？」

楚瑜笑了笑：「打仗這事兒，有時候不就是好幾年嗎？妥帖一點比較好。」

蔣純點點頭，倒也沒有深想，只是將楚瑜說的都記下。

等衛韞到了屋裡，將蔣純叫過來吩咐自己要去北方的行程時，蔣純抿嘴笑了笑：「阿瑜已經吩咐過了。」

衛韞微微一愣，隨後點了點頭。蔣純將楚瑜寫的清單給了衛韞：「她讓準備的東西就是這些，你看有什麼不夠的，我們去補。」

衛韞從蔣純手裡接過紙，低頭看了上面的字。

字跡沉穩內斂，然而仔細看時，便會發現這份內斂沉穩裡，帶著幾分輕狂張揚。只是這份輕狂張揚被包裹在那規規矩矩的沉穩裡，不用心很難發現。

衛韞忍不住勾起嘴角，連寫了什麼都沒多看。

蔣純靜靜看著他，端詳著衛韞的表情，她想說什麼，卻欲言又止，只是道：「你看還有沒有其他需要填補的……」

「二嫂看著辦吧，」衛韞將紙還給蔣純，語氣裡帶著幾分迫不及待道：「我去看看大嫂。」

說著他便轉過身，帶著滿身歡欣去找楚瑜。

蔣純看著衛韞的模樣，皺了皺眉頭。

衛韞到了楚瑜房門前，看見楚瑜正跪坐在案牘前寫字。她旁邊睡了隻白色的貓兒，那貓是他之前送她的，如今已經長大了，整日無精打采的模樣。

衛韞站在楚瑜房門前，目光落到那貓兒身上：「嫂嫂，練字呢？」

「回來了？」楚瑜在紙上轉過筆鋒，抬眼看向晚月，晚月便去倒了水來，楚瑜一面淨手，一面招呼著衛韞坐下，聲音徐徐緩緩敘著家常：「你看上去似乎很高興，高興些什麼呢？」

「夫人。」衛韞突然開口，楚瑜的手微微顫抖了一下，衛韞笑著看她，認真叫全了他要說的話：「昭華夫人。」

楚瑜反應過來，狂跳了幾分的心瞬間平靜下來，她收回視線，低頭看著水盆裡的自己，搓洗著自己的手道：「這有什麼好高興的？」

「這是第一步。」衛韞神色認真。楚瑜從長月手中接過帕子，擦乾自己的手。聽衛韞慢慢道：「許諾給嫂嫂的所有，我會一步一步做到。」

其實這些話算不上幼稚，然而楚瑜聽著時，卻總覺得像個孩子似的。孩子的心思最純，不管他說這話能不能做到，然而他說話時「想對你好」的乾淨內心，卻是真真正正，實實在在。

楚瑜輕輕笑了，低頭將話題轉了過去，兩人有一搭沒一搭聊著天，衛韞便讓衛夏將公務都搬了過來，同楚瑜一面聊天，一面處理自己的事。

等到了夜裡，兩人都懶得出去，衛韞便讓衛夏將飯菜端到房間裡來，兩人就著一張桌子，一面說話，一面吃飯。

此時已是月上柳梢，涼風習習，兩人毫無規矩，你吃我的菜，我吃你的菜，一路說著玩笑話，氣氛十分融洽。

等吃完飯後，楚瑜繼續看自己的書，衛韞閒著沒事兒，便睡在楚瑜邊上，將手枕在腦下，看著外面的月亮，慢慢道：「其實和嫂嫂在北狄那段日子，我覺得挺開心的。」

楚瑜抬眼看他，衛韞神色裡滿是懷念：「北狄的天很清透，地很廣，人很少。」所以一切都會格外凸顯，比如重要的人，重要的事。

「還有，」楚瑜笑起來：「姑娘很漂亮。」

衛韞側過身，手枕在自己側臉，抬眼看著她。

他的目光太直接，楚瑜竟覺得有那麼幾分不好意思，垂頭道：「看我做什麼？」

「看了一下，」衛韞想了想：「妳比北狄姑娘漂亮多了，當時還是覺得妳漂亮，和北狄沒多大關係。」

聽了這話，楚瑜奇怪地看他一眼：「你比這個做什麼？」

衛韞笑了笑，沒有說話。

兩人有一搭沒一搭說著話，蔣純提著燈籠從外面走來。才拐進院子，就看見躺在楚瑜身邊，正和楚瑜說話的衛韞。

兩個人眉飛色舞，神采飛揚。蔣純靜靜看了一會兒，皺起眉頭。

衛夏及時發現，趕緊上前道：「二夫人可是要找小侯爺和大夫人？」

蔣純沒說話，她盯著正堂裡的人，甚至還抬起手，做出讓衛夏不要說話的姿勢。

衛夏想去提醒楚瑜，卻怕一切太過明顯。他只能咬著牙頂在前方，小心翼翼觀察著蔣純。

而蔣純看著兩人互動，抿了抿唇，終於開口：「不要驚動他們，我在這裡等小侯爺。」

這話出來，衛夏頓時緊張起來，然而蔣純在衛家畢竟是主子，他不敢表示什麼，只能站在一旁候著，拼命給遠處站在門口的衛秋使著眼色，衛秋看著他擠眉弄眼，片刻後，嫌棄地扭過頭去。

衛夏：「……」

蔣純站在長廊裡看了一會兒，楚瑜和衛韞一直在說話，兩人倒沒什麼違矩的動作，然而那氣氛卻浮動著如花香一般柔軟的情愫。蔣純瞧著他們，目光平靜，等了許久後，蔣純突然開口：「他們平日一貫如此？」

衛夏明白蔣純是在說什麼，他不是個傻的，早就明白了許多，此刻卻只能裝著傻道：「二夫人問的什麼？是侯爺和大夫人相處嗎？侯爺年紀小，對大夫人多依賴些……」

「你這是在糊弄誰呢？」蔣純氣得笑出聲，轉頭看著衛夏：「他年紀小，你年紀也小嗎？我問的是什麼，你不清楚嗎？非要我說出來，讓大家臉上都過不去？」

「奴才真不知道二夫人在說什麼。」衛夏被罵得臉色也不太好看。

蔣純抿著唇不說話，她盯著衛夏，片刻後，終於道：「你先退下。」

衛夏應了聲是，轉身站到一旁。

衛韞在屋裡枕著手和楚瑜聊天，有一搭沒一搭。

正事說完了說些趣事，說到半夜，衛韞打了個哈欠，楚瑜看了看天色，同他道：「回去睡吧，你也累了。」

衛韞從地上起來，打著哈欠道：「那我去了，嫂嫂好好歇息。」

說著，衛韞撿了自己的披風，走出門。走出楚瑜的院子，轉過長廊，衛韞便看見一個人站在長廊中間，提燈等著他。

她穿著青白色繡花外袍、月白色底衫，婦人髮髻讓她顯得莊重沉穩，哪怕如今她不過二十出頭。

衛韞瞧見她，不由得有些詫異，小心翼翼叫了聲：「二嫂？」

蔣純點了點頭，招了招手，衛韞到蔣純身邊，恭敬道：「二嫂可是有事吩咐？」

兩人並肩走在長廊上，蔣純慢慢道：「你兄長去之前，總同我說，諸位兄弟，他最擔心你，你這個人性子執拗，不知變通，打小就是，要什麼，就一定得要到。」

衛韞點點頭，神色越發恭敬。蔣純繼續道：「可是小七，這世上的事兒吧，不是你想要，就一定得去拿。」

衛韞愣了愣，他抬起頭，看著蔣純：「嫂嫂有什麼要說的，便直說吧，您這樣拐彎抹角，我聽不明白。」

蔣純點點頭，抬頭看了看天色：「此時何時？」

衛韞不明其意，誠實回答：「亥時。」

「不若去我房裡坐一坐吧。」蔣純輕飄飄道。

衛韞有一瞬間呆滯，隨後結巴道：「如今夜深，嫂嫂有事不如明日……」

「為什麼不去我房裡呢？」蔣純停住步子，轉頭看他，目色平靜。

衛韞覺得有些尷尬，憋了半天終於道：「如今夜深了，我去嫂嫂閨房怕是不合適……」

「既然知道不合適，為何還待在你大嫂那裡？」

聽到這話，衛韞終於反應過來，蔣純拐這麼大個彎是做什麼。這話一出，方才說的話好似巴掌，一巴掌抽在他臉上。蔣純雖然什麼都沒說，衛韞卻覺得臉又燒又疼，他低著頭，有些不知所措。

蔣純轉頭看向身邊的下人，揮了揮手，便將所有人退了下去。

「小七，」她嘆息，「你實話同我說，你……是不是喜歡你大嫂？」

衛韞僵住身子，蔣純瞧著他，目光溫和，「小七，喜歡一個人的時候，舉手投足都藏不住。我在你二哥掀開我蓋頭時，就覺得喜歡他，後來每天我瞧著他就高興，可我不想讓他知道自己這份心思，於是總是藏著掖著。可是所有人卻都看得出來，我喜歡這個人。」

「你還小，」蔣純眼裡有些苦澀，彷彿想起自己當年：「我瞧著你，就好像看見當年的自己。」

「我……」

衛韞急急開口，似乎想解釋，然而他又止住聲音，停在那裡。許久後，他深吸一口氣，抬頭看向蔣純。

「對，」他認真道：「我喜歡楚瑜。」

蔣純平靜地看著他，衛韞慢慢道：「我知道我不該對不起我哥，所以我想了很久，忍了很多次。可您說得對，我從小，就是我要什麼，就不會放手。只是我不是一定要得到，我念著她，掛著她，但我只是希望她過得好，我沒想過，一定要用我這份心思，去干擾她什麼。」

蔣純神色溫和，沒有半分怪罪，然而言語之間，卻帶著審問：「你不干擾她什麼，可若是她喜歡你呢？」

衛韞愣愣看著蔣純，完全沒想過，蔣純靜靜看著他：「若你喜歡她，她也喜歡你，那這件事，還與她無關嗎？」

「若她喜歡我……」衛韞抿緊了唇：「二嫂，她這輩子，所有喜歡的東西，我都會幫她得到。」

說著，他抬眼看著蔣純，目光堅定：「包括我。」

蔣純沒說話，她看著衛韞，許久後，她輕輕笑了，「小七，你知道嗎，任何一個姑娘聽到你這話，都會心動。」

衛韞聽著她的話，蔣純眼裡帶著幾分無奈，她與衛韞一面踱步，一面漫不經心道：「可是這不一定是好事。阿瑜與你年紀雖然相去不多，可她之心智，卻與你截然不同。我年長你們許多，你在我眼中，尚還是個少年，可我面對阿瑜，卻覺得哪怕她年長於我，我都不奇怪。」

「她心智比你成熟得多，而且心思細膩得多，我與她能成為姐妹，就是因為我們之間許多事十分相似。」說著，蔣純停下步子，抬首看向樹梢上一片搖搖欲墜的葉子，慢聲開口：「比如感情。」

「對於女子而言，投入一份感情，向來需要更多勇氣，因為我們會有更多犧牲。如果阿瑜同你在一起，她要面對的不僅是普通女子要面對的生育養家，她還要面對流言蜚語，這一輩子，無論她多好、多優秀，戳著脊梁骨的指責都會永遠伴隨著她。你能想像那些話語能有多難聽嗎？」

蔣純轉頭看他，衛韞抿著唇，捏緊了拳頭，蔣純用溫和的聲音，說出那些市井言語：「無論你們是怎樣，他們都會說她對不起你哥哥，會揣測你與她或許在你哥哥還在時就有染，會說她舉止不檢，會說你們罔顧人倫……」

「你們的感情再乾淨，在這世間，都是髒。」

「你們自詡沒有傷害任何人，可是對於這世間而言，都必須要用你們兩人的痛苦，去祭奠你大哥。」

衛韞沉默不言，他其實早做好了準備，然而在聽蔣純說這些話時，想像著這些話落到楚瑜身上，他便覺得唇齒之間泛著苦澀。

蔣純的話語已是委婉，若是他人說出口來，他不知道自己會做什麼。

他沉默不語，蔣純輕聲嘆息：「可是小七，其實這些都不是最可怕的。」

「這些對於我與阿瑜來說，都不算最艱難，我們可以扛過自己的內心，也能熬過人言，可最怕的是，當我們付出這一切之後，你們卻從少年意氣裡醒過來。」

衛韞愣愣地看著蔣純，蔣純苦澀笑開：「人心易變，更何況你如此年少。你如今說你喜歡她，可是小七，你分得清喜歡、依賴、獨占欲甚至是欲念嗎？」

「我……」

衛韞急切地想要解釋，然而蔣純卻定定看著他：「你不必告訴我答案，你只要知道，大多數男人在許諾的那一刻，都是真心實意。可是在未來離開那一刻，也是真心實意。」

「如果你讓阿瑜跋涉千里到你面前，卻又輕易轉身離開，你讓阿瑜怎麼辦？」

衛韞止住聲音，他靜靜看著蔣純，蔣純目光冷靜從容，她看著衛韞，平靜道：「所以小七，不要去引誘她。」

「我沒有……」衛韞乾澀出口。

蔣純輕輕摘下樹葉：「如果沒有，日後你做每一件事都想一想，這個人如果是我，你會不會做。」

「叔嫂之禮是什麼樣子，我想你比我清楚。」

衛韞沒說話，蔣純轉過身，輕輕彈開葉子上的露珠，淡道：「夜深了，小侯爺去睡吧。」

「二嫂……」衛韞沙啞著聲：「妳說我不知道自己喜不喜歡她，那妳告訴我，怎麼樣，我才算喜歡她？」

蔣純背對著他，看著明月。

「等你長大吧。」

「那怎麼樣，我才算長大？」

「小七，」蔣純轉過頭，靜靜看著眼裡帶著茫然的少年：「去一個沒有她的地方，你不要看見她，不要受任何人叨擾，你就那麼安安靜靜待著，去看很多女孩子，去見很多人。你會發現天下之大，有很多人都很好。你甚至可以去嘗試一段感情，這都沒有關係。」

「如果你看過了這個世界，發現你要的還是那個人，」蔣純靜靜看著他，神色複雜，許久後，她才開口：「那就看那時候的你，怎麼想了。」

衛韞沒說話，蔣純看著他，嘆了口氣：「今日的事我會瞞著，你不用擔心，先去睡吧。」

說完，蔣純轉過身，先行離開。

衛韞站在長廊，好久後，他終於道：「衛夏。」

「奴才在。」衛夏上前。

衛韞轉頭看他：「你們看我，是不是總覺得我是個孩子？」

「小侯爺，」衛夏輕聲嘆息：「謀略征戰，琴棋書畫，這些都可以從書本學習，靠天賦速成，唯獨感情這件事，沒有捷徑可言。」

「你覺得二嫂說得有道理？」衛韞輕笑。

衛夏沒說話，衛秋慢慢道：「其實侯爺何必苦惱呢？」

他靜靜看著衛韞：「反正，您要去北方了，不是嗎？」

衛韞聽著衛秋的話，許久後，他輕輕一笑，抬頭看著那輪明月，慢慢道：「是啊，我要去北方了。」

其實蔣純說得對，此刻他顛沛流離，沒辦法讓楚瑜躲過人言，也無法確認自己的內心。

他自己幼稚年少，自己知道。

他抬眼望向北方。

等他回來……

他大概，也就長大了。

衛韞去北方這事兒，雖然定得很早，然而楚瑜卻沒想到，他走得這麼急。

楚瑜甚至沒來得及反應，衛韞已經準備好了啟程的日子，飯桌上說起第二日就走時，楚瑜還有幾分恍惚，不由得開口道：「這樣急的嗎？」

「如今戰事雖然算不上緊急，但能早點去也是好的。」衛韞語氣恭敬。

楚瑜呆了呆，隨後木木地點了頭道：「也是……」

蔣純抬頭瞧了楚瑜一眼，笑著道：「小七早點去也好，早點去，就能早點回來了。」

聽到這話，楚瑜才勉強恢復笑意：「說的是呢。」

等到了晚間，楚瑜在自己房裡坐立難安。想了許久，她還是起身，來到衛韞房前。

衛韞正在收拾自己的東西，楚瑜站在門口，看他忙碌。

她也沒說話，就扶著房門瞧著他，衛韞感知到她的存在，抬起頭來就看見她。

她頭髮散披著，身上隨意地穿著白色的紗衣，在月光下顯得格外明亮。不施粉黛的臉上眉頭緊鎖，活生生將平日那個活蹦亂跳的姑娘襯出幾分羸弱來。

衛韞看著她就愣了，許久後才反應過來，笑了笑道：「嫂嫂來了？」

「嗯。」楚瑜走進來，看著他的包裹道：「我來看看你有沒有什麼沒帶的。」

「都準備好了。」衛韞笑著道：「嫂嫂不用操心，二嫂做事兒一向穩妥。」

這話出來，楚瑜竟不知道要說什麼。

似乎本就是沒什麼理由的，如今沒有言語，只能站著。

過往從來都是衛韞同她找話，今天驟然不找了，她頭一次發現自己言語的貧瘠。

兩人沉默了許久，她乾巴巴道：「都撿好了就好……那我就回去了。你早點休息。」

「謝嫂子關心。」

衛韞恭敬地說完這些話，楚瑜點了點頭，轉身回去，她踏出門口，又覺得有那麼幾分不對，回過頭，看見衛韞站在她身後不遠處，微微低著頭，神色滿是敬重。

這樣的姿態讓人挑不出錯，楚瑜卻直覺覺得有幾分不對，她也說不上來是什麼地方出了差錯，於是沉默片刻後，她慢慢道：「小七，可是我有什麼地方做得不對？」

衛韞抬頭看著楚瑜，笑著道：「嫂嫂為什麼這樣說？」

那你……為什麼突然這麼恭敬了？

楚瑜想問，可是再怎樣遲鈍，也知道這話不是該出口的。一個小叔對長嫂恭敬有禮，這有什麼錯？她若問出來，這才是笑話了。

於是她搖了搖頭道：「是我多想了。」

衛韞也沒問她多想什麼，就恭恭敬敬站著，聽著楚瑜囑咐了幾句「好好照顧自己，戰場上別太冒失」之類的話，乖巧地應了之後，送楚瑜走出門。

楚瑜走了幾步，又忍不住回頭。

「小七，」她小心翼翼道：「我會給你寫信，你多給我回信，好嗎？」

「好」字差點脫口而出，然而衛韞抿了抿唇，終於還是停住，只是道：「嫂嫂放心，我會給家裡報平安。」

給家裡報平安，和給她回信，這是截然不同的事情。楚瑜聽著，明白衛韞知道她的意思，而對方明確拒絕了她的要求。

她其實是個很有脾氣的人，於是她笑了笑，也沒糾纏，點頭道：「好。」

說著，她轉過身去，沒再回頭，果決又平靜地走了出去。

等她的身影消失了，衛韞回到屋裡，端了桌上的茶抿了一口，隨後將那茶杯狠狠甩在地上。

衛夏焦急地探頭進來：「侯爺，怎麼了？」

「茶是冷的，」衛韞盯著衛夏，咬牙切齒，衛夏有些茫然，衛韞怒喝，「是冷的！你們怎麼做事兒的，這麼冷的茶你還端來讓我喝，我要你有何用！」

「那……我給您換杯熱茶？」

「你想燙死我嗎？」

「那……我給您換杯冷茶？」

「你想冷死我嗎？」

「小侯爺，」衛夏有些無奈了：「您這是拿奴才尋開心呢？」

「你難道沒錯嗎？」衛韞盯著衛夏，提著聲音。

衛夏：「……」

片刻後，他反應過來了，輕咳一聲道：「侯爺，都是我們的錯，您別生氣了，您再生氣，要不我請大夫人來勸一勸？」

衛韞這次不理他了，「碰」一下關上了大門。

衛秋默默看著衛夏，衛夏輕咳一聲，小聲說道：「挺矯情是吧？」

衛秋點點頭：「和你一樣。」

衛夏：「……」

為什麼走哪兒他都被懟？

楚瑜一路走回屋裡，慢慢冷靜下來。

算起來衛韞也不算做錯什麼，他不過是對她恭敬了一些，這有什麼好生氣的呢？

或許是在北狄肆意慣了，就覺得華京裡這些規矩變得格外冷漠，讓人有一種從心底升起的寒意，涼得人心發寒。

她克制住心底那份難受，力圖讓自己接受這樣的衛韞。

一個恭敬有禮的鎮國候，這對誰來說都不是壞事。

然而饒是如此，她仍舊是一夜難眠，第二天清晨起來，衛韞已經準備好出門。長月侍奉她起床，給她穿著衣服道：「夫人怎的這樣沒精神？」

楚瑜懶懶瞧了她一眼，應了聲道：「睏。」

「您還沒睡夠啊？昨夜不也睡得挺早嗎？」

楚瑜話不多，淡道：「沒睡好。」

長月笑了笑：「您也有沒睡好的時候啊？」

楚瑜點點頭，沒說話了。

而後她出門去，大夥兒都已經在大門口等著，衛韞站在門前，同柳雪陽說著話，楚瑜走上前，他抬起頭看見楚瑜，目光落在楚瑜臉上，有片刻愣神，隨後便笑起來：「嫂嫂精神頭似乎不大好？」

楚瑜也笑了：「昨夜悶熱，睡不好。」

說著，她看了外面隊伍一眼：「都準備好了？」

「好了。」蔣純插了話。

楚瑜點點頭，目光落在躲在人群裡的沈無雙身上。她有些疑惑地看向衛韞，衛韞明白她在問什麼，開口道：「他本來就是大夫，我帶著方便，而且，他在京中，也不方便。」

他與趙玥有仇，不改頭換面，被認出來就不好了。

楚瑜明白衛韞的顧慮，點頭道：「可有其他吩咐？」

衛韞想了片刻，其實該安排好的，都安排好了，帳本人手他早就交給了楚瑜，要做的事也告訴了她。於是他道：「沒什麼了。」

兩人的話都很蒼白，衛韞同她說完，便回頭安撫柳雪陽。柳雪陽含著眼淚，哭哭啼啼，衛韞說了好一陣子，到了出發的時間，他終於上馬去。

從馬上回頭時，衛家一家子站在門前，楚瑜和柳雪陽領著眾人站得筆直，說是送別，倒不如說像等他回來。

楚瑜神色淡淡的，一如他當初從白帝谷回來時那樣，沉穩又安寧，頭頂著剛勁有力的「衛府」二字，用一種意外的柔弱，撐起了這個牌匾。

衛韞瞧著她，突然理解了楚臨陽為何從來不讓家人送別。

家人來送，就會捨不得走。

可再捨不得也要捨得，於是衛韞轉過頭，打馬揚鞭，冒著晨雨衝了出去。

柳雪陽看著他的背影，終於忍不住，那嚶嚶啜泣之聲驟轉為疾風大雨。楚瑜扶住柳雪陽，嘆了口氣道：「婆婆，小七會好好回來的。」

柳雪陽泣不成聲，她慣來是這樣愛哭的性子，她喪夫喪子，如今兒子好不容易平安歸來，又要回去，難免傷懷。

柳雪陽哭了一個早上，終於哭累了。楚瑜服侍著柳雪陽睡下之後，便回了自己的房間。房間裡積累著厚厚的帳本和文件，裡面全是與衛府有關的事。

之前她在蘭郡買的地，天守關失守之後，貴族大量湧入蘭郡，她讓人適時脫手，以五倍價格把地都賣了出去，還清了楚臨陽的錢之餘，還剩下一些。

於是她拿著這些錢開了賭場和青樓，又建立了私塾，專門教授戰亂裡走投無路的孩子，培養來當衛府的家臣。一連串事情做下來，忙得不可開交。

這些帳本厚厚的，她一本一本翻過去。一翻翻過了盛夏，再翻翻過了寒冬。

等到這些產業給衛府提供有力的經濟來源時，已經是元和四年的春日了。

這時候，北狄和大楚已經打了近五年，而衛韞也去了戰場四年。

衛韞去了戰場之後，便同楚臨陽宋世瀾商議，他再帶輕騎入北狄，在後方騷擾，而楚臨陽和宋世瀾正面進攻。這一次衛韞去北狄和上一次去不同，他準備了兩萬精兵，帶上了指南針以及一切軍需，又配著活地圖圖索和大夫沈無雙。第一次進去，就把北狄攪了個翻天覆地。

四年之間，衛韞一共北入腹地五次，他的士兵折損率極高，然而每次去，都是大獲全勝而歸。

他常年在北狄，很少給家裡書信，就算來了信，也只有兩個字——平安。

他的種種，楚瑜大多從楚臨陽的信裡瞭解。

楚臨陽說衛韞是天賜將才，判斷時機極其精確，打法也是出其不意。

他說因有了衛韞，大楚打得極為順利，如今已經盡收失地。

他說北狄突襲江城一戰，衛韞以少勝多，於萬軍之中獨挑七員悍將，連取七人首級掛在馬前。

這戰打得艱難，也在這場戰爭之後，戰場局面有了定勢，北狄的攻勢再難猛烈，不過垂死掙扎。而衛韞也因此名聲大噪，得了許多姑娘愛慕、敵軍欽佩。

那白馬銀槍的帥氣姿態，從北方說書人的口裡，傳到了華京說書人的口中。

楚瑜和蔣純平日的樂子，就是去茶樓聽說書人說戰場上的故事，猶愛聽衛韞殺七將那一段。

「當時是，那將領獨騎而來，馬是汗血寶馬，槍是雕龍銀槍，頭頂玉冠鑲珠，腳踩彩雲戰靴，眉如筆繪眼似點漆，膚如凝脂唇似含櫻，眾人皆嘆，哎呀呀，真是好俊的小將軍！」

「……只見那將軍長槍橫掃而過，人頭飛起一片，血似山洪傾斜噴湧而出，一發不可收拾。眾人驚喝，這是哪位將軍如此神勇啊？」說著，說書先生一頓，瞧著眾人道：「諸君可知啊？」

楚瑜嗑著瓜子，含笑瞧向北方。

這日春光正好，天空碧藍如洗，她聽著滿堂人一起叫出那名字——衛七郎。

鳥雀被聲音驚得振翅飛起。

楚瑜看著那陽光下的鳥雀，聽著他的名字。

江北衛七郎。

楚瑜聽完說書，同蔣純一起散著步往家裡走去。

前線如今已經推到了北狄，有衛韞、楚臨陽等人在前線，顧楚生和趙玥在後方，大楚的局勢已經大致安定下來，華京恢復了戰前的模樣，甚至因為許多流民安家落戶，繁榮更勝往昔，街上人來人往，熙熙攘攘。

「小七上前線也四年了，不知道這仗什麼時候才打完，婆婆近來精神越發不好，總惦念著小七。」蔣純瞧著路過的行人，感嘆道：「其實如今也安定了，這仗打不打，似乎也沒有多大意義了。」

「話不能這樣說，」一個女孩撞到楚瑜身上，楚瑜扶穩她，平靜道：「被人打了，若就這樣算了，下次他便總想著再打你。他打了你，你要是能把他打怕，他便會敬懼你。」

蔣純抬眼看著路上的人，想了想，嘆了口氣道：「也是，就是百姓太苦。」

楚瑜也有些無奈：「是啊。」

「你們在徐州買的地，聽聞收成不錯？」

說起百姓，蔣純就想起當初楚瑜收留那些流民。當初衛韞同楚臨陽借錢，在徐州買下大量土地，而後又將流民送了過去，那些流民安居樂業，成了長工，而土地也在這四年開墾出來，大批糧食送出來，售往全國各地。

蔣純知道楚瑜在忙碌這些，每日衛府人來人往，如今蔣純掌管著府裡的財物，負責節流，而楚瑜則一手操持著衛府所有資產，負責開源。

除了開源，楚瑜也訓練了大批家臣，鳳陵城後，韓閔跟著楚錦回了華京，他父親韓秀也跟著去了楚府，隱姓埋名。等楚瑜安定下來後，就將韓秀和他的弟子一起接了過來，負責研製武器。

只是這些事做得隱蔽，蔣純大多不知曉，只看見楚瑜每日忙忙碌碌，還以為她是為了錢的事憂心。

於是她說起那些安放在徐州的流民，得到楚瑜點頭後，她趁這機會道：「其實衛府如今不缺錢，妳也不用太操心，錢這些東西，看開就好。」

楚瑜笑笑，並沒有說話。

未來要往哪裡走，衛府不知道，所以她得早早做好準備，等著那天到來。

蔣純見楚瑜不說話，還想出聲，就聽見身後響起一個聲音：「昭華夫人。」

兩人轉過頭去，便看見一襲青衫的顧楚生站在她們二人身後。

他頭上戴著頭巾，手裡拿著幾本書，看上去就像個俊美書生，絲毫不見半分官威。

楚瑜和蔣純輕笑，行了禮道：「見過顧大人。」

顧楚生打量兩人一下，明瞭幾分：「今日逛街？」

「是好天氣。」楚瑜隨意答話，將目光落在顧楚生提著的書上，那些書都是些志怪故事，她記得顧楚生十四歲之前很喜歡看這些，家變之後便沒再看過，誰曾想重來一次，她卻能在二十歲的顧楚生手中，看到這些散書。

顧楚生見楚瑜看著他手裡的書，便明白過來，竟有幾分不好意思，似是覺得自己這麼不務正業的模樣被楚瑜瞧著，有幾分不妥。於是他輕咳了一聲，解釋道：「我也就是閒暇時看看，平日朝中忙碌，不看這些。」

聽到顧楚生說這話，楚瑜不免笑了，慢慢道：「其實也沒什麼，人總要有休息的時候，得知顧大人有這樣的情趣，我倒覺得十分可愛。我也愛看這些故事，這本《小山記》，我年少曾喜愛過。」

「巧了。」顧楚生笑道：「今日選的書裡，我最喜歡的，便是這本《小山記》。」

「這本書挺長的，你怕是要看很久，你如今……」楚瑜說著，驟然想起來：「這才想起來，聽聞你近日升為禮部尚書，倒是忘了恭喜。」

大楚入內閣，必由禮部尚書升遷過去。當上禮部尚書，也就意味著下一步就是內閣了。如今顧楚生年少不過弱冠，卻已經位於此位，可見趙玥盛寵。

顧楚生倒沒覺得有什麼值得誇讚，然而楚瑜恭喜他，他竟有幾分不好意思起來。他輕咳了一聲：「都是虛名，平白多了許多事。」

說著，他轉頭道：「相親不如偶遇，今日天色尚早，不如我請二位夫人吃個飯吧？」

聽到這話，楚瑜遲疑片刻，正要開口拒絕，便聽蔣純道：「也好，正覺得餓了呢。」

說著，她拉著楚瑜便往一旁酒樓走去，笑著道：「我瞧這家就不錯，走吧。」

楚瑜不好當眾拂了蔣純面子，也覺得無奈，只能隨著蔣純一起，帶著顧楚生進了酒樓。

三人單獨要了雅間，進了房中。顧楚生先點了菜，隨後才轉頭同楚瑜道：「二位夫人不必太過拘謹，朝中如今有些前線的消息，我也是想同二位夫人說一說，這才單獨請了二位。若有不周之處，還望見諒。」

聽見是關於衛韞的消息，楚瑜心中那份尷尬終於散了些。她舒了口氣道：「前線如何了？」

「陛下近日同我商量，」顧楚生瞧著楚瑜，慢慢道：「想與北狄議和。」

楚瑜皺起眉頭，顧楚生繼續道：「如今大楚國內已經安定，戰線也推到北方。陛下覺得，如今再打下去，不過是平白耗費人力。妳也知道，衛韞如今輔佐圖索吞併了北狄大半部分部落，圖索很可能會和蘇家敵對稱王，其實如今的北狄，只需要放他們狗咬狗就夠了，不必再干涉過多。」

楚瑜沒說話，她靜靜聽著，蔣純起身笑著道：「你們先聊，我出去行個方便。」

楚瑜思索著顧楚生的話，點了點頭，也沒多問。

等蔣純走後，顧楚生舒了口氣，內容大膽了許多：「其實如今圖索雖然吞併了一些部落，但完全沒有與蘇查抗衡的能力。蘇查前年殺了蘇燦之後，吞併了查圖部落，北狄上下一心，士氣大增，一旦大楚撤兵，圖索必敗無疑。然而北狄打到現在，要麼我們將圖索扶上去，簽訂盟約。要麼就要澈底將他們打垮。」

「這些話你沒同陛下說？」

「陛下是什麼意思，妳不清楚嗎？」顧楚生眼裡閃過冷意：「他如今想要衛韞回來，完全是因為他覺得自己制不住衛韞，不能放縱衛韞繼續在外了。」

「他放人走的時候不是很爽快？」楚瑜冷笑。

顧楚生平靜回答：「是因為他覺得，此時此刻，他能收得回來。」

楚瑜沒說話，趙玥再如何混帳，如今依舊是君主，十二道軍令下去，除非衛韞當場反了，否則還是要回來。

她抿了抿唇，心裡思索著如何行事。顧楚生靜靜瞧著她沉思的模樣。

他鮮少有這樣安靜打量她的時光，如今看她在陽光下，安靜又溫和地想著事情，他就覺得內心一片溫暖。

他好像一個走了很遠很遠路的旅人，從骨子裡想要一份安定，而對於他而言，這份安定除了這個人，誰都不能給。而這個人哪怕只是靜靜坐在他身邊，他都能感受到他求了兩輩子的感覺。

楚瑜思索了一會兒，心裡大概有了底，她抬起頭，真誠道：「雖然不知道你的目的是什麼，但也謝謝你了。」

顧楚生搖搖頭，沒有多說。

一方面是他答應過衛韞，在他回來之前不會做太多。另一方面是他知道，如今的楚瑜在感情上就像一隻小心翼翼的貓兒，你不能驚著她，得守著她，守到她自己從那個黑漆漆的窩裡走出來。

楚瑜又詳細問了顧楚生幾句宮中趙玥的情況，點心便都上了，楚瑜招呼著顧楚生吃東西，這才想起來，蔣純一去不回。

楚瑜有些奇怪：「你們夫人可說去做什麼了？」

「夫人說她買太多東西有些累了，還請顧大人送大夫人回去。」

聽到這話，楚瑜便明白蔣純要做什麼了。她有些無奈，卻聽顧楚生道：「先吃吧，吃了後我送妳回去。」

「不必……」

「阿瑜，」顧楚生嘆了口氣，靜靜瞧她：「其實妳我不必如此生分，妳就當我是個故人，年少朋友，有這麼難嗎？」

這話讓楚瑜有些無所適從，她瞧著顧楚生有些感慨的模樣，許久後，嘆了口氣道：「我試試吧。」

說完後，兩人一面吃東西，一面聊著天。

等出門時，這才發現原本還清朗著的天氣，竟下起了小雨。楚瑜無傘，馬車又被蔣純帶了回去，只能乘顧楚生的馬車回府。

顧楚生送她上車，自己卻沒上車。楚瑜本以為他先回去，心裡舒了口氣，靠在馬車上，靜靜消化著顧楚生的話。

衛韞讓趙玥感覺到威脅，趙玥想要召回他，如今她得給趙玥製造點麻煩，讓趙玥無心做這件事。

而這樣的事，她需得進宮一趟，同長公主商議才是。

想到長公主，她立刻起身，捲了馬車窗簾，想要吩咐人掉頭往皇宮去。

然而她才捲開窗簾，叫了聲：「來人。」

接著便看見青衫青年駕馬上前一步，彎著腰道：「怎的了？」

他沒打傘，細雨早已濕透了衣衫。頭髮沾了水，凝在他臉上。然而狼狽如斯，他卻仍帶著一種如玉般的平和，他靜靜瞧著她，靜候著她的吩咐。

楚瑜愣愣瞧著他，許久後才反應過來，「你怎的在這裡？」

「我不放心，」顧楚生笑了笑，見她目光看著自己的臉，帶著詫異，他抬手抹了把自己的臉，奇怪道：「可是有什麼東西？」

楚瑜沒說話，她搖搖頭，終於道：「你回去吧。」

顧楚生笑了笑，固執開口：「沒事兒。」

他說：「送完妳這段路，我再走。」

第二章　宮變

他笑容明朗，似乎真的不怎麼在意。楚瑜皺了皺眉頭，終於道：「我要進宮裡，勞煩同車夫說一聲吧。」

顧楚生愣了愣，思緒一轉，卻是反應過來，點點頭道：「好。」

說著他便揚聲吩咐了車夫，而後又調了馬頭，跟著馬車轉向宮裡。楚瑜聽著窗簾外的馬聲混雜著雨聲，心思安定。

這些年來顧楚生收斂了很多，他再也沒同她說過那些無禮的話語，往來之間十分有禮，平日與衛家其他人打交道的時間，也不比她少，然而所有人卻都有意無意，把顧楚生往她這裡推。

顧楚生守著一條恰到好處的線，她無法明著拒絕，卻又倍感壓力。

她如今年滿十九，柳雪陽和蔣純都開始操心起她的婚事，蔣純的孩子在衛府，而且對衛束感情深厚，明確表示過會在衛府一直留下去，柳雪陽也就沒逼她，於是重心全都放在楚瑜身上——畢竟眾人都知道，楚瑜與衛珺就見過一面，尚是完璧之身，趁著年輕，可選的範圍也大一些。

柳雪陽起了心思，華京新貴顧楚生便入了她的眼。

當年楚瑜為了顧楚生打算私奔一事眾人皆知，雖然兩人後來似乎鬧得不算開心，然而大家都默許了一件事，至少當年楚瑜是喜歡過顧楚生的。而顧楚生又曾為楚瑜獨身去鳳陵城，從萬軍之中從容而過，站在城樓下說出那句「能求得共死，也是好的」之事，更是從鳳陵城倖存者口中，猶如故事一般流傳出來。

兩人雖然恪守禮節，然而在眾人揣測之中卻都覺得，兩人大概早已情深似海，只是楚瑜被禮教所束。

大楚民風本也算不上死板，寡婦再嫁之事時常有之，於是楚瑜無論去哪兒，都有那麼些人勸說她。便就是去見長公主，也偶爾會得到一句調戲道：「顧楚生挺好的，妳嫁了算了。」

只是……

楚瑜垂下眼眸，摸著袖子裡的雲紋，覺得內心一片平靜。

她算不上十分瞭解情愛的人，上輩子愛顧楚生就愛到死，然後再無其他。然而饒是這樣貧瘠的經驗，她卻也知道，喜歡一個人，決計不會是這樣的感覺。

她對顧楚生縱使沒有了恨，卻也絕不會有愛。顧楚生就像她拼命吃夠的一道菜，她曾經吃到吐，就再也愛不起來。

這輩子她或許會再嫁，但這個人絕不會是顧楚生。

楚瑜嘆了口氣，手搭在車窗上，透過起起伏伏的車簾，看著瓦簷上滴落的秋雨。

轉眼又是秋天了，衛韞什麼時候回來呢？

楚瑜的思緒有些恍惚了。

發著呆來到宮門前，長月在馬車邊上撐了傘，楚瑜提著裙角從馬上走下來，對坐在馬上的顧楚生點了點頭，輕描淡寫說了句：「謝過顧大人。」

之後，便毫不留戀地轉身走了去。

顧楚生瞧著楚瑜的背影，低低一笑，等城門澈底關上，這才離開。

等顧楚生進去後，長月、晚月跟著楚瑜來到長公主的宮裡，長公主與她交好，於是趙玥特賜了她自由往來宮中的權杖，可以不經通告直接往來。

她直接到了長公主居住的棲鳳宮，長公主正在裡面逗鸚鵡，她一句一句教著鸚鵡說話，鸚鵡反覆只會一句「傻子、傻子」。

楚瑜被人領進來，就等在長公主身後，一言不發。長公主逗了一會兒，斜眼瞧過來，慢慢道：「今日天氣不算好，妳還來我這裡，怕是有事兒吧？」

「今日陛下不在？」

以往這個點，趙玥會回來同長公主說話。

長公主將逗鸚鵡的竹籤遞給旁邊的宮女，直起身來，楚瑜連忙上前扶住長公主，跟著她一起往裡間走，同她慢慢道：「他不是新納了個宋家的姑娘進宮嗎，正值盛寵呢。」

楚瑜聽著，便知道這個新入宮的，大概是宋世瀾的妹妹，宋雲了。

楚瑜輕輕一笑：「一年納一個，倒也算是穩定。」

「可不是嗎？」長公主神情懶散：「三年納了三個，姚勇的女兒、王家的嫡女、宋家的嫡女，他想要討好哪家，就將人家姑娘迎進來，賣個身，妳瞧瞧他這賤樣，」長公主露出厭惡之色：「我府裡的面首，個個都比他乾淨。」

聽到這話，楚瑜忍不住低笑出聲。長公主躺到榻上，面上露出疲憊：「有事兒妳快些說吧，我近來容易犯睏，現在就睏得不行了。」

「可召太醫看過了？」

「覺得睏就看，我有這樣嬌氣？」長公主抬眼輕輕瞪了她一下，鳳目裡波光流轉，似如小姑娘一般。

楚瑜也沒理會她，對外傳了太醫，這才坐到邊上，輕輕給長公主捏著腿道：「我得了消息，趙玥打算召我家侯爺回來了。」

長公主微微一頓，皺起眉頭：「如今戰事還未結束吧？」

「陛下的意思是，議和，不打了。」楚瑜淡淡開口。

長公主面色不變，似乎早已料到。她輕輕應了一聲，抬頭瞧她：「那妳打算怎麼辦？」

「他想召侯爺回來，無非是華京如今穩了下來。若華京亂著，他決計不敢讓侯爺回來。」

長公主點點頭：「妳這些年收集他許多醃臢事兒的證據，如今也是時候用了。」

楚瑜聽著，搖了搖頭：「這些事兒亂不了他多少。」

長公主皺起眉頭：「那妳是什麼意思？」

「聽說落霞宮中那位王貴妃，打從年幼就愛慕陛下了？」

楚瑜的話題突然轉到王貴妃身上，長公主有些疑惑：「妳說起這個做什麼？」

「其實有時候我覺得趙玥也挺可憐的，這樣大一個後宮，妳對他是什麼心就不必說了，可其他也沒見到幾個真心實意的，就一個王氏，讓我覺得還算是個真心人。」

長公主輕輕應了一聲，示意楚瑜繼續。楚瑜捶著她的腿，繼續道：「因為有真心，所以善妒，腦子不太清醒。如今宋氏進來，不僅是王貴妃不開心，王家也不開心。妳說趙玥若是對王貴妃下手，我們再挑撥一二，王家對趙玥可就有了異心？」

長公主思索著，楚瑜繼續道：「無論是出於為女兒出頭，還是家族顏面，王家都要出面，對趙玥敲打一二，王家不穩，為了不讓小侯爺趁機攪混水，回京一事怕就要耽擱了，您覺得呢？」

「所以妳是希望，讓我挑撥了王貴妃對付宋貴妃？」長公主消化了一會兒，明白了楚瑜的意思。

楚瑜點點頭道：「其實也未必就是挑撥王宋的矛盾，重點在於，如何讓趙玥懲治王貴妃？」

長公主垂著眼眸，靜靜思索著。片刻後，她抬起頭道：「此事交給我辦，妳等著消息便是。」

楚瑜笑了笑：「您有什麼需要，大可吩咐給我。」

長公主正要說話，侍女便上前，通知太醫到了。長公主點點頭，讓太醫進來，楚瑜起身候在一邊，靜靜等著太醫看診。

太醫握著長公主的脈，認真思索著，片刻後，他又換了一隻手。長公主打著哈欠道：「醫正，本宮如何了？」

太醫認真診了一會兒脈，抬起頭來，高興道：「恭喜娘娘，賀喜娘娘，娘娘這是有喜了！」

聽到這話，長公主和楚瑜都是一愣。片刻後，長公主先反應過來，沉下臉道：「再診！」

太醫愣了愣，有些不明白。這皇宮之中，有哪位娘娘有喜卻不高興的？

然而太醫想了想，覺著長公主或許是太緊張了些，他笑著道：「娘娘放心，老夫診孕從來沒出過錯，您的的確確，是懷孕了。」

「把太醫院當職的太醫都叫過來！」長公主不再理會他，直接朝著外面大吼了一聲。

楚瑜在旁邊靜靜瞧著，心裡卻是思緒翻湧。

三年來後宮無一人受孕，所有人都當是趙玥有問題，但楚瑜在宮裡的眼線卻告訴她，整個後宮，只有長公主一人的膳食和薰香裡是不避孕的。趙玥不是不行，是他只願意讓長公主誕下自己的第一個子嗣。

可惜的是，長公主卻也是整個後宮裡，唯一一個一直堅持服藥避孕的。楚瑜每個月來，都要從宮外帶藥進來。可是……這孩子到底是怎麼懷上的？

這件事莫說楚瑜，長公主也是疑惑得很。

她是絕不能懷上趙玥的孩子的……

長公主抿緊了唇，在袖下的手掌捏得死緊。

旁邊下人都被楚瑜遣散下去，楚瑜蹲到長公主身邊，抬手覆在長公主手背上。

長公主繃緊的肌肉在微微顫抖，楚瑜輕嘆了一聲：「殿下，您別怕。」

長公主和楚瑜在經歷一場巨大衝擊時，衛韞坐在白城之中，看著手中的地圖。

「這個人從這條路跑了之後，就沒了音訊。北狄裡的探子說了，這個人是蘇查親自派出來，去華京找一位貴人的。」

沈無雙在他邊上，給他畫出一條路，肯定道：「這個人一定是去找趙玥的。」

衛韞沒說話。

與北狄有過聯繫的華京貴人，他們的認知裡，構得上蘇查要找人的，的確只有趙玥。而如今又是交戰關鍵時刻，議和不議和，決定了北狄的命運。蘇查一定會想盡辦法，逼著趙玥議和。

可他拿什麼逼趙玥？

那只有當年白帝谷的往事了。

「他身上肯定有證據。」沈無雙言辭肯定。

衛韞點了點頭，起身平靜道：「我親自帶人去找。」

說著，他轉到旁邊屏風後換了一身衣服。出來之後，在屋內刻滿了正字的長柱之上，又畫上一筆。

沈無雙淡淡瞧了一眼，有些好奇：「你都畫了多少天了？」

「一千一百三十二天。」

沈無雙一時無言：「記這些有意義嗎？」

「有。」衛韞收拾著桌面的東西，同時吩咐衛夏幫他收拾東西，他低著頭，平靜道：「我每畫一條，就是在告訴自己。」

「我今天，依舊很想她。」

聽見衛韞的話，沈無雙覺得有些牙疼。

如今北狄完全呈防守狀態，圖索與蘇查僵持，如果大楚不主動進攻，也不會有什麼事。衛韞叫衛秋和秦時月進來，吩咐了這幾個月軍防準備後，同他們道：「我不在這些時間估計休戰，不會有什麼大事，我會放個替身在將軍府裡，你們幫忙遮掩著。這些時日你們好好修生養息，該準備的東西記得準備，我把人抓回來之前，你們能聯繫上我就找我，聯繫不上就找楚大人。」

衛秋和秦時月點點頭，也沒多問其他，又詳細詢問一些雜事後，這才離開。

等他們走了，沈無雙拿了一堆小竹筒進來，放到衛韞面前道：「用得到的藥都帶著吧。」

衛韞點點頭，衛夏出去給他準備身分文牒，沈無雙提了小酒邀請他：「出去聊聊？」

衛韞應聲，同沈無雙一起走出去，坐在長廊上。

北方的天空很澄澈，萬里無雲，明月高懸，明亮又乾淨。衛韞這些年長得很快，已是青年人的模樣，坐在沈無雙身邊，比沈無雙整整高出半個頭。

「其實抓個人，不必勞煩你親自去吧。」沈無雙閒聊著。

衛韞給自己倒了酒，平靜道：「此事事關重大，我放不下心。」

「他是往華京去的，你大概是要回華京一趟。」

衛韞沒有應聲，沈無雙笑著瞧他：「我說，你不會是為了故意回去吧？」

衛韞淡淡瞧他一眼，沒有多話。

沈無雙聳聳肩，覺得衛韞真是越來越沒意思，這個人年少時話還多些，越長大話就越少，到現在便是能不說就不說。

成長彷彿是給人的心建一座屋子，將所有人都隔在外面，長大了，屋子建好了，就同外面的世界遙遙相望，所有的感情變得遲鈍，也變得格外冷靜。

沈無雙說不清這是好事還是壞事，他也是這樣走過來的，於是道：「你也三年沒回去了，該回去看看你母親。」

「嗯。」衛韞終於應聲。

沈無雙抬起手，指了指房裡的柱子：「想那個人也想了三年，見一見，也好。」

衛韞沒說話了，許久後，他終於道：「我會偷偷看她。」

沈無雙笑了：「這有什麼偷偷的？想見就見，你見她，是犯了哪條王法？」

衛韞抬眼瞧了沈無雙一眼：「我心裡的王法。」

沈無雙被他噎了噎，衛韞給沈無雙倒酒：「無雙，我同你不一樣。」

他平靜道：「我做不到你這麼灑脫，我若和她在一起，就會有無數雙眼睛瞧著。當初顧楚生說我年幼，我梗著脖子和他說我會堅持，但其實我心裡是怕的。」

「後來二嫂把所有說清楚，點明白，我覺得，她說得對。」

「喜歡一個人，就要把所有路給她鋪好，不能冒冒失失的因為喜歡，就拖著她去走一條格外艱難的路。就算她不在乎，」衛韞舉著酒杯到了唇前，抬頭看著明月：「我也心疼。」

「所以你打算怎麼辦？」沈無雙有些煩躁，衛韞的話，何嘗不是戳著他的心窩？

沈無雙抬手指著屋裡全是劃痕的柱子：「打算把那柱子畫滿，然後你這輩子就這麼過了？」

「我給自己五年。若我到弱冠，還像如今一樣喜歡她。」衛韞平靜道。

沈無雙有些奇怪，轉頭看著月光下的人，看他喝完酒，將酒杯輕輕放在地面上，彷彿在說一個再普通不過的事一般，平淡中帶著幾分莫名的鄭重：「我就回去娶她。」

楚瑜跪坐在長公主旁邊，看見太醫一個個退下去。

幾乎整個太醫院都來問診，每個人都給長公主肯定的回答——確有身孕。

這成為了長公主逃不掉的事實，長公主讓所有人退下去，留楚瑜和她在屋裡。

門剛剛關上，房間裡一片寂靜，長公主便朝著楚瑜看了過來。

她的手微微顫抖，楚瑜定定看著她：「殿下，這是您的孩子。」

「這也是他的。」長公主咬牙，「他逼死了我的兄長，把我囚禁在這裡，他害死了我大楚七萬將士，把我的女兒遠嫁出去——」

長公主眼裡含著眼淚：「他還想讓我為他生孩子？他休想！」

說著，長公主推攘楚瑜，倉促地站起身，似乎要尋找什麼，反覆道：「我不能要這個孩子，我不能要，我……」

楚瑜慌忙跟上，拉住長公主，長公主見她不讓她找東西，就抬起手想要砸向自己的肚子，楚瑜一把拉住她的手，高喝：「殿下！」

長公主慢慢轉過頭，呆呆地看著楚瑜，她眼裡含著眼淚，楚瑜從未見過長公主這樣軟弱的模樣。她彷彿是一個小姑娘，失去了所有鎧甲和劍，倉皇無措。

「我不能有他的孩子，」她沙啞道：「妳明白嗎？」

「我明白，」楚瑜握著她的手，定定地說：「我明白。」

「他是我的仇人，他是大楚的罪人，早晚有一日我要親手殺了他，我要送他去黃泉路上給所有人謝罪，妳知道嗎！」

「我知道。」

「我已經委曲求全屈身於他了，我的驕傲、我的尊嚴、我的臉面、我的家人、我的愛情，我全都沒有，全都給了他了！他還要怎樣？」長公主猛地提了聲音，她顫抖著手捂住自己的肚子，神色倉皇：「我覺得他像一顆帶著劇毒的種子，他想在我身體裡生根發芽。可是不行……我什麼都能讓，但絕對不會為他生孩子……我絕對不會讓他的孽種在我肚子裡長大。我一定會殺了他，我要是有了他的孩子……」

長公主蒼白著臉色：「這是要逼著我以後，也殺了我的孩子嗎？」

殺一個愛人已經夠了。

她這一輩子，少年宮亂喪母，兄奪帝位後喪父，青年喪夫，中年喪兄。

她一直同別人說，她要活得特別漂亮，不能讓別人看自己的笑話。

可是從臣女變成長公主，又成長公主變成一個靠著君主寵愛的梅妃，她這一輩子，早就讓人笑話透了。

這個孩子彷彿要擊垮她，彷若壓在她身上那根稻草，她整個人沒有力氣，睜大了眼看著宮外，她拼命想站起來，卻站不起來；她拼命想控制住眼淚，卻只能眼睜睜看著眼前變得模糊。

楚瑜感覺到她的掙扎，於是穩穩扶住她，平靜道：「殿下，人生的路都是自己選的。」

長公主微微一頓，她慢慢抬頭，看著楚瑜，楚瑜神色沉穩：「每個人的路都很難，都會遇到很多事，身邊親人離開、背叛、陷害、走到絕境，誰都會有那麼一刻，可重點是在於選擇。」

「有些人選擇斬斷那沼澤池裡拉著她的繩索，有人選擇被那繩索拖下去。殿下，」楚瑜扶著她的手穩得彷若千斤搭在上面，也會紋絲不動，這讓長公主很有安全感，她慢慢冷靜下來，看著楚瑜注視著她的眼，聽著她道：「您斬了那些繩子，走出來，就沒事了。」

「人生的路還很長，不是嗎？」

聽到這話，長公主的情緒穩定下來，她靜靜看著楚瑜，許久後，她終於道：「妳說得對。」

說著，她在楚瑜的攙扶下站起身，慢慢回到床上，平靜道：「我得走出來。」

楚瑜沒說話，她站在一旁，長公主想了許久，終於道：「妳想個法子，將我平日喜歡十日香的味道這件事兒，傳到王貴妃那裡去。」

聽到這話，楚瑜微微一愣。

十日香是一種獨屬於東南的花曬乾後所產生的香味，香味能保留十日，故而名為十日香。這種香有安神的功效，但是鮮少有人知道的是，十日香與東南另一種花「子思」味道相近。「子思」對於女子來說，平日裡有活血養顏之功效，但對於孕期女子來說卻是大忌，佩戴子思香包一日，就足夠造成流產，因而東南地區的女子哪怕喜愛十日香，在孕期都鮮少用這花作為香料，就怕與「子思」混合。

而王貴妃本人少時，跟隨母族在東南地區長大，十日香對於其他人來說陌生，但王貴妃卻是絕不陌生的。

楚瑜在聽到長公主說這話的瞬間，就知道了長公主的意思。

她張了張口，卻什麼都說不出來。

孩子是長公主的，人生是長公主的，她固然可以勸說著長公主將孩子生下來，可生下來之後呢？

她無法替代長公主走完人生，也不能幫著她養這個孩子，這個孩子生下來，就註定夾雜在趙玥和長公主之間，長公主和趙玥已是死結，這個孩子生下來，又何其無辜？

然而她也是有過孩子的人，哪怕那個孩子已經很遙遠，並讓她傷透了心腸，可是她還是會記得自己當年懷著那個孩子時，那種拼了命想保護的感覺。

於是她垂下眼眸，低聲道：「殿下決定好了嗎？」

長公主不說話，她捏著扶手，好久後，沙啞著聲音，一字一句道：「我想得很明白，我和他之間的事，沒必要平添無辜。」

楚瑜點了點頭，走上前，替長公主蓋了被子。就是這個時候，外面傳來了通報聲，太監的聲音才落下，就聽見趙玥著急道：「我聽說妳召了整個太醫院，他們同我說妳有孩子……」

話沒說完，趙玥就停下步子，瞧著楚瑜。他有些失態，輕咳了一聲道：「衛大夫人。」

「陛下。」

楚瑜轉過身去，恭恭敬敬行了個禮。

趙玥將目光看向長公主，長公主明白他的意思，朝著楚瑜揮了揮手道：「妳先下去吧。」

楚瑜恭敬拜別，往外走了出去。等走到長廊之上，她低聲吩咐晚月：「把長公主懷孕的事告訴宮裡的細作，讓所有人儘快知道。」

晚月應了聲，楚瑜轉身去了御花園，帶著長月停在水榭邊上，給晚月時間去找人。

過了一會兒，晚月便匆匆回來，小聲道：「都吩咐好了。」

楚瑜點點頭，這才領著晚月回了衛府。

到了衛府中，她讓人去找蔣純，準備了十日香、金釵等華麗的飾物，又讓長月將自己的指甲塗抹成紅色，修剪成和長公主差不多的模樣。

這些事兒做到一半的時候，丫鬟進來通報道：「大夫人，宋家送禮物上來。」

楚瑜低頭瞧著長月在燭火下給她染著指甲，平靜道：「說我睡下了，不見。」

沒過一會兒，又有丫鬟來通報：「大夫人，王家人前來拜見。」

「不見。」

丫鬟恭敬退下去回絕王家的家僕，長月有些奇怪道：「夫人，為什麼他們今晚都來找妳啊？」

楚瑜輕輕一笑：「後宮裡要添主子了，他們能不慌嗎？」

說著，晚月端著首飾和香囊進來，楚瑜抬眼看了那些東西一眼後，慢慢道：「如今後宮裡根本沒有子嗣，一旦長公主生下孩子，若我們衛家再當她的支柱，封后之事指日可待。王家和宋家無論是為了試探風聲，還是來策反，今晚都是要來的。」

「夫人拒絕得這樣乾脆，不怕王宋二家不滿嗎？」

晚月跪坐下來，在楚瑜身後給她梳頭。

楚瑜低頭看著指甲上的紅色染了光，淡道：「如今長公主有孕的消息傳出來，正是關鍵時刻。見不見他們，就是我的態度。於王宋兩家而言，我不見，代表著我繼續忠於公主，我若見了，這才是怪事。」

說著，楚瑜塗好了指甲，抬起手，在燭火放出的燈光下看了看：「至於得罪，從我與長公主交好那天開始，我便已是得罪了，還在乎這一時？」

「倒也是。」長月點點頭，她看向那些金釵，有些疑惑道：「那夫人要這些東西做什麼？」

這次楚瑜沒有解釋，她笑了笑：「我自有我的用處。」

等到第二日，楚瑜穿上藏青色長裙，外面籠了金線繡紋的銀紗，挑挑選選，從昨夜的金簪裡選了一支不大起眼的，插入了髮絲之間，而後掛上十日香的香囊，駕馬往宮裡去了。

她剛入宮不久，才往棲鳳宮路上過去，迎面便看見女子坐著轎子從花園中過去。楚瑜止住步子，雙手交疊在身前，微微低頭，等那人過去。不曾想對方卻是讓人將轎子抬到楚瑜面前，停在楚瑜身側道：「衛大夫人。」

「見過貴妃娘娘。」

楚瑜恭敬行禮，王貴妃點了點頭。

她今日穿了一身月白色的絲綢裙裝，看上去頗為莊重。王家一直期盼著她能登上后位，便一直按著這個方向培養。如今宮裡三位貴妃，長公主名聲不佳，姚氏囂張跋扈，宋氏年幼嬌氣，若不是趙玥心裡有著長公主，王氏的確是最可能成為皇后的——當然，前提是，長公主沒生下皇子才是。

王貴妃如今出現在這裡，楚瑜和在場的人心裡都明瞭是怎麼回事，王貴妃上上下下打量楚瑜一遭，輕輕笑道：「我記得上一次見夫人是春宴上，那時候夫人還是素衣，如今也開始打扮了。」

楚瑜面色從容：「妾身不過小女子，自然好顏色。如今喪期已過，便挑了些喜歡的飾品，本想著改動不大，」楚瑜輕輕笑了，抬手扶住頭上的金簪，有些不好意思道：「卻不想娘娘心細如髮，竟是看出來了。」

王貴妃輕嘆了一聲：「妳如今也就十九，人生還長著，正是好年紀呢。」

王貴妃這話楚瑜聽明白，她的意思，無非是她如今年少，早晚是要離開衛家嫁出去的，她得為自己打算。

衛家要和長公主聯盟，但是那是衛家的事，不一定是楚瑜的事。

王貴妃見楚瑜沉默，想她是明白了自己的意思，抬手拍了拍她的肩道：「妳我投緣，若有什麼難處，大可來找本宮。」

說著，王貴妃往轎椅上輕輕一靠，露出些許驕傲：「我王氏一等世家，百年名門，衛大夫人，有許多事，別人做不到，我王家卻不一定。以衛大夫人之品性，哪怕再嫁之身，我王氏也能為夫人盡力。若夫人與我王氏投緣，王氏嫡系正妻之位，或許也可以呢？」

聽著這話，楚瑜抿著唇，微微彎起嘴角。

王貴妃見她面上帶笑，輕輕皺眉，楚瑜抬起頭，將頭髮往耳後輕輕一挽，平靜道：「勞娘娘操心了，只是妾身捨不得這個誥命之位，想來還是算了。」

王氏是百年名門，難道衛氏不是四世三公之家？

若說門第，王氏和衛氏不相上下；說名聲，衛氏乃國之脊梁，舉國仰慕；如今楚瑜在衛府乃一品誥命，去王氏除了多一個男人，還能多什麼？

王貴妃聽出這中間的嘲笑，忍住氣，勸阻道：「衛大夫人，女人一個人過一輩子有多苦，妳等以後才知道，聽本宮一句勸，別不見棺材不掉淚。」

「娘娘說得是，」楚瑜嘆了口氣，抬手放在胸口：「可惜妾身太在意這個誥命之位了，還是不牢娘娘操心了。」

說著，一個宮女從拐角處走了過來，眾人認出那宮女，正是長公主身邊伺候著的彩雲。

「見過王貴妃。」彩雲恭恭敬敬朝著王貴妃行了個禮，隨後轉頭同楚瑜道：「衛大夫人，梅妃娘娘等您等得急了，派奴才專門來請。」

楚瑜轉頭瞧向王貴妃，笑著道：「失禮了。娘娘，那妾身先行一步了？」

王貴妃冷著臉點頭，楚瑜便轉過身去，跟著彩雲往棲鳳宮過去。

楚瑜剛消失在王貴妃眼前，王貴妃旁邊的侍女便恨恨道：「娘娘您看她那樣子，真當自己算什麼東西！」

王貴妃眼裡帶著冷意，慢慢道：「宮裡這個月的香膏發下去了嗎？」

「尚未呢。」

如今明面上說管事兒的是長公主，但實際上真正做事兒的卻是王貴妃。

王貴妃點點頭，同侍女道：「這個月不要全發一樣的，將所有香膏味道都給三位貴妃端過去，由貴妃自己挑。」

侍女有些不明了，王貴妃卻沒解釋，她腦子裡迴盪著楚瑜身上那股十日香的味道。

看得出來，如今楚瑜為討好長公主，細節上都往長公主的方向上靠。雖然衣衫大致還算穩重，可卻戴上了金簪、指甲上塗上了蔻丹，這些都是同長公主學的，那十日香……大概也是長公主的喜好。

反正她將香膏送過去，長公主若真喜歡，自然會選那香膏。都是宮裡的東西，出了事兒，也怪不到她身上。

王貴妃輕輕一笑，轉頭離開。

之後時日，楚瑜按著平日的頻率，定時到宮中給長公主問安，藉著同長公主下棋之名，在宮裡部署逃跑路線。

她們布下這個局，是為了讓王貴妃回去同父親哭訴，從而激起王氏與趙玥的矛盾，要是趙玥直接把人殺了，再想辦法嫁禍給其他人或者遮掩下去，甚至找個替身來，她們所作所為，也就功虧一簣了。

她們得保住王貴妃活著，從宮裡撈一個人出去不算容易，需得早早準備才是。

「她讓我自己選了香膏，我選了十日香的。」長公主平靜開口：「今晚我會用它，妳今天讓長月、晚月帶走一個人假裝是妳回衛府，但妳別走，就躲在我宮裡。」

楚瑜點了點頭，將棋子落在棋盤上，平靜道：「妳覺得趙玥會為妳做到哪一步？」

「王家是他的母族，他如今這個位子，全靠平衡周旋所得，他不會為了我把王家得罪太狠。」長公主平靜道：「大概就是給她禁足，削了品級吧。所以咱們得加一把火，讓這把火燒得旺一些。」

楚瑜靜靜聽著，長公主抬眼看她：「她被禁足的時候，我會派人偽裝成趙玥的人刺殺她，妳趁機把她帶走，讓她以為是趙玥打算暗中對她下手。」

楚瑜握著棋子的手頓了頓，許久後，她垂下眼眸，低低應了一聲「嗯」。這條路，從來誰都不乾淨。

下完了棋，楚瑜進了內室，和一個暗衛換了衣衫，便讓長月、晚月帶著暗衛假裝是她回了府中。而她換上宮女的衣服，戴上人皮面具，躲在長公主的內室中。

到了晚飯時間，長公主自己坐在鏡子前，楚瑜站在她背後，她看著鏡子裡的自己，許久後，慢慢道：「其實很久以前，我曾經想過給他懷個孩子。」

「不過那時候他還太小了，我大他五歲，還有一個女兒，他正值青春好年華，秦王世子，哪怕落魄到我身邊，我也覺得，有好多小姑娘喜歡他。」說著，長公主失笑：「有的時候我也會想，乾脆不要談感情，就和他雲雨一番，得了他的人，也挺好的。可是我就特別怕……」

「您怕什麼呢？」楚瑜上前去，抬手給長公主梳頭。

長公主沙啞道：「我怕他愛上我。」

說著，長公主慢慢閉上眼睛：「阿瑜啊，他們這些少年人，很多時候是分不清肉欲和愛的。」

「我曾經有過一個面首，在我喜歡上趙玥之前。那個面首年紀很小，我是他第一個女人，」說著，長公主勾起嘴角，面帶苦澀：「我覺得他很乾淨，說喜歡……倒也不是特別喜歡，但是他對我說喜歡的時候，真摯得讓我的確是有些心動的。」

「後來有一天……他和一個女人跑了。」

「侍衛將他抓回來，我問他，他說愛我，怎麼和另一個女人跑了呢？」

「他變心了？」

「不是。」長公主搖了搖頭，睜開眼睛，眼中滿是嘲諷，「他和我說，是他的錯，他沒分清楚，欲望和感情。我是他第一個女人，那時候他以為欲望就是感情，直到後來他遇到了那個女人，他才知道，這不一樣。」

「一個男人很容易對一個女人產生欲望，可是當他長大，當他遇到一個又一個人，他會發現，哦，欲望和感情，真的差別得特別大。而他們為了欲望追求妳的時候，真摯得連他自己都覺得是真的。其實不僅是男人……女人也一樣。妳知道我是在哪一刻特別清楚覺得我愛趙玥嗎？」

長公主眼神有些迷離：「在我緊緊抱著他，聽他特別溫柔地問我，妳是不是疼了那一刻，在他死死抱著我，像一個孩子一樣帶著我到頂峰的時候，我會有一種可怕的想法，我真的特別愛這個人，我可以放下一切去愛他。」

「所以在他清楚表達出愛我之前，我從來沒碰過他。」長公主神色慢慢平靜：「我要一份感情，就要這份感情乾乾淨淨，不然，我寧願一輩子，什麼都得不到。」

說著，長公主從桌子上拿起香膏。

她顫抖著打開蓋子，然後在楚瑜的注視下，一點一點抹在臉上、脖頸上、手上，然後放到自己腹部，一圈又一圈打著轉，抹了上去。

與十日香幾乎沒有差別的子思的香味在空氣中瀰漫開來，長公主塗抹完畢，連合上蓋子的力氣都沒有，任由盒子掉在地上。

楚瑜走上前，將香膏撿起來，擰好了蓋子，放到桌上。

然後她扶著長公主上床，自己候在一邊。

約莫過了兩個時辰，長公主開始感覺到腹痛，楚瑜趕忙衝出去，大聲叫喚，讓太醫趕過來。

太醫與趙玥一道過來，楚瑜混在人群中，站在門外。

趙玥來的時候，長公主疼痛加劇，她咬著牙關，面色慘白，血從她身下涓涓流出，趙玥將她抱在懷裡，整個人都在抖。

他一面親吻她的額頭，一面同她道：「妳別怕、妳別怕……」

他們十指交扣，長公主疼得掐他，可他沒有放手，死死抱住她。

太醫反覆同長公主詢問用過的東西，終於找到了香膏，整個太醫院會診，一個從東南地區來的太醫認出來，這個香膏裡含著的花，應該是子思。

太醫迅速開了藥，折騰到了半夜，長公主疼得暈過去，終於止住了血。趙玥站在屋裡，看著跪了滿地的太醫，沙啞著聲音道：「太子，保不住了？」

孩子還未出生，趙玥就稱為「太子」，可見他對這個孩子的期望。

太醫戰戰兢兢，無人敢答，趙玥驟然提聲：「說話！」

「陛下，」太醫署丞終於開口，嘆息道：「子思藥性強烈，陛下節哀。」

「為什麼會有這種東西……」趙玥顫抖著聲音：「梅妃明明懷著身孕，宮裡怎麼會有這種東西！誰拿來的？」

趙玥握住香膏，怒吼：「這東西怎麼會在這裡，子思不能靠近孕婦你們這些奴才不知道嗎？」

「陛下……」彩雲怯生生開口：「可這香膏送來的時候，明明說是十日香啊……」

趙玥微微一愣，隨後立刻反應過來，他覺得手足冰冷，他呆呆地看著香膏，熟知那些齷齪手段的他瞬間就明白了來龍去脈。

「把經手過這個香膏的人，都給朕抓過來。」

他聲音裡帶著冷意，沒過多久，發放香膏的宮女就被帶了上來，趙玥跪坐在上位，玩著手裡的香膏盒，看著跪在地上瑟瑟發抖的人，平靜道：「這是朕第一個孩子，你們知道朕盼了多久嗎？」

說著，他抬起頭，目光落在跪在地上的人身上，聲音裡帶著笑意：「十二年。」

十二年前，他第一次知道，自己喜歡上他的小姑姑。

此後十二年，他一生最大的願望，就是娶她，同她一起有個孩子。

可是它毀了。

趙玥站起身，平靜道：「朕給你們一個機會，說出來，或者，朕送你們去一個地方，朕保證你們，生不如死。」

在場的人嚶嚶哭了起來，互相讓對方說出來。然而許久，都沒有一個人站出來。趙玥揮了揮手，讓人將這些人帶下去，就是這時，一個宮女尖叫起來：「是王貴妃！王貴妃！」

趙玥抬起頭，那侍女哭著爬上前道：「殿下，奴婢不知道怎麼回事，可是過往香膏發放都是所有人統一按照規定好的庫存發放。可這個月王貴妃突然下令，要改個形式，讓人自己去挑……今年香膏發放沒有任何異常，就這一件事。一定是她！」

趙玥眼中神色動了動。

王貴妃……

他捏著香膏盒，手微微顫抖。然後他站起身，抬起手，同侍從吩咐道：「拖下去用刑，誰說出線索，就可以去死。」

眾人都是一愣，而旁邊聽著的人更是奇怪，審訊都是說出來就能活，哪裡有用情報求死的？除非……太過殘忍了。

楚瑜在外面聽著，抬頭看著月亮，心裡微微發顫。

她想，她和長公主，都太低估趙玥的狠辣了。

說完這句話後，內間終於傳來動靜。

趙玥趕忙起身，來到長公主身邊。他跪在榻前，握住長公主的手，沙啞著聲道：「沒事兒了，妳還疼不疼？」

長公主看著床頂，神色平靜。

她慢慢抬起手，放在自己腹間，轉頭看向趙玥，沙啞著問了句：「他呢？」

趙玥神色僵住，長公主沒說話。

她面容上沒有一點表情，沉寂如死。趙玥心裡微微發顫，這個表情，他在梅含雪死的那年，在她臉上見過。

他倉皇將她的手握得更緊，他急促道：「妳別難過，我們還會有其他孩子，我們……」

「所以他白白死去了，是嗎？」長公主凝視著他，慢慢笑起來，眼淚從眼眶中慢慢流出來：「阿玥，我怎麼誰都留不住啊？」

「我們……怎麼這麼難啊？」

「你看看你我，」她的笑聲越來越大：「你當著傀儡皇帝，我當著見不得光的蕩婦貴妃，兒子死了，我們也只能這麼握著手假裝什麼都沒發生過一樣，忍氣吞聲。」

「別說了……」趙玥顫抖著身，努力讓自己保持平靜。

長公主瞧著他，含著眼淚：「趙玥，」她嘲諷：「屠夫之怒尚能殺人，你貴為帝王，能做什麼呢？」

趙玥抿著唇，沒有說話。

「你知道嗎，」她將手從他手中抽出來，放在他面頰上，輕柔道：「其實我知道的。」

「從我肚子開始疼的時候，我就想到了結局，我知道不過就是死一片宮女侍衛，真正動手的那個人不會有任何懲罰，就算有，也是雷聲大雨點小。你難，我知道。」

她沙啞著聲：「你處境艱難，我知道。所以我沒怪你，可是我怕……我怕啊……」

她終於忍不住，哭出聲來。趙玥將她抱進懷裡，聽她哭得聲嘶力竭。

他從沒見過這樣的長公主。

她在他心裡，無論任何時候，都保留著那份驕傲，絕不會讓人看出半分狼狽。這是她第一次，在他懷裡，放下所有姿態，反覆同他說——我怕啊。

趙玥眼裡全是眼淚，他抱著她的手微微顫抖，等她終於哭累了，他將她放下來。

他顫抖著身子，步伐有些踉蹌，從牆上取了劍，就往外走去。

剛出了大門，他便吩咐御林軍封了整個棲鳳宮，隨後留了一句「棲鳳宮清乾淨」之後，便朝著王貴妃所在的落霞宮趕去。

他身邊一直侍奉他的太監張輝看出趙玥的不對勁，焦急道：「陛下您這是要做什麼啊……」

趙玥不說話。

張輝鼓足了勇氣，一把拽住趙玥的袖子，大聲道：「陛下！」

趙玥頓住步子，他轉頭看張輝，聽張輝快要哭出來一般道：「王家是您的母族啊……」

趙玥看著張輝。

這是從小跟他到大的人，他對他向來敬重，他叫了流浪在外時的稱呼：「張伯。」

張輝紅了眼，趙玥艱難笑開：「我第一次有孩子，我特別高興，我以為這個孩子生下來，我和她以後就能好好生活。」

張輝啞著聲：「您以後還會有的。」

「我是他父親，也是她丈夫。現在，我的孩子死了，我的妻子躺在宮裡，她說她害怕……」趙玥聲音顫抖，猛地提高了聲音：「她這一輩子，何時說過害怕？」

「我知道您要說什麼，王家是我的母族沒錯，可是王芝我殺定了。張伯你放心，她死的事不會傳出去，我會安排好。」趙玥慢慢冷靜下來，臉上全是殺意：「誰都別攔我。」

楚瑜躲在暗處，聽了趙玥的話，皺了皺眉頭，提前一步，急急朝著落霞宮趕了過去。

她心亂如麻。

她和長公主都沒想過，趙玥會做到這一步。

無論如何王貴妃得活下來，她若真的死了，以趙玥的能耐，說不定真的就遮掩過去了。

楚瑜急急潛到落霞宮，直接翻進王貴妃的寢殿，在她還沒來得及出聲時點了穴，扛了人就往外出去。

這時趙玥提著劍趕了過來，楚瑜和王貴妃躲在樹梢上，聽著趙玥朝著落霞宮的人怒道：「人呢？」

王貴妃眼中驚疑不定。趙玥找不到她，下令讓人四散去找，而後在落霞宮點了一把大火。

「他果然是鐵了心殺妳啊。」楚瑜輕輕一嘆：「娘娘，今夜妳要是出不了宮，怕只能去死了。」

說完，她見四下無人，迅速帶著王貴妃到了準備好的地方，將王貴妃放進溮水桶，自己拿了權杖，跟著侍從抬著溮水桶上了馬車。

馬車來到宮門前時，宮裡已經澈底亂起來，趙玥直接下令封鎖宮門。楚瑜看著那些人在交涉，她也顧不得其他，夾著馬朝著宮門直衝而去，在所有人猝不及防間闖出宮門。

士兵趕緊追來，楚瑜提著王貴妃縱身飛上屋簷，此時來追的都是普通士兵，沒有幾個起落，他們就丟了楚瑜的身影。

楚瑜提著王貴妃，心裡還跳得撲通撲通的。

做著這些事，她其實也很害怕。在害怕的時候，她腦子裡驀地閃過一個身影。

她忍不住輕輕笑了。

習慣真的是一件很可怕的事情，上一輩子沒有人讓她有過心安，於是遇到了那麼一個人，從此任何害怕的時候，就會想起那個人。

衛韞。

那個名字彷彿帶著無窮力量。她輕輕一笑，就這麼安定下來。

與此同時，衛韞也準備好了一切，他戴上面具和人，朝著華京方向，直奔而來。

楚瑜提著王貴妃王芝到了她在城中準備好的一間小屋裡，讓人燒了熱水，和王芝各自分頭迅速洗了個澡，隨後楚瑜到了大廳中，等著王芝走出來。

王芝走出來時神情還有些恍惚，楚瑜給她倒了杯茶，平靜道：「娘娘，先喝杯茶暖暖身子。」

「妳怎麼會在這裡？」王芝抬眼看著楚瑜，神色驚疑不定。

楚瑜輕輕一笑：「得知娘娘有難，我順手幫那麼一把而已。」

「他……他為什麼要殺我？」王芝慢慢緩過神來，聲音裡帶著不可思議。

楚瑜抿了口茶，平靜道：「陛下為什麼要殺您，您不知道嗎？」

王芝愣了愣，片刻後，她臉色變了，提了聲音：「為了那個孽種？」

「陛下說了，」楚瑜抬眼看她，認真道：「這是太子。」

王芝瞬間暴怒：「他瘋了嗎？那個廢公主如今有什麼？我王家一手扶持著他走到今日，乃他母族，他要為這樣一個孽種殺我？」

王芝搖頭站起來：「不……不行，我回宮，我要親自問問他，我……」

「娘娘，」楚瑜淡淡道：「宮門已經戒嚴，王家門前，如今也布滿了殺手，您要是隨便亂走，這條命我可就保不住了。」

「妳胡說！」王芝厲喝，「本宮不信妳，妳挾持了本宮，速速將本宮送回去！」

聽到這話，楚瑜輕笑：「好啊。」

說著，她抬手指向門前：「大門開著，娘娘您想走就走，去哪裡都可以。我只有一個條件。」

她抬眼看著她：「臨死之前，別說是我幫妳。」

楚瑜的神色太篤定，王芝腦海中閃過趙玥提著劍去落霞宮的樣子。

楚瑜沒有騙她……

言語可以作謊，可是趙玥本人呢？

那樣暴戾的趙玥她從來不曾見過，然而哪怕是遠遠望著，她卻也知道，趙玥當時，的的確確想要殺她。

可是為什麼？趙玥瘋了嗎？

他一貫權衡利弊，父親也同她說過，趙玥的性子，早晚有一日是要屈服於權勢的，讓她無需將長公主太放在心上，可今天怎麼會……

他這樣打王家的臉，不怕王家翻臉嗎？若是王家不支持他，他手中還有誰是真的忠心耿耿？

姚勇服他不過是權益之計，謝家輔佐他也不過是權衡後選出的合適之君，其他人更不必說，只有王家才是他的立身之本啊！

王芝面色恍惚，楚瑜平靜道：「娘娘，想好去哪裡了嗎？」

王芝被這聲音召回神智，她轉過頭，冷冷地看著楚瑜，「妳為什麼幫我？」

楚瑜沒說話，她喝了口茶。王芝迅速道：「妳不是長公主的人嗎？妳救我，不怕長公主怪罪？」

「長公主有什麼好怪罪？」楚瑜輕輕一笑：「妳到現在還看不出來，妳是為什麼在這裡嗎？」

王芝面露疑惑，楚瑜抬眼看她，撐著自己的下巴：「您對十日香和子思，分的很清楚呢。」

聽到這話，王芝猛地反應過來：「妳設計我！」

「妳讓我去害長公主的孩子，妳知道趙玥會對我動手，可是……」王芝有些不解：「妳為什麼要害長公主的孩子？」

她喃喃自語，自己分析著：「不……不是，妳是故意的，妳們都是故意的……」

王芝抬起頭，面上露出古怪的神色：「是長公主，想藉著這個孩子除掉我……」

「宋妃嬌氣、姚貴妃無腦，我走之後，後宮就是她獨大了……」王芝咬緊牙關：「狠，夠狠，是我不如她。」

「她想除掉我，那妳呢？」

「我？」楚瑜瞧著她，坦蕩道：「我有事相求啊。」

聽到這話，王芝心裡有底氣了些：「妳想要我做什麼？」

「陛下想要召回我家侯爺，我想讓貴妃娘娘幫個忙，讓王家幫我阻一下陛下。」

王芝皺了皺眉頭：「事關朝政，陛下的決定，我王家怕是做不了主。」

「無妨啊，」楚瑜淡道：「阻一阻，總能試試吧？」

王芝沉默片刻，終於點點頭道：「好，妳送我回王家，我幫妳同我父親說。」

楚瑜平靜道：「此刻王家怕是回不去了，我找人通知妳父親，我們就在這裡等著吧。」

聽到這話，王芝內心稍微安定了些。早在出宮的時候楚瑜就派人去王家通知了王家家主王賀，此刻王賀應當已經在路上了。

沒等多久，院子外就傳來了開門聲，王芝立刻起身，著急往門外走去，隨後便見到一個老者走過來，王芝含著淚給老者行禮，老者面上帶著厲色道：「先進去說，具體怎麼回事，妳給我說清楚。」

王芝同王賀進去，哭哭啼啼把事兒說了，楚瑜坐在一邊，閒著無事抓飛蛾。等王芝說完了，王賀又急又怒：「這麼大的事兒妳為何不同我商量！」

「這後宮的事兒，是您同我說，讓我自行處置的呀……」

王芝哭著開口，王賀走來走去，思索著法子。

「我出門時已經讓人去宮裡打探消息，如果陛下真的是鐵了心要殺妳……」

王賀頓住步子，抿了抿唇，抬頭看向王芝。王芝微微一愣，隨後就從王賀眼中看明白了他的意思，她倉皇爬過去，跪在王賀身前，哭著道：「父親，他若真的為了此事要殺女兒，日後又怎麼容得下王家啊？他趙玥如此多疑，他殺了我，您還指望他信任您嗎？信任一個和自己有殺女之仇的臣子，這是他趙玥會做的事兒嗎？」

「可妳讓我怎麼辦！」王賀提高了聲音：「芝兒，他如今是皇帝，除非萬不得已，我王家不可能做什麼，妳明白嗎？這一次是妳做得太過了些，陛下他惱怒情有可原……」

「所以您就要我死是嗎！」

王芝哭著，王賀眼中含了眼淚，楚瑜看著這對父女爭執，她輕輕一笑。

王賀抬眼看向楚瑜，冷聲道：「妳笑什麼？」

「王大人，」楚瑜瞧著他：「娘娘說得對不對，您心裡一點底都沒有嗎？今日貴妃要是死了，您覺得趙玥還會再信任您嗎？」

王賀沒說話，他盯著楚瑜，楚瑜站起身：「不若我給大人指一條明路吧。」

王賀神色鄭重起來，拱手道：「煩請夫人提點。」

「天亮之前，我們送娘娘出城，從此不再回京，大人回去同陛下道歉，如今落霞宮已經燒了，你們就對外稱娘娘燒死在了宮裡。趙玥找不到娘娘，拿您也沒辦法，而且娘娘沒死，您與他也算不上結仇，趙玥日後也不會處處防備您，還會覺得自己寬宏大量，饒了您女兒一命，您看如何？」

王賀沒說話，王芝跪在地上，滿眼期盼看著王賀。許久後，王賀咬了咬牙：「好。」說著，他轉過身去，立刻道：「趙玥再如何昏頭，總不至於連我都殺。我護著妳們出城。」

楚瑜點點頭，立刻吩咐了人，護著王芝和王賀出城去。

有王賀護送，一行人出城很順利，楚瑜帶著王芝到了護城河邊，打算帶著王芝上船走水路離開。

王賀含淚看著王芝，知曉女兒這一去，或許一輩子都不能回京，他哽咽著聲音，拉著王芝道：「以後莫要再做傻事兒了。」

王芝連連點頭，楚瑜催促道：「趕緊上船……」

話沒說完，一支羽箭從暗中猛地射來，朝著王賀直直飛去。楚瑜抬手握住羽箭，同時將王賀往身後一拉，提了聲音道：「快走！」

第三章　公孫先生

去。

話音剛落，楚瑜將人提著往馬扔了上去，隨後自己翻身上馬，同王賀一起往郊外野地衝

幾十名殺手從旁邊草叢中衝了出來，一時箭如雨下，楚瑜的人從他們身後衝出來，大半人馬同那些殺手糾纏在一起。

王賀不敢停下，朝著楚瑜怒道：「哪裡來的人？」

「你問我我問誰？」

楚瑜提著聲，然而話說完，雙方卻都心裡有了底。

此時出現在這裡的殺手，除了趙玥，還能是誰的？

他連王賀都要動，這是何等狼子野心？

王賀心中驚疑不定，楚瑜保持著鎮定，回頭看了華京一眼，迅速道：「大人，您如今最好速速離開華京，直接回封地去，您是反還是臣我管不著，但若要活命，此刻就趕緊走！」

王賀抿了抿唇，最終點頭道：「老夫不忘夫人今日救命之後，日後……」

「別提日後，趕緊走！」

楚瑜一鞭子抽在王賀的馬身上，轉身就朝著身後殺手衝去，長劍奪了夜色，楚瑜將追上來的殺手攔在原地，冷著聲道：「諸位止步。」

殺手對視了一眼，齊齊朝著楚瑜攻來。

當夜細雨，長月和晚月尚在遠處，楚瑜看看面前的人，心中帶著冷意。

今夜見過她的人，最好都死在這裡。

這樣想著，她的劍帶著狠意，雨水被劍身彈起，楚瑜看著那七把劍連續朝她刺來，挑、抹、刺、擋、砍。她一劍在手，卻如同在周身布下一張密網一般，讓半分劍尖無法往前。

來往過了幾個回合，楚瑜見王賀走遠了，足尖一點，便往後撤去。那些人看見楚瑜想跑，連忙追上，楚瑜一路往前疾奔，殺手緊追不捨，眼見著要追上時，楚瑜猛地回身，猝不及防一劍揮過，人頭猛地甩飛出去，血從頸噴湧而出，濺了眾人一身！

楚瑜的眼睛在夜色中亮得駭人，她滿臉是血，猶若修羅。

「對不住了。」她輕輕一瞥，便朝著另一人刺去：「下輩子，做個太平人吧。」

從昆陽到華京附近，快馬加鞭，大約七日，若是星夜兼程，還可再縮短些。

衛韞算著日子，有些不耐。

這一次他追著的人明顯知道有人在追他，後面的時間故意繞了路，走了大半月，才來到天守關腳下的陵城，然而好不容易要抓著了，卻又讓他跑了。

「他身形纖細，」侍衛跪在，低著聲道：「假裝成女人跑了。」

衛韞沒說話，他抿了口茶，站起身，平靜道：「尋蹤香留了。」

「留了。」侍衛冷靜道：「獵犬正在找。」

衛韞點點頭，也沒多說，白玉面具在燈火下映著冷光，他轉頭瞧向窗外，目光有些恍惚。

此刻距離華京不過兩個時辰路程，他若願意，便可以回去。然而他卻猶豫了。

如今回去做什麼呢？

想說的話不能說，想見的人見著了，撓心撓肝，卻只能瞧著。

想了想，他嘆了口氣，決定等事了之後，回去悄悄見一面便走，免得徒增傷感。

這樣想著，他垂下眼眸，端著茶喝了一口。

雨細細落著，沒有多久，便有人匆匆上樓，焦急道：「主子，找著了。在郊外客棧，他訂了房間，現在人還沒回去。」

衛韞應了聲，起身平靜道：「帶我過去。」

一行人跑了半個時辰，來了荒郊野外一間小客棧。衛韞帶人進去，小二迎上來道：「客官……」

「別說話。」

衛韞身後的人亮了刀，抵在小二脖頸之上，小二面露驚恐之色，另一個護衛則上前，帶著衛韞進了那人訂下的房屋中。

「你們先藏好，別打草驚蛇。」衛韞看了四周一眼，吩咐道：「我在房裡等著。」

侍衛應了聲，關門走出去，囑咐了小二話語之後，各自埋伏起來。

而衛韞走進屋中，掀了窗簾，將劍放在床上，盤腿坐下來，聽著外面的雨聲，這才察覺。

這雨，怕是要下一夜了吧。

楚瑜一手捂著肩頭的傷口，一手用劍撐著自己，踉蹌地往前走。

方才她一路一面跑一面打，故意拉著距離突襲那些殺手，等一切解決完時，她才發現自己早已和長月、晚月走散，不知到了哪裡。

此刻她身上還帶著傷，她也不知道身後還有沒有殺手，只能咬著牙往前走去。

遠處隱隱有著火光，她猜想應該是一個客棧，她艱難地往那客棧院子裡進去，然後到了最近的房屋前，沒感覺到裡面有人的呼吸聲，便推了窗，翻了進去。

來不及去大堂同小二說開房了，她如今太急切想要躺下來歇一歇，包紮一下傷口。

一面跑一面打了一夜，她的體力早就消耗透了。

她艱難地往床上挪去，掀開床簾想要躺下去，然而就在掀開床簾那一瞬之間，一隻手從裡面猛地探了出來！楚瑜下意識一個閃身，卻還是被對方抓住手腕直接拖進床裡！

對方並沒有殺意，他似乎只是想制住她，楚瑜根本來不及思考發生了什麼，憑藉本能一個旋身，讓對方的手被扭轉到被迫放手的角度後，便朝著床外衝出去。然而對方卻是一把抓住她的衣領，就要將她拖回來！

她的頭髮被抓散開來，衣服也被扯開落到肩頭，狠狠撞到對方胸前。

這是個男人。

一個很年輕的男人。

楚瑜因失血太多，神智有些模糊，卻從身後的氣息裡感知到這個人的情況。

他一手將她兩手扣在身後，一手扣在她的脖頸之間，如清泉擊瓷一般的聲音沉穩平靜，不帶一絲情緒，淡道：「把東西交出來。」

聽到這話，楚瑜就知道對方認錯了人，然而此刻她的咽喉被鎖住，幾乎發不出聲來。她拼命掙扎，而這時候，衛韞也終於察覺幾分不對勁。

他的手指在她喉間上微微摩挲了一下，不由得皺起了眉頭。

她沒有喉結……

那個人雖然是化作女人逃跑的，身形也極像女人，然而的的確確，該是個男人才是。

衛韞臉色一變，將楚瑜猛地扔開，楚瑜迅速翻身，縮在床腳，用力拉扯住衣衫，遮擋住自己的肩頭。

然而方才衣服早已被這個人撕裂了去，哪怕儘量扯著，也露出了脖頸之下一部分雪嫩的肌膚。

她平靜又警惕地盯著對方，整個身子呈現防禦姿態，而對方盯著她的面容，眼中慢慢露出詫異之色。

黑暗中兩個人各在床頭一邊，楚瑜暗中將匕首滑落至掌心，死死盯著對面的青年。

青年還保持著跪坐的姿勢，劍放在他手邊，月華色長衫在黑暗中顯得分明許多，面上白玉面具也與月色區分開來。

他身形挺拔，呼吸未見一絲紊亂，方才一番打鬥，似乎對他沒有半點影響。高手。

楚瑜腦中瞬間閃過這個念頭，她壓制住身上的疼痛，沙啞地說。

「因被追殺，誤入房中，還望英雄見諒。在下這就離開，不干擾英雄行事。」

說著，楚瑜便掙扎著下床，往外走去。

她覺得傷口越來越疼，頭也有些暈，走了沒幾步，她突然覺得無力，整個人雙膝一軟，便要跪下下去。

也就是這時，一隻大手從身後遞來，一把扶住了她。

「養傷。」

對方平靜道，楚瑜喘著粗氣，艱難抬頭，看見對方複雜的眼。

她覺得他有些熟悉，卻又想不起是哪裡見過。

此刻也容不得她拒絕，只能點了點頭：「多謝英雄。」

衛韞抿了抿唇，低低說了句：「失禮了。」

說著，他彎下腰，將楚瑜打橫抱起來，開門走了出去。

侍衛們立刻衝出，忙道：「主子，人抓到了？」

「叫大夫過來。」衛韞平靜道：「順手救了位夫人。」

侍衛們愣了愣，片刻後，眾人：！！！

不得了了，單身十八年的小侯爺半路對一個女人一見鍾情了！

楚瑜聽著那人說話，心裡莫名安定了幾分，然而也不敢放鬆警惕，看上去雖然微闔著眼，手裡的匕首卻一直含在掌心，沒有鬆開片刻。

衛韞察覺她的緊張，想說些什麼，然而所有言語卻止於齒間，竟是什麼都說不出來。

他腦子裡一片混亂，根本沒想過會在這裡遇見這個人，如今他完全不敢說話，就怕開了口，說出什麼不合適的話來，於是只能一直沉默著，假作鎮定。

他抱著楚瑜到了自己的屋中，命其他人繼續在客棧裡蹲守，將隨行大夫叫了進來後，他站在床邊，瞧著楚瑜，帶著幾分忐忑，不知道該如何開這個頭。

楚瑜神智有些模糊，強撐著自己與他對視，衛韞知她警惕，想了想後，他抬手解下床簾，讓楚瑜獨自待在裡面，而後退了開去，坐得遠遠的，只說了聲：「妳別擔心。」

他離開了床邊，壓迫感頓時小了很多。床簾給楚瑜環出一個獨立的空間，她心裡也就沒有那麼緊張，手中匕首終於鬆開了幾分，放開了呼吸。

她思考不了太多，比如這個人是誰，此刻打算做什麼，是救她還是另有所圖？她什麼都想不了，只知道唯一一件事——這人此時此刻，不會殺她。

認知到這一點，她彷彿給自己找到了一個理由，頓時再也撐不住，慢慢陷入黑暗之中。

門外傳來吱呀之聲，是大夫走了進來，他瞧見衛韞，對方抬手給他做了個「噓聲」的姿勢，大夫愣了愣，隨後點點頭，站在房門處，等著衛韞的吩咐。

衛韞起身走到床前，撩起簾子，看見楚瑜已經撐不住昏了過去。她緊皺著眉頭，似乎在忍受什麼，衛韞抿了抿唇，他替她拉好衣服，又用被子蓋好，這才坐在床頭，同大夫道：「來看她。」

大夫點了頭，走上前給楚瑜號了脈，迅速開了藥方。

沈無雙準備的藥派上了用場，衛韞幫著大夫給楚瑜包紮好傷口，餵了藥，便坐在床頭，一動也不動瞧著她。

她的眉目長開了很多，去時她臉上還帶著少女稚氣，線條圓潤豐滿，有幾分可愛的味道。然而三年過去，她比以前瘦了很多，眉眼也舒展開來，線條變得俐落又漂亮，這麼緊閉著眼，都能感知到那上挑著的眼角眉梢，有了怎樣的風情。

他瞧著她的眉目，感覺自己似乎是在夢裡。他小心翼翼探出手，觸碰她眉心。

她的溫度從指尖傳來，他彷彿被從夢裡拉出來，那樣驚喜的觸感讓他的手微微顫抖，他急切去確認這個人，拂開她皺起的眉頭，劃過她微顫的睫毛，觸碰她高挺的鼻梁，最後落在她柔軟的唇上。

他曾經觸碰過這裡。

在三年前，沙城燈火升上天空，周邊全是祈福誦經聲時，他用了這輩子最大的勇氣，輕輕吻了她。

那時年少，很多都不懂，只是輕輕淺淺又滿懷惶恐落在她的唇上，便慌張離開。

然而只是這樣如蝶落蜓飛一樣的吻，卻在他的夢境裡反反覆覆出現。

他此刻靜靜看著這個人，手指觸碰著那柔軟又粗礪的唇瓣，他終於確認，時隔三年，他終於再見到她。

門外有人敲門，衛韞皺了皺眉頭，起身到了門外。

「主子，」衛淺低聲開口：「那人剛才到門口察覺到不對，現在跑了。今天下了大雨，他身上味道淡了，獵犬跟不上了。」

衛淺和衛深是衛韞在白城重新培養的貼身侍衛，幫衛秋分擔一部分職務，這次只帶他回來，也是怕遇上老熟人。畢竟是偷偷回來華京，驚動的人越少越好。

衛韞聽到衛淺的話，皺了皺眉頭，壓著聲音，有些不悅道：「他怎麼發現的？」

「怕是剛才那個女子進來時動了東西，他知道有人進了自己的房。」

衛韞沉默片刻，思索了一會兒，開口道：「立刻去華京各大城門守著，見了人就當場拿下帶走。」

衛淺應了下來，轉身欲走，然而他突然想起什麼，頓住步子，頗為恭敬道：「主子，那位女子是？」

衛韞向來不是熱心腸的人，尤其如今這樣關鍵時刻。那女人打亂了他們的計畫放跑了人，不追究就罷了，哪裡還有這樣好好供著還請大夫幫忙看傷的？於是衛淺覺得，這女子必然與衛韞有著非同尋常的關係。

衛韞也不詫異衛淺會有這樣的認知，他抬眼瞧了衛淺一眼，帶著幾分不滿道：「我大嫂。」

衛淺微微一愣，許久才反應過來：「大夫人？」

衛韞點點頭，衛淺有些詫異：「大夫人怎會受傷在此？」

然而問完後，衛淺也知道，如今楚瑜還在休養，衛韞估計也不知道。他心裡對楚瑜的位置重新調配了一下，點頭道：「屬下知道了。那明日主子跟著大夫人回華京？」

衛韞沒說話，他靜靜思索著，許久，他才慢慢點了點頭，似乎是鄭重極了的模樣。

衛淺立刻道：「那屬下這就準備。」

衛淺走了，衛韞又回了房裡，坐在楚瑜床頭，好久後，他輕輕一嘆，終於轉身去了旁邊小榻，蜷縮著睡下。

第二天早上楚瑜醒得晚，她醒來時，衛韞正端著粥進來。

粥的香味在空氣中瀰漫，他來到她身前，將粥輕輕放在她手邊的小桌上，平穩道：「我扶妳起來。」

「不……」

話沒說完，對方已經伸出手，扶著楚瑜坐起來。

他的手掌很瘦，但卻很穩，骨節分明，帶著男子灼熱的溫度，貼在楚瑜身上，讓楚瑜猛地繃緊了身子。

他給她在身後墊墊子，於是彎了腰靠近她，獨屬於他的氣息鋪天蓋地，讓楚瑜屏住呼吸，頗為尷尬地往後退了退。

衛韞察覺到她往後縮，抬頭看過去，便看見楚瑜微紅的臉。

她扭頭看著一旁，眼裡彷彿含了秋水，微紅的臉頰如彩霞，帶著少女獨有的春媚之色。

這是她頭一次朝他露出這樣的神色。

過往的楚瑜永遠是供他仰望的神女，她似乎永遠俯瞰他，用一種長輩的目光在看待他，哪怕某一瞬間的羞澀，也是鎮定的、從容的、平靜的。

然而這一次，卻是他頭一次覺得，面前這個人真的與他同齡，她並不是他的長輩，也無需他敬仰，甚至會因為他的動作，帶著些慌張。

衛韞喉間緊了緊，他忍不住有種想要吞咽什麼的衝動。然而他克制住自己，迅速將枕頭塞在楚瑜身後，扶著她靠下去，而後便退開在一邊，故作平靜解釋了一句：「妳動作不便，是在下失禮了。」

他的聲音很好聽。

楚瑜思索著，抬頭看過去。

他還戴著面具，面具下方的唇是細長的薄唇，帶著自然的櫻色，看上去極為漂亮。而下巴彷彿用畫筆描繪出來的一般，線條流暢又漂亮，光看著這個下巴和唇，就讓人覺得，面具之下那個人，必然是個極為俊美的公子。

楚瑜心念動了動，總覺得這個人有幾分熟悉，可又想不起來是同誰相似。

而衛韞見楚瑜盯著她，忍不住垂下眼眸，低聲道：「我先侍奉您洗漱。」

聽到這話，楚瑜有些尷尬：「您這裡沒有女眷嗎？」

衛韞動作一頓，片刻後，他搖了搖頭，「出門辦事，沒有女眷。」

楚瑜也不意外，看昨晚這人出手她就知道，他絕不是來遊山逛水的。她不敢詢問太多，點了點頭道：「多謝公子搭救，不過這些事兒您讓下人來做即可，不必勞煩公子紆尊降貴。」

衛韞沒說話，他轉過身去，只是道：「先把粥喝了吧，涼了。」

楚瑜連忙謝過，自己勉強端著粥喝了幾口，便察覺到不對。

這粥裡加了煮熟的蛋黃，碾碎後融在粥裡。她向來愛這樣喝粥，如今荒郊野外，怎麼就剛剛好遇到一碗她喜歡喝的粥？

她心裡帶著警惕，等將粥喝完後，有人端著洗漱的東西上來。她從對方手中接過帕子擦臉，同時打聽道：「請問你們主子……」

話沒說完，她就頓住聲音，抬頭看上去，發現仍舊是那個人，端著洗漱的東西站在她身邊。

他端東西端得坦坦蕩蕩，似乎絲毫不覺得自己一個主人給對方端水有什麼不妥。

楚瑜終於皺起眉頭，她壓著心裡的那份違和，終於道：「公子，您與我是否有什麼瓜葛？」

衛韞聽到這話，心裡提了起來，然而面上還是故作鎮定道：「夫人金貴，在下不敢打擾。」

說出這話的時候，衛韞覺得自己似乎深陷在一種微妙的情緒裡。

他不想讓她知道自己是誰。

他覺得此時此刻，在面具下，這麼靜靜同她說話的感覺，其實很好。

因為這一刻她不是他長輩，他可以平等的、以一個男人的身分同她交談。

楚瑜聽到這話，輕輕一笑。

「您與我初次見面，怎麼就知道我是夫人，還知道我金貴？」

楚瑜說著，漱口洗牙，而後抬起頭，大大方方看向對方。對方將用具交給旁邊的衛淺，而後退到桌後，恭敬跪坐下來，平靜道：「夫人要問什麼，不妨直說。」

楚瑜瞇了瞇眼，冷聲道：「你是誰？」

衛韞沉默片刻，終於慢慢開口：「在下公孫湛。」

楚瑜聽到這個名字，微微一愣。

公孫湛這個人她是聽說過的，衛韞手下首席謀士，在北境一手培養起來的風雲人物，過往家書中偶有提及。

上輩子的公孫湛一直待在衛韞身後，她未曾見過，然而卻也曾聽顧楚生說過，公孫湛這人做下的決定，便是衛韞做下的決定，可見此人在衛韞身邊，有重要的份量。

只是雖然聽過這個名字多次，這卻是頭一次見面。

她很快反應過來，調整了此人在她心中的份量後，迅速道：「你是鎮國候手下的公孫湛？」

衛韞點了點頭，跪坐在衛韞後面的兩個侍衛板著臉，一句話都不敢說。

「是小……」小七兩個字差點脫口而出，楚瑜驟然想起，外人面前，她得保住衛韞那份威嚴。於是她趕忙改口道：「是侯爺讓你們來的？來做什麼？」

「蘇查往華京送了一封信，侯爺讓我們來攔截。」衛韞平穩地撒著謊。

楚瑜皺起眉頭：「他為何未曾同我說過？」

然而說完這話，楚瑜頓時想起來，其實這些年，衛韞同她說話，本便不多。

說不失落是假的，可是也找不著什麼理由去責怪。該盡的責任盡了，該守的禮儀守了，只是人有時候，付出太多，就想要太多，於是便有了不甘心。

好在楚瑜壓制住那份不甘心，她艱難地笑了笑道：「也是，你們的大事，他不同我說也正常。人抓到了嗎？」

「未曾。」衛韞簡短描述：「如今已往華京逃去，我派人盯住了城門，怕是要去華京一趟，到時候還望夫人幫忙。」

楚瑜點了點頭，若是蘇查往華京發來的信函，怕包含著當年趙玥勾通北狄的罪證。然而她還有一些疑慮，她抬頭看向公孫湛：「公孫先生，你與我未曾見過，怎麼認出我來？」

衛韞沉默片刻，好久後，他慢慢道：「侯爺房間裡掛了大夫人畫像。」

「那今早的粥，是公孫先生也喜歡這樣喝粥嗎？」

衛韞找到了一個極其萬能的理由：「是侯爺同我說的。」

聽到這話，楚瑜有些疑惑：「他同你說過這樣多？」

衛韞在袖子裡慢慢捏緊了拳頭，聲音有些顫抖：「侯爺他，很思念您。」

這話出來，楚瑜就愣了，看著楚瑜愣神的模樣，衛韞盯著她，壓制住內心澎湃的表達欲。他的目光落在她身上，將那千言萬語，揉碎了，又拼湊起來，變成一個個簡單的字，「他特別特別想妳。」

楚瑜終於反應過來，慢慢笑起來。

她聲音平和，像梨花被春風捧著送到帶著春暖的湖面上，美好又溫柔，「我也很想他。」

聽著這話，衛韞覺得喉間被什麼堵得發疼。他垂下眼眸，聽面前女子奇怪地詢問：「那他為何不給我寫信呢？我給他寫了好多信，他很少回我。」

「侯爺給您回信，寫多了，他便想回家。」衛韞眼裡有些發澀：「所以他便不寫了，想等著戰事平了，他回來，親自同您說。」

這些話讓楚瑜內心曾經有的不悅和不安都沉下去，她不由得笑起來，卻只是輕輕說了一句：「這樣啊。」

衛韞低著頭，調整狀態片刻，這才站起來，將自己的權杖交了過去，平靜道：「這是來時侯爺給我的權杖，說可以此為憑證。」

楚瑜瞧著那權杖，仔細辨認了真偽，這才澈底放心。

她抬頭看向衛韞，笑著道：「既然要回京，不若一起回京吧，剛好你們入城，將我帶回去。」

「您出城的事不能讓人知道？」衛韞皺眉。

楚瑜眼中帶著冷意：「那是當然。」

不僅是因為不想讓趙玥知道她與王家的事有關，而且她本就是趙玥用來威脅衛韞的棋子，若讓趙玥知道她想出城就能出城，必然會對她更嚴加防範。

她將發生的事跟衛韞粗略說了一番，衛韞聽得眉頭深皺，卻是什麼都沒說。

楚瑜說完時，衛淺也收拾好了行囊，衛韞上前，平靜道：「妳身上帶傷，我謊稱妳是我妻子，有病入京尋醫。」

楚瑜點點頭，衛韞瞧著她的眼睛：「那，夫人，我可能冒犯？」

其實偽裝成病弱妻子，楚瑜本來早就做好了準備，衛韞如此鄭重地問一句，倒讓她有些尷尬。她吶吶地點了頭，衛韞便從衛夏手中拿了一件大氅披在她身上，然後彎著腰，細細在她身前打了結。

他離她不遠不近，倒算不上無禮，但也絕不算冷漠。

楚瑜扭頭看著旁邊，也不知道怎麼，愣是沒敢回頭看這個人。

等將結打好，衛韞便將她打橫抱在懷裡，送上了馬車。

不過是十幾息的時間，楚瑜將臉埋在他懷裡，也不知道為什麼，就覺得特別漫長。

他的心跳很穩，一下接一下，不知道是不是因為大氅上的絨毛太熱，薰得她臉上發燙。

衛韞將她放在馬車上，給她蓋了被子，自己規規矩矩退到遠處，便不再說話。

兩個人沉默著，空氣中瀰漫著一股熟悉的香味，許久後，楚瑜終於認出來，為什麼她會覺得這個味道熟悉，因為這個味道，就是多年前她一直喜歡的香膏味。

楚瑜轉過頭看著衛韞，開口道：「你用什麼香囊？」

衛韞微微一愣，立刻反應過來她問的是什麼。

這是當年她最愛的香膏，在北境的時候，他將自己的香囊換成了那個香膏的味道，一用三年。

然而他很快鎮定下來，慢慢道：「我也不知，香囊由府中統一發出來，我只是選了個喜歡的味道。」

「剛好，」楚瑜輕笑：「我也喜歡這個味道。」

衛韞沒說話，他垂眸不言。楚瑜想多從他這裡瞭解關於衛韞的事，便開始斷斷續續問他話。

她問什麼，他答什麼，沒有半分遮掩。

她從這個人口中，拼湊著衛韞在北境的生活。這個人畢竟生活在衛韞身邊，不像楚臨陽這些人，他們只能告訴衛韞又打了什麼勝仗，又得了什麼名聲。

然而這個人卻能說起衛韞日常起居，雖然都是很普通很平常的事，但不知道為什麼，楚瑜卻聽得津津有味。

這個人聲音又平又穩，如同他一直以來所展示的那樣，他的行為、他的心跳、他說的話，都讓楚瑜有一種莫名的心安。

馬車搖搖晃晃，楚瑜一面聽衛韞說著「衛韞」的日常生活，一面翻著書。

這個人太熟悉了。

她思索著，總覺得這個人給她的感覺，一定是記憶裡有的人物。

她有些苦惱，抬頭看向衛韞，靜靜注視著他。也就是這時，馬前不知遇到什麼，馬突然受驚，楚瑜的手因為馬車晃動，從書頁上飛快劃過，血珠迅速冒了出來，楚瑜還沒反應過來，手就被人握在手裡。

他也不知道是什麼時候拿出了繃帶，一圈一圈纏繞在她手指上，用平靜中帶著些疼惜的語氣，開口說了句：「小心些。」

楚瑜呆呆地看著他，她也不知道是怎麼的，腦子裡驀地閃出一個人。

那個人也曾小心翼翼呵護著她，彷彿她是一個嬌弱女子。

當時她蓋著紅蓋頭，手裡握著紅錦緞，由他領著往前。

其實她看得到，可是卻還是反覆聽他說：「小心些。」

那時候她剛回來，遇到這樣一個人，她心裡其實，是有那麼幾分期待的。

她一輩子沒有被人疼惜過，頭一遭遇到那麼一個人，就是她未來的丈夫。哪怕已經過了一輩子，卻仍舊會像一個小姑娘一樣，在那瞬間幻想許多，嫁給這個人大概是怎樣的人生。

楚瑜看著衛韞用繃帶替她包住傷口，終於意識到一件事。

面前這個人，真是像極了當年的衛珺。

她盯著衛韞的時間太長，衛韞也察覺到她的目光。他收好了包紮用的工具，抬起頭看向楚瑜：「大夫人在看什麼？」

他的目光很平靜，瞧著她的時候，帶著少見的溫和。只是楚瑜分辨不出來這份溫柔是不是她獨有，她只覺得面前這個人的眼神，給她的感覺和當年的衛珺如出一轍。

哪怕如今這個人要平靜從容許多，然而那種被人珍愛的安全感，卻一模一樣。

她輕輕笑起來。

「說句冒犯的話。」楚瑜看著衛韞，坦誠開口：「看見公孫先生，我也不知道怎麼了，就想起了我那亡故的夫君。」

衛韞動作微微一頓，他看著楚瑜眼中有了懷念。

「有沒有人同您說過，您與衛珺世子，真是像極了。」

這話彷彿刀扎進心裡，劃出一刀長長的傷口。

衛韞看著楚瑜，他將所有情緒鎖牢在心底，看上去神色淡然，無喜無悲。

楚瑜想了想：「您認識衛珺世子嗎？」

衛韞面色不動，好久後，他才慢慢開口，聲音乾澀又遲緩。

「認識。」

不僅認識，而且如此親近。

他曾經在少年時夢想要活成跟哥哥一樣的人。等他真的長大，聽見一個人說他像極了哥哥，他驟然發現——原來他誰都不想當，他只想當衛韞。

被人喜歡，就該獨一無二喜歡的衛七郎，衛韞。

提到衛珺這個名字，楚瑜直覺氣氛似乎有了轉變。

衛韞起身退開，坐在馬車遠處，楚瑜有些疑惑這人與衛珺的關係，卻又覺得不大好開口，於是轉回衛韞身上，又同衛韞詢問了諸多關於衛韞在邊疆的事。

楚瑜的關心讓衛韞的情緒稍微調整了些，他緩慢說著邊關諸事，馬車緩慢前行，也不知過了多久，馬車停了下來。

衛韞聽見衛淺同侍衛在外面交涉，衛韞悄聲來到楚瑜身邊，讓楚瑜的頭靠在他肩頭，抬手搭在楚瑜肩膀上。

只聽外面侍衛同衛淺確認了官文，挑開簾子確認馬車裡的人，楚瑜輕輕側著臉，將半張臉埋在衛韞肩頭，似是在淺睡。

那士兵瞧著衛韞的模樣皺了皺眉頭，粗聲道：「你，戴面具做什麼？把面具取下來看看！」

衛韞沒說話，楚瑜就聽衣服摩挲之聲，似乎是取下了面具，楚瑜悄悄抬眼，順著下顎線條往上看去，便看見那白玉面具下的面容上全是凸起的痕跡，似乎被火焰灼燒而過，看得人觸目心驚。

士兵倒吸了口涼氣，趕忙擺手：「趕緊帶上，嚇死人了。」

「驚擾大人。」衛韞抬手將面具戴到臉上。

士兵將目光落到楚瑜身上，皺起眉頭道：「這女子的文書……」

話還沒說完，就聽外面傳來馬蹄之聲，那士兵顧不得他們，匆匆放下簾子，往旁邊轉過身去，而後外面傳來拜見之聲：「見過顧大人。」

「起了，我找人。」

顧楚生的聲音從外面傳來，壓著幾分急切，楚瑜心念一動，便知顧楚生怕是知道了什麼。

她靠在衛韞肩頭微微一動，衛韞放在她肩頭的手頓時加了力道，他按著她的身子，握住她的手，平靜道：「夫人稍安勿躁。」

說著，顧楚生猛地掀開簾子，看向裡面。衛韞正拉著楚瑜的手，似乎在低頭同她說著什麼，聽見車簾被掀開，他從容回頭，看向顧楚生銳利的目光。

顧楚生匆匆在他臉上掃了一眼，便將目光落在楚瑜臉上，他看見楚瑜的瞬間，頓時皺起眉頭，他似乎要說什麼，卻又克制住自己，將簾子猛地摔上，便道：「趕緊進去，別擋著後面的人。」

「顧大人……」那守將有些猶豫：「那女子說她文書丟了，有些可疑……」

「她丈夫的在不就可以了？」顧楚生冷冷看了守將一眼：「放人，別擋了我貴客的道。」

那守將沒敢再多說，忙點頭哈腰放人進去。

馬車入了城，走了許久，楚瑜覺得安全了，想要起身，卻發現「公孫湛」的手仍舊牢牢壓著她。

楚瑜皺起眉頭，不滿道：「公孫先生。」

衛韞這才回過神，意識到自己做了什麼，忙放了手，倉皇退後道：「對不住，方才走了神。」

「無妨。」楚瑜笑了笑，直起身來，靠著車壁道：「公孫先生方才在想什麼？」

「方才那位，應是如今禮部尚書顧楚生吧？」

衛韞平淡道，顧楚生升任禮部尚書一事，他早在北方就已知曉。

楚瑜點了點頭：「正是。」

「年少有為。」衛韞神色間看不出喜怒：「怕而立之前，內閣有望。」

「以他的能耐，也不過是幾年的事了。」

楚瑜知曉顧楚生的能耐。哪怕這輩子和上輩子早已不同，但對於顧楚生這樣的人來說，在任何人手下，他入內閣都只是早晚問題。

聽著楚瑜的誇讚，衛韞神色動了動：「大夫人與他關係似乎不錯？」

楚瑜也不知如何回覆，這些年顧楚生幫她良多，雖然她一直拒絕，可卻也不是知恩不報的人。她嘆了口氣，語氣裡帶著幾分無奈：「他幫了衛家很多。」

衛韞沒有說話，轉過頭。

從起伏的車簾裡往外看，華京與當年去時變化了很多。

去的時候還是戰時，許多人逃難出去，街上全是流民，一條街關了半條，看上去十分蕭索。然而如今滿街熙熙攘攘，十分熱鬧。

楚瑜看見衛韞瞧著外面，眼神裡慢慢帶了溫度，不知道怎麼，彷彿感知到他內心裡那份柔軟，不由得笑道：「如今大楚反敗為勝，百姓安康，華京早已恢復過往繁華。公孫先生過去可曾來過華京？」

「來過。」衛韞聲音平淡，楚瑜接著道：「什麼時候？」

「三年前離開華京。」

聽到這話，楚瑜眼裡帶著懷念：「我們侯爺，也是三年前走的。如今算來，再過一個月，便是四年了。」

衛韞垂了眼眸，低低應了一聲。

楚瑜繼續道：「如今華京與三年前相比，公孫先生覺得如何？」

聽到這話，衛韞目光看著窗外繁華喧嚷的大街，一字一句說得很鄭重，慢慢道：「不負邊境兒郎。」

楚瑜原以為，面前這個人會同她細細說些華京與他印象中的變化，然而沒想到，衛韞竟是說了這麼一句。

這句話輕輕觸碰在她心上，讓她內心對這個人又多了幾分好感。

她喜歡這樣的男兒。

這樣的人，會讓她覺得帶著風骨和溫柔，撐著大楚和百姓，令她仰望。

她想了想，這才道：「還不知公孫先生如今貴庚？」

衛韞抿了抿唇。

他差點報了自己的實數，然而在開口前，又因著那麼幾分不情願止住了聲。

他不喜歡旁人將他當孩子看，於是他撒了謊：「二十四。」

楚瑜聽了這話，點了點頭：「正是好年華，公孫先生還要多打磨啊。」

衛韞：「……」

早知道就說三十了。

「大夫人覺得二十四還算年輕，不知大夫人覺得多少歲的男人，才算得上成熟穩重呢？」

衛韞忍不住開口問了聲，戴著面具，他的膽子大了不少。

楚瑜向來心寬，也沒覺得衛韞這話有什麼不妥，反而認真思索了一下。

最後她想了想道：「怎麼的，也得三十五六的模樣吧？」

她死的時候三十多歲，成熟穩重的那人，怎麼也要比她年長才對。

衛韞聽著這話，心裡微微一塞：「大夫人若要再嫁，莫不是喜歡年長一些的男人？」

楚瑜沒有多想，順著衛韞的話，她認真思索了一下：「嗯，我若再嫁，總得找個比我大個十幾歲的吧？」

「大這樣多，」衛韞端著茶抿了一口，淡道：「大夫人不擔心要多出十幾年時光獨自一人嗎？」

這話算得上不大好聽了，楚瑜卻沒聽出來，反而認真回答道：「我覺得男人長大了，會成熟一些，疼人。」

「這和年齡沒有關係，」衛韞果斷開口：「和人有關。」

楚瑜聽著衛韞的話，想了想，覺得似乎也是。

譬如顧楚生，年少的時候還比後來會心疼人。

見她不說話了，衛韞終於有了緩衝下來的空間，這才反應過來自己說了些什麼，不由得有些懊惱。

他抿緊了唇，也不知如何補救，就沉默著不說話。而楚瑜卻是認真想著他的話，點了點頭，同他道：「您說得也是，譬如說我們侯爺，雖然年紀小，但就比許多人懂事穩重，也知道如何疼人。日後誰嫁給她，必然會過得很好。」

聽著這話，衛韞也不知道怎麼，耳根子有些紅了。

楚瑜說完了這話，等了一會兒，見衛韞沒開口回她，有些疑惑道：「公孫先生？」

「嗯，」衛韞知道必須說些什麼，於是他厚著臉皮，點頭道：「您說得極是，小侯爺是個穩重的人。」

於是兩人又將衛韞誇讚一番，衛韞在面具之下的臉被誇得越來越紅，終於來到了衛府門前，衛淺上前敲了大門，守門人打開門來，衛淺便直接舉起權杖，按照楚瑜的吩咐，壓低了聲道：「送大夫人回府。」

那守門人頓時變了臉色，往四周看了看後，打開門，小聲道：「快些進來。」

衛淺點點頭，讓人上馬車通知了楚瑜和衛韞。衛韞給楚瑜戴上帽子，打橫抱著從馬車上下來，迅速進了府中。

進去之後，衛韞也沒放人，按著楚瑜的指使往裡面走，走了一段路，便看見蔣純帶著長月、晚月上前，看見衛韞和抱著楚瑜，焦急道：「人可還好？」

衛韞點了點頭：「傷口都處理好了，只要好好休養就可以。」

蔣純有些不放心，還是吩咐人去請大夫，然後領著衛韞一路走到楚瑜的房間，將楚瑜放下後，衛韞便起身站在一旁，蔣純同楚瑜說了幾句話，確認人沒事後，終於想起衛韞，轉頭道：「敢問先生貴姓？」

衛韞將給楚瑜胡謅的話又再說了一遍，聽完之後，蔣純忙給衛韞行禮，衛韞上前扶住蔣純，趕緊道：「二夫人不必多禮，在下也是按侯爺吩咐辦事，無甚特殊。」

蔣純搖了搖頭，認真道：「您救了大嫂，於情於理我們都該感激。公孫先生居住之時，有任何難處都可以同我說。我主管內宅大小事務，您不必客氣。」

衛韞點了點頭，恭敬道：「謝過二夫人了。」

蔣純沒說話，她上下打量著衛韞。楚瑜躺在床上，覺得有些睏了，沒人同她說話，她意識便渙散開來，迷迷糊糊睡了。

衛韞轉頭看了楚瑜睡覺的模樣一眼，那一眼看似漫不經心，然而那份炙熱和喜歡，卻是壓在眼底，若是仔細看，也是能看出來的。

蔣純聽著旁邊楚瑜呼吸聲漸漸平穩，正要開口，就聽見外面長月衝進來，咋咋呼呼道：「不好了，顧大人此刻到門口了，他要見大夫人！」

「攔住！」

蔣純和衛韞壓低了聲音，異口同聲開口，楚瑜恍恍惚惚睜開眼，衛韞和蔣純看了楚瑜一眼，便轉身走了出去。

剛出長廊，蔣純立刻道：「阿瑜出城的事情絕不能讓人知曉……」

「他已經知道了。」衛韞淡淡開口。

蔣純面色僵了僵，然而她還是咬了咬牙：「他知道也沒事，但能少知道還是少知道。」

衛韞點頭，頗為贊同蔣純的話。這時候又一個小廝闖進來，焦急道：「二夫人，顧大人一定要見了大夫人才走，還在大堂裡鬧呢。」

蔣純皺了皺眉頭，面露苦澀。

衛韞面上看上去從容溫和，其實內心早就翻滾不已。他見蔣純犯難，直接道：「我去處理吧。」

說著，也沒等蔣純同意，便直接往大堂走去。

進了大堂時，顧楚生的奴僕正和家奴對峙，屋裡吵吵嚷嚷，顧楚生跪坐在門口前，從容地給自己倒了茶，慢慢品茶。

他察覺到衛韞在看他，顧楚生抬起眼，與衛韞靜靜對視。

他沒有半分退縮，只是瞇了瞇眼，想起馬車上這個人與楚瑜十指相扣，他冷聲道：「敢問閣下如何稱呼？」

「我如何稱呼不重要，」衛韞平淡開口：「你只需要知道，我來就是為了一件事。」

「請閣下賜教。」

顧楚生問得恭敬，衛韞瞧著他，目光沉穩冷靜，絕非一個少年人理當擁有的模樣。

他雙手籠在袖間，盯著顧楚生，一字一句，擲地有聲。

「滾出去！」

第四章　執念成災

聽到這一聲怒喝，顧楚生面色不動。他轉過頭，低頭喝了口茶。

「身著布衣，戴著銀白面具，還在衛家能對客人大呼小叫……」顧楚生笑著抬頭：「看來您在衛家頗有威望，怕不是本該在北境的公孫先生吧？」

衛韞沒說話，他微微皺眉，思索著顧楚生是怎麼知道這個身分的。

公孫湛這個人是他在北境戰場上救下來的，後來他違背了趙玥軍令，暗中前往河西去買馬時遭遇了埋伏，公孫湛護主而死，他頂著公孫湛的名頭逃回了白城。他沒有宣布公孫湛的死訊，反而從此將他變成了自己在外行走的一個身分。離京三年，他從來沒有回過華京，顧楚生又是怎麼知道公孫湛的？

他的不悅顧楚生瞧出來了，冷笑道：「可是公孫先生，侯爺再如何重用你，你也不過是白衣之身。本官正三品禮部尚書，容得著你在這裡大呼小叫？跪下！」

顧楚生這話出來，衛韞身後的衛淺瞬間拔刀，而顧楚生身後的侍衛也拔了刀。兩相對峙間，衛韞平靜開口：「顧大人之所以年紀輕輕便被陛下力排眾議擢升為禮部尚書，想必是個懂禮守禮的人。」

顧楚生聽明白衛韞的意思。

公孫湛雖然品階不高，可他是鎮國侯府的家臣，如今他站在鎮國侯府之中，家臣護主，讓他滾已經是客氣了。

顧楚生眼中神色動了動，他嘆了口氣，露出難過的神色：「公孫大人，實不相瞞，在下是擔心衛大夫人。」

「我衛府的大夫人，有衛府的人擔心、有楚府的擔心，您與大夫人什麼關係，」衛韞冷冷一笑：「輪得到你關心？」

「公孫先生，」顧楚生壓著怒氣：「我與大夫人乃故友。」

「她嫁人了。」衛韞聲音裡帶著冷意：「還望您避嫌才是。」

顧楚生被這話氣得血湧，他捏緊了手中的扇子，冷笑出聲，連著道：「好好好，你們便就這樣攔著，到時候出了事兒，我看你這奴才擔不擔得起！」

衛韞不說話，雙手籠在袖間，平靜道：「送客。」

聽了這兩個字，顧楚生知道衛韞是下定了決心讓他走。他冷冷盯著衛韞，許久後，他深吸一口氣，猛地摔袖離開，走了幾步，他終究還是停下來，迅速道：「昨個兒宮裡大火，燒死了王貴妃，陛下說王賀因女兒殞命，指使侍衛在宮中怒斬了一百多位宮人，連夜宣大理寺卿入宮徹查此事，今日清晨，陛下命人圍住了王家府邸，」說著，顧楚生抿了抿唇，卻是道：「雖然不清楚大夫人到底做了什麼，你讓大夫人早做準備吧。」

這次衛韞沒有再為難顧楚生，他恭恭敬敬做了一揖道：「謝過顧大人提醒。」

說著，他上前，親自送顧楚生出府。顧楚生見他走到自己身側，冷著聲道：「你來華京做什麼？」

「在下並非顧大人手下，是來是去，與大人有何干係？」

衛韞沒有直面回答，顧楚生思索著沒說話。上輩子公孫湛這個人向來不輕易出面，出面之後，必然就是血雨腥風，衛韞人生裡所有重大的轉折，幾乎都和這個人有關係，他一貫也是貴族中上座之人。他想了想，以他們的關係，公孫湛不可能同他說實情，於是他點了點頭，沒有多問。將近來發生的大事捋了一遍，抬眼看向衛韞：「你是來同陛下談議和之事的？」

衛韞面色不動，顧楚生以為猜中了此事，輕笑開來：「我知道你們主子不願意回京，其實如今你們大可放心了，王家出了事兒，陛下一時半會不會讓你們回來。你們要回來，他還怕你們趁機勾結王家呢。」

「顧大人想多了。」衛韞終於開口，聲音不鹹不淡：「您還是多想想王家出了事兒，您該給陛下出什麼主意遮掩吧。顧大人總不至於真的覺得，」衛韞抬頭看向顧楚生：「那一百多位宮人，真是王賀殺的吧？」

顧楚生面色變了變，衛韞輕輕一笑，抬手道：「顧大人，請。」

送走了顧楚生，衛韞回到長廊，沒走幾步，便看見蔣純站在門口，笑意盈盈朝他行了個禮：「公孫先生。」

衛韞忙上前去，恭恭敬敬行了個家臣的大禮：「二夫人。」

「公孫先生周途勞頓，本該休息，但是老夫人聽聞您來，過於思念侯爺，想叫您過去，問您些話，以慰思子之苦。」

衛韞心裡湧出些許酸楚，拱手道：「承蒙老夫人抬愛，是在下幸事。」

說著，蔣純便帶著衛韞往內院走去，來到房門前，蔣純讓衛韞等著，讓下人去通報了柳雪陽。過了一會兒，下人領著蔣純和衛韞進去，衛韞便看見柳雪陽坐在正上方位子上，靜靜打量著他。

他不在這三年，柳雪陽頭上已經有了白髮，她認真地瞧著他，衛韞垂下眼眸，壓著所有情緒，恭恭敬敬給柳雪陽行了個禮。

柳雪陽見他的動作，忙讓他起來。衛韞抬起頭，就看見柳雪陽眼裡帶著些許濕意，衛韞愣了愣，忍不住道：「老夫人為何傷懷？」

「讓先生見笑了，」柳雪陽用帕子擦了擦眼角：「先生這雙眼睛，真是像極了我兒。」

衛韞沒有說話，一瞬之間，他幾乎想向柳雪陽承認了自己的身分。

然而理智壓住他。

柳雪陽向來不是個能藏住事兒的，他在華京這件事，絕對不能傳出半點風聲，他不能這樣冒失。

於是他只能安撫道：「當讓小侯爺回來才是。」

「哪裡話，」柳雪陽笑起來：「如今北狄未平，他匆匆回來，又要回去，那還不如不要回來呢。我也習慣了……」

柳雪陽聲音裡帶著低落：「他爹在沙場上待了一輩子，他如今也是如此，我早已習慣了。」

「老夫人……」

「說起來，」柳雪陽將目光轉過來，看著衛韞道：「我聽說是你將阿瑜救回來的。」

衛韞點了點頭：「恰好遇到夫人。」

「你在侯爺手下，是擔著文職吧？」

「是，」衛韞按著公孫湛的身分演下去：「屬下是侯爺的謀士。」

柳雪陽點點頭：「文職好，風險小。等過些年沒怎麼打仗了，你回華京來，我讓侯爺給你謀個官職吧。」

「謝老夫人厚愛，」衛韞行了個禮：「屬下感激不盡。」

柳雪陽笑著應了，上下打量著衛韞，越看越歡喜。同衛韞就著他在北邊的事兒問了許久，留他一起用膳。

衛韞規規矩矩坐在柳雪陽旁邊，柳雪陽同蔣純聊著天：「今日顧楚生可是又來了？」

「是啊，」蔣純嘆了口氣：「不過終究是外人，我沒讓他去探望。」

「等阿瑜好些，妳便告訴他，讓他再上門來見見吧。」

柳雪陽平靜地說著這話，衛韞拿著筷子的手微微一頓，他抬起頭，看著柳雪陽，眼裡帶著疑惑。蔣純瞧出衛韞眼中疑問，笑著道：「公孫先生別奇怪，老夫人這是想撮合顧大人和大夫人呢。」

「我精神頭是越發不好了，」柳雪陽輕嘆了一聲，苦笑道：「如今最難的時光走了過來，小七那邊我也不擔心。陵春如今也九歲了，看上去很懂事，二夫人這裡也有了依靠，算來算去，整個府裡就是阿瑜讓我放心不下。她如今這樣年輕，和阿珺清清白白，也沒個孩子，是我們衛家對不起她，我總得活著看著她嫁個好人家，看著她生了孩子，過得好才是，這樣我才能安穩下去。」

聽到這話，衛韞捏緊了筷子，垂著眼眸。

他的手微微打顫，於是拼命用力，止住這份顫抖。

旁邊的蔣純沒有察覺他的異樣，反而勸著柳雪陽道：「婆婆您別瞎說，您這命是要長命百歲的，阿瑜的婚事也急不得，她和顧楚生心裡有結，但是顧楚生有心，也是早晚的事兒，您別擔心。」

「這倒也是，」柳雪陽笑了笑，抬頭看向衛韞道：「公孫先生，我是把你當自家人看待的，你看顧楚生，也算不錯吧？」

衛韞說不出話，他整顆心都在抖，怕自己開口就有了異樣，只能低低應聲：「嗯。」

「顧楚生這孩子是真好，」柳雪陽轉頭看向蔣純：「妳看這華京見過他的人，誰不說他好的？雖然他們年少時是有那麼些不愉快，聽說是顧楚生拒絕了她是吧？但男人年紀小的時候，有幾個清楚知道自己心意的……如今妳瞧他年紀輕輕，就是禮部尚書，未來內閣是定好了的，為人作風也算正派，最主要的是，他有心。」

「您說的是，」蔣純笑了笑：「如今阿瑜就是心裡有結，等結散了就好了。我瞧著顧楚生是個有毅力的，精誠所至金石為開，您不用太擔心，早晚的事兒。」

聽到這話，柳雪陽終於開心了，笑著同蔣純說了些顧楚生升任禮部後的趣事兒，兩人商量著日後怎麼撮合楚瑜和顧楚生，衛韞就在一旁麻木地聽著。

漠然地將飯菜吃完，衛韞再也撐不住，他站起身，恭恭敬敬告退下去。

等他走了，柳雪陽抬頭瞧著衛韞去的方向，嘆了口氣道：「可惜出身低了些。」

蔣純笑了笑：「金陵豈是池中物？婆婆，當年臥龍鳳雛也只是白衣呢。出身不重要，重要的是有心。」

柳雪陽沉默片刻，終於道：「看阿瑜吧，她過得好就行。」

柳雪陽和蔣純聊著天時，衛韞走到長廊上。

衛淺跟在後面，衛韞步子走得很快，衛淺急急追逐著，有些擔憂道：「主子，您這是怎麼了？」

衛韞沒說話，他連著轉過幾個長廊，終於頓住步子，猛然回頭，冷著聲道：「查。」

衛淺愣了愣，衛韞抬眼看向遠處：「將顧楚生近年來所做所為，所有和大夫人的接觸，都給我查得清清楚楚，他們說過每一句話做過每一件事我都要知道。」

「主……主子？」衛淺沒有反應過來，有些詫異道：「您查大夫人做什麼？」

衛韞沒說話，他冷冷瞧了衛淺一眼，抬手將腰上權杖扔了過去，冷聲道：「回到白城，自己去衛秋那裡領罰。」

衛淺拿著權杖有些茫然，他做錯什麼了？

然而他也不敢多說，趕緊拿著權杖退下去辦事兒。衛韞則是來到楚瑜房門前。

楚瑜還在昏睡，他沒能進去，就坐在庭中石桌邊上，讓侍女給他擺上棋盤和棋子，自己和自己對弈。

他的每一步都下得特別慢，走得特別艱難，滿腦子迴盪著剛才蔣純和柳雪陽的話。

她早晚要嫁人，可是沒有任何人覺得，那個人會是他。哪怕是明明知道他心意的蔣純，都沒有想過有一天他會回來，要娶這個人。

他抿緊了唇，煩躁和無力齊齊湧上，明明已經過去三年，他卻還是覺得自己和過去彷彿沒有差別。

他一顆一顆棋子落下，日頭到了最烈的時間，外面傳來通報聲。

「大夫人，」管家急急走進來，衛韞抬起頭，看見管家到了面前，焦急道：「快去通報大夫人，宮裡來了聖旨，陛下召大夫人進宮！」

衛韞皺起眉頭，他站起身，聽見房屋之中傳來楚瑜的咳嗽聲。

所有人都站在門口等著楚瑜的命令，哪怕她在病中，可所有人的支柱都是這個人。

僅這一個場面，衛韞就覺得，他似乎已經窺見了他不在的這三年，楚瑜是如何撐著這個莊森的衛府。

他心裡驟然湧起密密麻麻的疼來，方才所有嫉妒和憤怒都隨著這些疼痛消失而去，他站在門外，聽見裡面傳來楚瑜虛弱又莊嚴的聲音。

「公孫先生何在？」

他雙手攏在身前，平靜道：「大夫人，我在。」

楚瑜此刻已經醒了，她將衛韞叫進來，躲在屏風後面，光著手臂，讓長月將傷口綁了一層又一層，以免血滲透出來。

衛韞在屏風外正堂站著，楚瑜咬著牙，忍著疼開口：「我聽說顧楚生來了，他方才同你說了什麼？」

衛韞聽出她聲音裡的痛意，大致猜出她在做什麼，他垂下眼眸，捏著拳頭，將顧楚生的話一五一十說了，楚瑜聽了衛韞的話，便知道這次趙玥是下了血本要動王家了。

她本只是想製造王家和趙玥的間隙，卻沒想到走到了這樣一步，趙玥此次必然會嚴查。她思量了片刻，穿好衣服，起身走出屏風，平靜道：「我知曉了，您先歇下吧，我先入宮去了。」

「大夫人，」衛韞跟在她後面，盯著她蒼白的面色：「顧楚生既然已經看到了我，我該進宮一趟，以免陛下詢問。」

楚瑜想了想，點了點頭，帶著衛韞一同往宮裡去了。

到了宮中，趙玥正在看桌上的文書，楚瑜帶著衛韞進去，恭恭敬敬行禮之後，趙玥抬起頭。

他神色間帶著疲憊，似乎許久沒睡，瞧著楚瑜和衛韞跪在地上，趙玥溫和了聲道：「起來吧。」

「謝陛下。」

兩人應聲而起，趙玥給他們賜下位子。而後看了衛韞一眼，同楚瑜笑道：「這位先生是？」

「這是侯爺旗下軍中奉酒公孫湛。」楚瑜給趙玥介紹了人，趙玥皺起眉頭：「軍中奉酒不在前線做事，來華京做甚？」

「臣奉侯爺之命，來與陛下呈上幾件機密之事。」衛韞答得恭敬。

趙玥點了點頭，平淡道：「那一會兒你留下來單獨說罷，今日朕邀大夫人進來，有事相問。」

說著，趙玥面露哀戚之色：「昨夜宮中發生的事，大夫人有所耳聞了吧？」

「聽說了一些，」楚瑜平靜道：「但具體事宜，卻是不知曉的。」

「說起來，也是朕失德不幸啊，」趙玥嘆了口氣：「王貴妃善妒，害得梅妃流產，朕本只是打算懲戒，誰知王貴妃就自己一把火燒了落霞宮，人沒能救回來，王尚書因喪女失了心智，趁著朕處理王貴妃之事時，在棲鳳宮斬了太醫宮人近百人……」

說到這裡，趙玥面露憤怒之色：「他堂堂一介尚書，王家家主，怎麼能如此混帳？皇宮內院哪裡是他大鬧之地，哪怕這些我都不計較，他心中難道對他人沒有半分悲憫之心嗎？」

「陛下說得極是，」楚瑜跟著叱罵：「這王賀怎能如此行事？陛下，那王大人如今可下獄了？」

趙玥看了楚瑜一眼，見她神色真切，不似作偽，搖了搖頭道：「昨夜有人幫著王賀，讓他跑了。」

說著，趙玥的目光落在楚瑜身上，瞧著小桌道：「說來也是巧合，昨夜朕連夜讓人去請衛大夫人來陪伴長公主，大夫人卻剛好身體不適，不知道大夫人是哪裡不舒服，我讓御醫來看看？」

趙玥笑著，然而目光中卻全是審視，楚瑜端起茶杯，思索著回應的話。

趙玥如此詢問，必然是知道了她不在府中的，如今她只要說了假話，趙玥怕是不會放過她。他這人手段太狠太果斷，王家他能說斬就斬，這實在是出乎了她和長公主意料之外。

對於沒有底線的人，很難揣摩他在想什麼。

楚瑜抿了口茶，放下茶杯，趙玥笑容裡全是審視，在開口之前，突然聽旁邊衛韞道：「此事……微臣需得向陛下請罪。」

趙玥抬頭看向衛韞，微皺眉頭，衛韞上前，跪在地上道：「大夫人昨夜，其實並不在府中。」

「哦？」趙玥輕笑：「難道是去接你嗎？」

「陛下聖明。」

「公孫湛，」趙玥端著茶碗，輕吹了茶碗上的茶葉：「你當朕這樣好糊弄嗎？你什麼身分，你入京，需要大夫人連夜去迎接？你是被人追殺還是落難，若是被人追殺，你又被誰追殺？」

衛韞平靜道：「論身分，微臣入京的確無需大夫人來接。但此番前來，微臣另有他意。」

「不是來見朕嗎？」趙玥冷笑：「還有其他事？」

「確有他事。」衛韞將頭抵在地面：「微臣與大夫人情投意合心意相通，此番領了侯爺意思，從前線星夜兼程回來，一為傳信，二則為解相思之苦。」

趙玥愣在原地，聽衛韞道：「因著如此，大夫人昨夜連夜出城迎接臣，微臣與大夫人雖發乎情止乎禮，但說來對大夫人名譽有損，因而對外都只是稱病，如今陛下問起，大夫人身為女子，也不便說出此事，昨夜到今日，大夫人一直與微臣相處在一起。」

趙玥皺起眉頭，旋即詢問衛韞細節：「你與大夫人什麼時候認識？」

「三年前，微臣乃華京布衣，便遙望大夫人之風姿，三年來，微臣多次於節日時代替侯爺回家送禮，於是與大夫人有了交集，之後魚書傳信，一直追求著大夫人。近日大夫人終於回覆微臣情誼，微臣難耐相思，故而領命回京。」

趙玥聽著這話，猶自不信。又詢問了衛韞許多關於楚瑜的細節。

楚瑜的生平、喜好、節慶時衛家布置等等，凡是趙玥所知，一一詢問，衛韞都對答如流。

楚瑜起初聽得膽戰心驚，畢竟她與這公孫湛素昧平生，幾乎沒什麼交集，然而等後面聽到對方對她了若指掌，她不由得詫異起來。

雖然公孫湛說衛韞時常提及她，但對一個人如此瞭解本就不正常，這許多事，衛韞也不該知道的吧？

她按耐著心中詫異，低著頭遮掩住神色，趙玥問到後面，語速放緩。

這的確是喜歡一個人的模樣。

公孫湛這份心思，毫不遮掩，他能清晰感知，他也喜歡著一個人，明白這是什麼感覺，如今公孫湛對楚瑜這份情誼，也不似作假。

想了想，趙玥又轉頭問向楚瑜，方才衛韞已經說過細節，楚瑜如今在後面一一填補，根本聽不出什麼破綻。趙玥聽完兩人的話，沉默許久後，他慢慢笑了：「原來都是誤會，二位郎才女貌，情投意合，本也沒什麼，朕恭祝二位。」

說著，趙玥抬手給兩人敬了一杯酒，隨後他轉頭同楚瑜道：「梅妃剛剛喪子，心情抑鬱難耐，妳去瞧瞧她吧，朕與公孫先生再說幾句。」

楚瑜心中舒了口氣，她行了禮，退了下去。等楚瑜出了房間，趙玥轉頭看向衛韞，平靜道：「要同朕說話，至少要先將面具摘了吧？」

「臣面上曾被火燒傷，怕驚擾聖駕。」衛韞聲音平淡，趙玥輕輕一笑，沒有多說。

當年截殺公孫湛這一場大火，他心裡清楚得很。他瞧了衛韞一眼，也沒深究，低頭玩弄著手中酒杯，漫不經心的道：「衛侯爺有何事讓你帶話？」

「侯爺讓我詢問陛下，如今北狄全滅有望，如此關鍵時刻，陛下是否當真打算議和？」

「朕議和如何，不議和又如何？」趙玥瞇起眼：「你家侯爺當真是硬了翅膀，敢干涉皇命了嗎？」

「陛下息怒，衛家乃陛下手中利劍，怎會背主？」衛韞神色平淡，抬眼看著趙玥：「只是陛下可曾想過，若今日議和，日後將有多少後患？」

趙玥皺眉，衛韞繼續道：「北狄如今連發了三位信使往華京來，中間都被侯爺捉住，被捉之後，他們立刻自殺，沒有留下半分訊息。可他們如此執著往華京前來，證明華京之中必有內應，陛下，」衛韞眼中全是擔憂：「侯爺如今就是想知道，這議和之策，到底是陛下自己的想法，還是受華京哪些大臣的影響？若是受大臣影響，難保那些大臣中就有北狄的奸細，若真如此，北狄怕是另有圖謀。」

趙玥沒說話，心中卻是驚濤駭浪。

他深知自己做過什麼，北狄如今拼命派人暗中來華京，或許……是來找他的。

可這些事絕對不能見光，不能出現。北狄在一日，這些事就在暗處，一直威脅著他。若北狄不滅，蘇查、蘇燦不死，他將終日擔憂此事。

如今「公孫湛」說的雖然是大臣中奸細的問題，趙玥卻覺得冷汗涔涔。

只是他面上不顯，點了點頭道：「侯爺的意思朕知曉了，容朕想一想。」

說著，衛韞便道：「話已帶到，若無他事，微臣先下去了。」

趙玥點點頭，衛韞叩拜之後起身打算離開，剛轉過身，趙玥叫住他。

「顧楚生曾向朕說過，他日衛大夫人願意時，讓朕給他賜婚。」

衛韞頓住步子，慢慢回頭，那周身凜冽之氣環繞，讓趙玥頓時開心起來。

「公孫先生，」他聲音溫和：「您得加把勁兒啊。」

「不勞陛下費心，」衛韞聲音平淡：「只是這道賜婚聖旨，陛下怕是頒不下來了。」

「大夫人喜歡他？」衛韞勾起嘴角，眼中帶著冷意：「做他的春秋大夢吧！」

另一邊，楚瑜正陪著長公主說話。

她身子還虛，神色平靜，聽著楚瑜說了昨夜發生的所有事兒後，她面上不動聲色，似乎有些累了。

外面傳來丫鬟的通報聲，楚瑜知道是「公孫湛」和趙玥說完了，她替長公主掖了掖被子，溫和道：「殿下，一切都很好，您好好休養，不必多想。」

長公主點了點頭，神色疲憊。楚瑜站起身，走了出去。

走到長廊時，日落西山，已經快要入夜，紅色的霞雲浮在遠處山頭，衛韞面上戴著面具，穿著月華色長衫，站在長廊盡頭，靜靜等著她。

他似乎比當年的衛韞高一些，穿著寬大的華袍，亭亭若修竹。他聽到她的腳步聲，轉過頭來，瞧見她，眼睛裡就帶了笑意。

楚瑜抿唇笑了，她走上前，走到衛韞身邊，有一搭沒一搭聊著天。

「公孫先生這三年，是頭一次回華京嗎？」

「其實偶爾回來過幾次。」衛韞輕笑，他回來過幾次，雖然每次都是在府前遙遙望他們一眼就走。

楚瑜點點頭，旁邊楊柳在風中輕輕招搖，衛韞抬手拂開楊柳，聽楚瑜道：「公孫先生，似乎對我很瞭解。」

衛韞頓住步子，他回過頭，低頭看身旁含笑看著他的姑娘。

對方眼裡帶著警惕：「不知公孫先生知道妾身這樣多的事情是為什麼？這些事，總不至於也是侯爺告訴你的吧？」

衛韞沒說話，他手裡還握著楊柳，瞧著楚瑜那警惕又明亮的眼，想起顧楚生求的那道賜婚聖旨，面具之下，他居然不知道哪裡來的勇氣。

「若我說的都是真的呢？」他驟然開口，楚瑜面上露出些許茫然，衛韞瞧著她，輕輕笑了：「若我說喜歡妳，都是真的呢？」

楚瑜腦子「轟」了一下，衛韞看著她呆呆傻傻的樣子，驟然大笑開去，覺得清晨聽到她和顧楚生的事時那份鬱結不安統統散開，如同雲破日出，讓人心裡滿是暖意。他放開柳條，轉過身，將手背負在身後，笑著慢慢悠悠往前走去。

楚瑜聽著他的笑聲，這才反應過來，忙追上去道：「公孫先生別說笑了，我認真問你……」

衛韞笑著沒理她，只聽她焦急道：「公孫先生你這樣，讓妾身心中不安。」

「那就不安吧。」衛韞聲音裡含著笑：「我喜歡妳，心中也難安。妳若還能安安心心睡了，那我便得失落了。」

楚瑜被這論調說得有些發愣，兩人走到馬車前，衛韞回頭：「大夫人，還不上車嗎？」

楚瑜定了定心神，她上了馬車，衛韞正準備跟著上去，楚瑜常年藏在袖中的鞭子就抵在他胸口。

「公孫先生，您不說清楚，妾身不放心你。」楚瑜眼中帶著冷意：「還請先生騎馬吧。」

聽到這話，衛韞愣了愣，隨後他笑起來。

「行，」他退了下去：「我騎馬，」說著，他眼中帶著暖意：「我送大夫人回家。」

沒了衛韞在身邊干擾，楚瑜坐在馬車裡，思緒清晰許多。

其實這個「公孫湛」從一開始就對她瞭解太過，最初他說是衛韞告知他的，可這一次次，也告知得太多了些。

他的目的，楚瑜思前想後，居然發現，他喜歡她這件事，或許是諸多答案中最靠譜的一個答案。

想到這點，楚瑜下馬車時不免有了幾分尷尬，然而衛韞面具之下卻是神色從容坦然，看不出半點羞澀。

楚瑜穩住心神，沒有再提其他，衛韞也沒再多說什麼，恭敬迎了楚瑜下馬，送楚瑜去了房間，便自己折了回去。

只是等衛韞回房之後，楚瑜立刻提筆給衛韞寫了信，詳細問了關於「公孫湛」的一切，連忙讓人將信用信鴿送往了北境。

送完信之後，第二日楚瑜醒來，便聽到「公孫湛」前來拜見的通報。楚瑜讓人擺了屏風。他坐在屏風後，恭恭敬敬呈報了今日所有訊息。他溫和有禮，讓楚瑜覺得他所說的話不曾存在。

她慢慢放鬆了警惕，同衛韞有一搭沒一搭聊天。她說的都是些閒散話，對方居然也能一一接上，和他說話的時間很短，轉眼間就到了下午，楚瑜反應過來的時候，便覺得有那麼幾分懊惱，覺得這個人實在太讓人放鬆警惕了。

於是第二日楚瑜提高了警惕，卻不想聊完了正事，她就將這份想法拋諸腦後。

連著這樣幾日，楚瑜已經有些抗拒和衛韞聊天。

這時候楚瑜終於收到前線衛韞的回信，同她洋洋灑灑保證了公孫湛身分可靠可以完全信任。楚瑜皺眉看著信看了許久，抬頭詢問旁邊晚月：「以前侯爺回信一般需要多久？」

「最多三日。」

「這次呢？」

「快八日了。」

楚瑜沒說話，她敲著桌子，拿著紙翻看了一下，又低頭嗅了嗅味道。

這紙張上有淡淡的花香，北境做事兒向來簡約，紙就是紙，只有華京這些風流之地，連紙上都要染上每個紙商特意製造的香味，用以區分紙張來源。

她直覺有什麼不對，抬手將紙張交給長月道：「去查一查，這味道的紙是哪家產的。」

長月領了命下去，楚瑜撐著下巴，斜躺在長椅上，慢慢道：「晚月，我怎麼覺得，這事兒，有些奇怪呢？」

「大夫人覺得什麼奇怪？」晚月給楚瑜揉著肩頭，楚瑜皺眉思索著：「這公孫湛，妳覺不覺得……有些太奇怪了？」

「大夫人覺得他什麼奇怪？」

「就……」

楚瑜張口，驟然想起了前些時日，他含笑說那句「若我說喜歡妳，是真的呢？」

她的話止在唇齒間，抿了抿唇，終於還是沒說出來。

她感覺自己彷彿回到了十二歲那年，第一次在心裡有了祕密。像一個少女一樣，懷揣著無法說出來的心思。

當年那份心思是喜歡顧楚生，可如今這份心思，是她似乎碰到了一個像火一樣炙熱的人。

她轉頭看向窗外，聽見外面傳來通報聲，卻是衛韞又定時來了，他帶著一捧花，恭恭敬敬朝著楚瑜行禮，楚瑜隔著屏風應了聲，瞧他站起身，朝著屋內一個角落走去，將鮮花放在空著的花瓶裡，同楚瑜道：「路上看著這些花開得很好，便想到妳。」

說著，他轉過頭，隔著屏風，看不清面容，卻總能覺得此刻他應當是帶著笑，溫和道：「等一會兒妳看看。」

趕他走的話沒說出來，她瞧著外面的人修長的身影，總覺得這人帶了花來，就這麼趕走有些不大好。

這些時間衛韞每天來都帶著一簇花，再捎上他白日裡看見所有想給她買的小東西。那些東西都不貴重，就是見到就買下，楚瑜拒絕了好多次，衛韞卻總能找到法子讓她收下禮物。

屋子裡的小玩意兒越堆越多，這事兒連蔣純都知道了。偶爾來她房裡走動，還要調笑道：「若是早知道公孫先生有這個心思，我便不同他說顧楚生的事兒了。」

「說與不說有什麼意思？」楚瑜笑了笑：「妳和婆婆就是想得太多，其實我在衛府待得很好，妳們何必呢？」

「阿瑜，」蔣純握住她的手，嘆了口氣：「妳還年輕，還不明白有個孩子是什麼感覺，為人母親，這也是一種幸福。」

楚瑜沒有說話，她低頭看著蔣純握著她的手。

為人母親的感覺？她有。

她曾經用生命去生育一個孩子，她曾視他如光明。可是後來她卻明白，這世上除了自己，誰都不會是你的光明。

丈夫不是，孩子不是。

唯有夢想和熱血，才能永駐人生。

然而蔣純的話也觸動著她，她想起懷著顧顏青的時光，那時她滿懷希望，也是……幸福過的。

她垂著眼眸，心中有什麼緩緩流動。上一輩子她瞎了眼，過得不好，這一輩子……如果找到一個合適的人，她是不是也能像一個普通女子一樣，生兒育女呢？

「妳說得也對……」她遲疑著開口：「只是，除了顧楚生吧。」

畢竟那個人，她已經用一輩子去嘗試了。

見楚瑜這樣抗拒，蔣純想了想，斟酌道：「那……公孫湛呢？」

楚瑜沒說話，蔣純見她沒有拒絕，便道：「公孫湛身分是低了些，但人品端正，而且以後有小七提攜……」

「再說吧。」楚瑜思索著那張帶著華京味道的紙張，心中帶著些許不安。

「終歸是妳的人生。」蔣純嘆了口氣，隨後又想起來：「近日顧楚生一直要見妳……」

「拒了吧。」

「公孫先生已經拒了。」說到這裡，蔣純笑起來：「倒是順了妳的心意了。」

如此渾渾噩噩又過了幾日，趙玥將王家困在京中，王賀的通緝令發往全國各處，通緝王賀和王芝。北境還在和蘇查對峙，蘇查再一次派人將議和的書信走官道送往華京。

這時候宮裡長公主身體也好了許多，又剛好到她的壽辰，趙玥便舉辦了小型宮宴，將楚瑜等人都邀請了去。

衛韞不放心楚瑜一個人入宮，讓宮裡的線人給長公主帶信，單獨給衛韞發了一張帖子。當天夜裡，衛韞和楚瑜便一前一後乘著馬車到了宮中。

宮宴規模不大，就請了一些長公主熟悉的人，趙玥和長公主坐在上座，楚瑜和衛韞坐在左手邊，右手邊正正對著的，就是顧楚生。

顧楚生穿著一身紅衣，靜靜跪坐在原地，從落座開始，目光就一直在楚瑜身上，沒有移開半分。

他看上去消瘦了許多，神色也有些憔悴，楚瑜看見他的模樣，不由得愣了愣，隨後她轉過頭去，低頭喝酒，顧楚生笑了笑，沒有說話。

宮宴開始後不久，趙玥便讓所有人各自尋樂，顧楚生端起酒杯，剛站起來，楚瑜便被長公主叫了過去。顧楚生端著酒，想了想，又坐了下去。

趙玥從高臺上走下來，來到顧楚生身前：「顧大人似乎不大高興？」

「陛下說笑了。」顧楚生神色平靜：「近來休息得不大好而已。」

「這樣，」趙玥點點頭，他上下打量顧楚生一眼，嘆了口氣道：「楚生，你我兄弟，何必如此見外？」

顧楚生抬眼看他，趙玥朝著楚瑜看過去，笑著道：「不就是想同衛大夫人說幾句話，有這麼難開口嗎？」

「陛下，」顧楚生神色平靜：「這是臣自己的事。」

趙玥沒說話，他拍了拍顧楚生的肩，站起身。顧楚生坐在原地，熟悉的大臣輪番過來敬酒，他沒有含糊，都一口飲盡，十分豪爽。

也不知是喝了幾杯，所有人就聽到一聲尖叫，隨後便看一個宮女跪在楚瑜身邊磕著頭。

楚瑜低頭看了自己身上被潑灑的酒，有些無奈地笑開，她朝著宮女抬了抬手：「妳別怕，這不是什麼大事。」

說著，她起身同長公主說了一聲，便往外走去，打算去偏殿更衣。顧楚生捏著酒杯，深吸一口氣，終於還是站起來，跟了出去。顧楚生剛站起來，趙玥便來到衛韞前面。

「公孫先生，」趙玥舉杯：「朕對邊境有許多事想要詢問。」

衛韞愣了愣，沒反應過來趙玥突然出現是做什麼，只是點頭道：「臣知無不言。」

楚瑜在侍女陪伴下去了偏殿，等她換了衣服出來，便發現守著的侍女不見了蹤影。

她皺了皺眉頭，喚了一聲：「來人？」

沒有人回應，楚瑜下意識將匕首滑落到袖中，警惕地看著周邊，她往前探了一步，就聽見長廊外的竹林裡傳來了踩碎樹葉的聲音。

她下意識回頭，提了聲音：「誰？」

話音剛落，她就看見了來人。

對方沒有遮掩，大大方方站在林子裡。他雙手環抱胸前，寬大紅衣垂在身側，頭上金冠在月色下流光溢彩。

他神色平靜，但卻帶著股說不出的陰鬱。看著這樣的顧楚生，楚瑜驟然想起上輩子那個人，那個內閣首輔、那個廢了她武功、那個將她困在乾陽六年的顧楚生。

她握著匕首的手微微顫抖，卻鼓足勇氣與顧楚生靜靜對視，儘量讓自己平靜下來，淡聲道：「顧大人，您在這裡做什麼？」

「妳怕什麼？」顧楚生輕笑開來。

楚瑜不敢直視他的目光，轉過眼去，平靜道：「顧大人說什麼，我不懂。」

「妳害怕的時候會捏著袖子裡的匕首，右肩會比左肩輕微低一些，妳會看其他地方，不敢直視那個讓妳害怕的人。」

顧楚生說著，從黑暗中走出來，他踏著月色來到楚瑜面前，雙手攏在胸口，微微彎腰，盯著楚瑜，面上帶著笑意：「衛大夫人，我有什麼讓妳好怕？」

「我害過妳嗎？我對妳做過什麼嗎？」他溫言細語：「我只是拒絕妳一次，可我後來做得還不夠好嗎？我去昆陽前等了妳一天，我到昆陽後為了妳拼命回來。我為了誰冒著被姚勇殺了的險投靠衛家，我為了誰獨身奔赴鳳陵，我又是為了誰在衛家和趙玥之間保持中立，衛大夫人，」他猛地提聲，他抬手按著楚瑜到旁邊的牆上，怒道：「妳怕我做什麼？」

「顧楚生，」那人的溫度讓楚瑜微微顫抖，這個夜晚的顧楚生，讓楚瑜的記憶瘋狂翻湧出來，她克制住自己的情緒，平靜道：「你冷靜一點。」

「你投靠衛家，是因為你需要衛韞，讓你走到金部主事的位子。」

上輩子他也是投靠衛家，只是這輩子更早一點。

「你來鳳陵，是為了避開衛韞和趙玥的鬥爭。你卻總說是為了我，可是顧楚生，你我之間，我說的很清楚，非常清楚。」楚瑜抬眼看他，慢慢開口：「你站在衛韞和趙玥之間，不是為了我，而是因為，你是趙玥的恩人，你也曾幫我衛家，你不站隊，以衛韞和趙玥的性子，誰都不會為難你。顧楚生，你算計得清清楚楚，何必將所有原由都推給我？」

顧楚生沒說話，他急促喘息著，他看著楚瑜，沙啞道：「妳怎麼能這麼想？」

酒氣撲面而來，楚瑜皺了皺眉頭，她聽他聲音裡帶著哭腔：「妳就這麼想我？這麼多年了，是石頭心也該化了。我哪裡做的不好，妳同我說我哪裡不好？我守著妳等著妳，妳不喜歡我沒關係，可妳怎麼能喜歡別人？」

楚瑜微微一愣，顧楚生捏著她的下巴，提高了聲音：「他公孫湛算什麼東西，和我搶人？楚瑜妳給我聽明白，」他一字一句，咬牙道：「妳是我的人，上輩子這輩子下輩子，哪一輩子，妳都是我顧楚生的妻子。」

「妳不能離開我……」他的手微微顫抖，楚瑜抬眼看他。

「放手。」她平靜開口：「這裡動手，誰都不好看。」

顧楚生沒說話，他慢慢笑了。

「妳要對我動手？是打算打我還是殺了我？」他眼裡帶著狼一般的瘋狂，在楚瑜反應過來之前，他一手捏著她的下巴，一手猛地抱緊她，低頭就親了下去！

楚瑜猛地掙扎起來，顧楚生的唇吻在她柔軟的唇上。

二十五年。

顧楚生的眼淚落下來，再一次這樣親吻她，於他而言，已經足足二十五年。

只是這份溫柔沒來得及到人心裡，顧楚生就感覺身邊有風凌厲而來，隨後他臉上一陣劇痛，整個人便被人抓著砸到了地上！

隨後一個清朗的青年音暴怒而起，帶著完全不屬於華京的北方音調——

「顧楚生我操你大爺！」

第五章　一宿驚夢

這一聲暴喝響起，全場都驚呆了，衛韞抓著顧楚生的頭就往地上砸，楚瑜最先反應過來，趕忙抓住暴怒中的衛韞，焦急道：「停下！公孫先生你放手！」

說著，楚瑜就將衛韞拉扯著站了起來，衛韞還不停手，拼命掙扎著去踹顧楚生，楚瑜心急地抬手攔他，兩人這樣一退一進，衛韞便覺得人彷彿撞到了自己懷裡一樣，他這才僵住了身子，老實了。

這時趙玥也帶著人進來了，宮人們趕忙上去扶起顧楚生，顧楚生的頭被砸出血來，他拿著帕子捂住額頭，抬頭看向衛韞，喘息著道：「公孫湛你什麼東西……」

「這是怎麼回事？」長公主從後面走出來，冷眼看了三人一眼，隨後勾起嘴角：「喲，這可熱鬧了。」

說著，顧楚生被宮人攙扶起來，勉強朝著趙玥和長公主行了禮。

衛韞、楚瑜在一旁同時行禮，趙玥皺著眉頭看了三人一眼，目光在楚瑜凌亂的頭髮和鮮紅的唇上掃過，愣了愣神，他似乎覺得有些尷尬，張了張口，想說什麼，最後終於只是擺了擺手道：「罷了，先帶下去讓太醫看看。」

「陛下，」衛韞冷聲開口：「就這麼算了？」

聽到這話，趙玥被衛韞氣笑了：「怎麼，你還要追究什麼不成？」

「他……」

話沒說完，衛韞就被楚瑜拉住，楚瑜微微欠了欠身道：「陛下安排得極是，妾身這就帶著公孫大人退下。」

衛韞皺起眉頭，帶著不滿，他掙扎著還要說什麼，楚瑜一把捏住衛韞的手腕，拖著他就往顧楚生面前走去。

顧楚生冷眼看著他們走到自己面前，目光落到楚瑜拖著衛韞的手上。

「顧大人，」楚瑜神色平靜：「我不知道您是聽了什麼消息，但是有一點我是要同您說清楚的。」

「得您厚愛，妾身十分感激。一直以來，妾身只是以朋友身分與大人相處，侯爺不在四年，大人多有照顧，妾身只以為，這份照顧，是因為侯爺與顧大人乃好友。」

因為趙玥在，這份好友說得委婉，然而在場眾人都明白，楚瑜的意思，不是好友，而是盟友。

一如上輩子顧楚生和衛韞，衛韞給顧楚生他要的支撐，顧楚生給衛韞朝堂的便利。

顧楚生顫著唇，張了張口，卻什麼都沒說出來。楚瑜神色平靜：「大人您當年說的話，我拒絕過一次。如今若大人還是執意，那妾身還得說一次。」

「妾身喜歡一個人，喜歡得執著。放棄了，也絕不會回頭。」

顧楚生看著她，淚在眼裡打著轉。

「妾身這輩子，會喜歡上別人，會嫁給別人，這個人不是公孫先生，也會是其他人，顧大人，」楚瑜輕輕嘆息：「這世間好姑娘很多，您不必執著。」

「我不信……」顧楚生沙啞開口。

楚瑜輕輕笑開：「我與公孫先生如今情投意合……」

「我不信！」顧楚生猛地提高了聲音：「他是誰，他哪裡來的東西，妳同他見過幾面？他算什麼！」

楚瑜沒說話，她就靜靜看著他，神色溫柔中帶著些許憐憫，顧楚生在她的目光下，慢慢冷靜下來。

他呆呆地看著面前的人，他們牽著手，站在他身前。

他們都穿著素白色的長衫，連衣角壓印的花紋都一模一樣，衛韞的身高剛好高出楚瑜一個頭，兩人肩並肩站在一起，衣袖交纏在一起，看上去有種別樣的般配。

好像天定姻緣，旁人拆不得、散不開。

楚瑜見他冷靜一笑，行了個禮道：「顧大人，希望下次見面，您能放下。」

說完，她便轉過身去，牽著衛韞的手往回走去。

衛韞的心跳的飛快。哪怕他知道楚瑜如今只是藉著他拒絕顧楚生，可他仍舊有種詭異的幸福縈繞在心頭。

他小心翼翼伸出手，將楚瑜的手包裹在中間。楚瑜微微一愣，但後面顧楚生正瞧著，她不敢掙扎，只是狠狠瞪了衛韞一眼，以示警告。

衛韞抿緊了唇，瞧著那人的眼神，覺得貓兒抓在心上一樣。他低頭輕笑，握著對方的手，慢慢悠悠往前走。一面走，一面還不忘回頭看顧楚生一眼，瞧見對方那冷漠中帶著壓抑不住的陰鬱的眼神，衛韞忍不住勾起嘴角，回頭拉著楚瑜，大聲道：「走，媳婦兒回家！」

顧楚生驟然垮了臉，長公主沒忍住笑出聲來，趙玥有些無奈，搖著頭將手搭在長公主肩頭，小聲道：「克制一些，別笑了。」

而楚瑜靜靜觀察著衛韞的動作，沒有說話。

等走出顧楚生的視線，衛韞還在高興，拉著楚瑜的手往外走著，就聽楚瑜含著笑道：「公孫先生，還沒過癮呢？」

衛韞僵住動作，這才想起來，自己方才那一番舉動，和謀士公孫湛的差別實在太大。他忙收了手，朝著楚瑜行了個禮道：「方才冒犯夫人了，還望夫人見諒。」

楚瑜沒說話，她握著自己的手，輕輕轉著關節，同衛韞慢慢往外走：「我今日才想起來，公孫先生作為謀士，我以為本該是我等保護的對象，卻不想是個高手。」

「三腳貓功夫，算不上高手。」

衛韞不知道怎麼，覺得有些心虛。他跟在楚瑜身後，心裡拼命思索著楚瑜如今是想問什麼。

「顧楚生的武藝我還是清楚的，他的確武藝不精，但也絕對不會被一個三腳貓功夫的人按著打。更重要的是，咱們初見之時，公孫先生便讓妾身覺得武藝非凡，妾身對先生的身世十分好奇，所以專門讓人去查了一下。妾身驚訝地發現，按著消息，您似乎只在幼時隨便學過一兩年劍術防身？」

公孫湛的武藝是不高的，頂多比普通人強上那麼一點，所以一直以來偽裝著公孫湛的時候，衛韞很少動手。

如今楚瑜這麼問，衛韞心裡不由得有些慌亂，感覺冷汗涔涔。

兩人走到馬車前，楚瑜瞧了衛韞一眼，知曉他如今心虛，便冷著聲道：「這一路你好好想想，回家的時候給我一個滿意的答覆，否則我饒不了你！」

說完，楚瑜便上了馬車，衛韞見她進了馬車，抬手拍在自己腦門上。

失算了。

楚瑜進了馬車後，晚月給她遞了茶。楚瑜抬起手來，同晚月道：「將侯爺最新的回信給我看一眼。」

晚月有些奇怪，卻還是從旁邊抽屜裡，將衛韞昨夜到的書信交給了楚瑜。

書信話裡話外都是讓楚瑜倚重公孫湛，又將楚瑜的問題回答了一些。楚瑜翻看著信件，嗅了嗅上面的香，隨後抬頭問向長月：「上次讓妳查的紙張之事，妳查完了嗎？」

「查好了。」長月趕忙道：「這紙張是七香閣的，咱們府裡也用這種紙。」

「哦？我怎麼沒用到？」楚瑜有些奇怪。

長月笑了笑：「咱們府裡其實有三種紙，一種是最普通的紙張，是我們下人用的。另外兩種，分別是七香閣的『凌雲』和『邀月』，『邀月』的味道更女氣，所以供給府中女眷用，這『淩雲』則是男眷用的。」

楚瑜思索著，再嗅了嗅味道：「那七香閣有幾個分店？」

「就一家。」

「一家？」楚瑜抬頭看向長月。

長月點點頭：「他的紙產得不多，只供華京貴族。」

聽到這話，楚瑜內心定了下來，她瞧著紙張，冷笑了一聲，沒有多話。

過了一會兒，終於到了家門口，楚瑜捲了簾子出來，就看見衛韞恭敬地立在旁邊。楚瑜從衛韞身邊走過，淡道：「跟我來。」

衛韞面上一派淡定，內心卻早就是翻天覆地了。他硬著頭皮跟在楚瑜後面，思索著等會兒該說些什麼。

楚瑜這個態度，明顯是知道他是誰了，就等著他去自首。但是他實在不知道該去怎麼自首。

他本來想著，戴著面具，頂著公孫湛的身分，胡作非為一段時間，等回去之後，把所有鍋都推在公孫湛身上。可如今楚瑜已經知道他是衛韞，之前的事情要怎麼解釋？

沒了這層面具，所有事，他想起來都覺得尷尬。

他心亂如麻，不敢面對，不敢抬頭，就跟在楚瑜後面，到了楚瑜房中，楚瑜坐到正上方斜塌上，抬手道：「坐。」

衛韞「撲通」一下，跪坐在地上，腰挺得筆直，手有些緊張地放在雙膝上，低頭看著地面，彷彿跪在楚瑜面前一般。

楚瑜將鞭子從袖子裡掏出來，靜靜瞧著他：「面具摘了。」

衛韞果斷抬手，將面具摘了，放在一邊，繼續低著頭。

楚瑜皺起眉頭，看著那火燒傷的疤痕，不滿道：「還有一層。」

衛韞猶豫了一下，楚瑜低頭嘆了口氣：「你長大了，我也管不了你。去了四年，在邊境當了四年侯爺，早就將府裡的人忘得乾乾淨淨，哪裡還記得嫂嫂……」

「我摘。」衛韞怕了楚瑜，趕忙抬手，止住她接下來的話：「我摘。」

說著，衛韞抬手拉扯著黏在臉上的人皮面具。他心跳得飛快，楚瑜靜靜瞧著，也不知道為什麼，隨著對方的動作，自己竟然也有些緊張。

時隔四年，終於要見到這個人，竟是無端有些近鄉情怯之感。

可她面上依舊故作鎮定，看著衛韞將面具一點點撕下來，放在一邊，然後一直低著頭，沒敢抬頭。

楚瑜站起身，停在他面前，平靜道：「為什麼不抬頭？」

衛韞實話實說，低聲道：「沒臉。」

楚瑜被這話逗笑了，從他打顧楚生開始，她就覺得，這脾氣實在是不像一個謀士書生，倒是像極了當年那個無法無天的小侯爺。

楚瑜抿了唇，克制住自己的笑意，板著臉道：「知道沒臉，還敢這樣戲弄我？」

衛韞沒說話，似是知道錯了。

楚瑜瞧著他，覺得像個孩子一般。她嘆了口氣，有些無奈地開口：「你也十九了，明年就要加冠，怎麼還像一個孩子一般？這樣作弄嫂嫂，你可是覺得開心了？」

衛韞抿著唇，他聽著楚瑜的話，無力感又湧了上來。

又是這樣。

在她心裡，他大概一輩子都是個孩子。

可是他早已不是了。

如果說四年前他還可以說是不知自己心意的少年，可如今他看過四年大好山河，他見過千千萬萬人來人往，他在這湍急的世間浮沉漂泊，最後卻仍舊牢記著那個人，這樣的他——應當算的上是個男人了。

他不甘心她的語氣，但一切到了唇齒間，他又無能無力。他不敢說，不能說，只能低著頭，用頭髮遮住自己的情緒。

楚瑜見他不答話，她蹲下身子，平視著他：「罷了，就算覺得丟臉，也該抬頭，讓我瞧瞧，我們小七長成什麼樣了？」

衛韞依舊低頭不動，楚瑜用鞭子抬起他的下巴。

一張清俊的猛地撞入她的視線。

他瘦了許多，五官立體，稜角分明，褪去了少年那點可愛的圓潤，乾淨俐落的線條，他已然是青年的模樣。

他生得俊美，剛好介於陰陽之間平衡的那一點。增一分太柔，削一點過剛。他眼角眉梢都帶著好顏色，丹鳳眼靜靜瞧著你，就感覺那眼角之間似乎蘊含著數不清道不明的風流情誼，讓人心砰砰直跳。然而這樣的顏色並不會讓他顯得妖豔陰柔，他整張臉看起來帶著一股華京難有的堅毅英氣，整個人如亭亭修竹，美韌且剛。

楚瑜瞧著那張臉，彷彿回到了上輩子。她出華京，他站在馬車外同她交談。那時其實還比如今要英俊一些，帶著成熟男子的氣息，又冷又孤獨。然而那主要是氣質上的改變，如今的五官與那時，已經是差不多了。

楚瑜呆呆看著他，或許是時間久了些，衛韞被她看得有些不好意思了，小聲道：「嫂嫂……」

楚瑜猛地回神，吶吶地將鞭子收了回來。她站起身，退了一步，平復一會兒心情，這才笑起來。

「四年不見，變化這樣大，我差點認不出來了。」楚瑜嘆了口氣，神色溫和：「小七，你一人在外，怕是受苦了吧？」

衛韞跪在地上，在外風霜雪雨，他不覺得有半分難過委屈，可聽著楚瑜這一句話，他竟然覺得自己彷若孩子一般，那一人獨行的孤獨和四年不見的思念混雜在一起，讓他覺得萬分委屈。

他沙啞了聲音，仰頭瞧著她。

他想求她往前走一點，這樣他就可以伸出手，抱著她，將額頭抵在她腹間，說一聲，是啊，好苦。

可是他不能這樣做，他只能靜靜瞧著她，慢慢笑起來，「男兒在外，怎能言苦？」

楚瑜沒說話，她凝視著他，聽他道：「除思念成熬成苦汁傾灌，再無他苦。」

「行軍不苦？」

「不苦。」

「廝殺不苦？」

「不苦。」

千不苦，萬不苦，唯此相思苦。

聽到這話，楚瑜嘆了口氣，她張了張口，想說什麼，最後也只是道：「起來吧，去梳洗一下，婆婆不是個沉得住氣的，你回來的事兒也別讓她知道。」

「嗯。」衛韞低著頭，悶悶發聲，倒也沒動。

楚瑜笑了：「這樣跪著做什麼，我也不計較你了，去休息吧。」

衛韞還是不動，他捏著拳頭，楚瑜瞧著他的動作，知曉他有話要說，慢慢道：「你想說什麼？」

「這些年……嫂嫂和顧楚生……」

「那是我的事。」

楚瑜的聲音冷下來，她盯著衛韞，就這麼一瞬間，衛韞頓時覺得，楚瑜與他之間彷彿隔著一條長河，一座高山，她在山頂冷冷俯瞰著他，他以為自己接近她了，卻始終沒有。

他覺得無數血液奔湧在腦中，填塞在心裡，他站起身，整個人繃緊了，似乎要將什麼極其重要的話說出來。

楚瑜靜靜看著他，神色平靜裡帶著幾許悲憫，她似乎什麼都知道，又似乎什麼都不知道。

衛韞急切道：「嫂嫂，我……」

「你也累了吧。」楚瑜打斷他，溫和道：「下去吧，去歇息一下。」

「我……」

「你去了四年，」她瞧著他，輕輕笑了：「不知道有沒有遇到心儀之人，你也到了要娶妻的年紀了，你哥哥們這個年紀，有些都有孩子了。」

「嫂嫂！」衛韞打斷她，他不明白她為什麼要說這麼多，為什麼總要搶著他的話，他只覺得，他必須將這些話說出口，如果今夜不說，此時不說，他或許就再也沒有了勇氣，將這話說出口來。

於是他開口：「我喜歡……」

「衛韞，」楚瑜淡淡道，她瞧著窗戶外面，月亮高懸於天際，聲音平和又溫柔：「你不在的四年，我想過很多次你的模樣，我想你必然長大了，應當十分英俊，或許有許多姑娘喜歡你，我身為你的長嫂，應當為你物色幾個喜歡的姑娘。」

衛韞愣在原地，他呆呆地看著楚瑜。

楚瑜面色溫柔又莊重，如同廟宇中菩薩神像，讓人不敢上前褻瀆半分。她遙遙坐在前方，抬眼看著明月，慢慢道：「我也想過你的未來。你應當是個頂天立地的男子，一人之下萬人之上，萬民愛戴眾人敬仰，你是北境的脊梁，是大楚的傲骨。你會娶一個賢良淑德的女子，同她一起，光耀衛家門楣。你不會有任何汙點，」

她終於轉過頭，聲音平靜又肯定：「也不能有任何汙點。」

說著，她慢慢笑了：「我想到這樣的你，就覺得，你哥哥若是活著看到，必然會很高興。我也沒有辜負他，好好將你教養成人，未曾讓衛家蒙羞。」

衛韞沒說話，他靜靜看著她。

他做了那麼多年的準備，就準備著再見的時候，他能坦蕩從容將話說出口。

這些話可能在此刻說急切了些，也不該在這時候說。

他等了四年，盼了四年，縱使他與顧楚生有君子之約，可顧楚生破了戒，他為什麼不能？

他不甘心看著顧楚生為所欲為自己苦苦相思，他想站到和顧楚生同樣的位置，將內心的話說出口來，然而這一刻，他卻什麼都說不出來。

她是他的長嫂。

他從未有一刻鐘，如此清晰的認知到這件事。

所有人說什麼罵什麼，都沒有讓他退縮，唯獨此刻面對她，聽著她說著這些，他方覺得長嫂二字，如同刀割一般疼。

他捏著拳頭，聲音沙啞：「這些年，妳對我這麼好，就是為了我哥哥？」

楚瑜沒說話，她靜靜看著他，衛韞身子微微顫抖：「如果妳不是我嫂子，妳沒有嫁到衛家，是不是我衛韞於妳而言，就什麼都不是，什麼都不算？」

「也不是，」楚瑜聲音平淡，衛韞愣了愣，眼中閃過一絲希望，而後他就聽那人緩緩道：「哪怕沒有嫁給衛家，我仍舊敬重衛家風骨，也會敬仰你。」

「只是敬仰？」衛韞聲音都打著顫。

楚瑜輕笑：「還能有什麼呢？」

衛韞沒說話，他看著楚瑜，聽楚瑜開口：「小七，我們應該感激，我嫁到衛家來，我遇到你。」

「你成為我家人，我是你嫂子，你是我小叔、我弟弟。我陪伴你，你保護我，我們共同撐起衛家，互相依靠，互相扶持，互相祝福。」

「如果我不嫁過來，」楚瑜嘆了口氣：「你我之間，除了敬仰，還能有什麼呢？」

不能有喜歡嗎？

衛韞盯著她，差點問出口。

他們之間，如果不曾以這樣的方式相遇，就不能喜歡上對方嗎？

然而不需要回答，衛韞卻也知道，不能。

這份感情不是驟然出現的好感，不是突然心跳加速的一見鍾情。

這份喜歡，是埋藏在心底的種子，他們一點一點澆灌，悄無聲息發芽。他沒有在第一次相見喜歡她，他沒有在她一身嫁衣追來時心動，他也不是在他背著滿門回家被她含笑扶起時悸動，更不是因為她一場劍舞鍾情。

他對她的感情，是在時光裡慢慢積累，發酵，最終一發不可收拾。

如此漫長、如此纏綿，說出來時，都讓人覺得緩慢得無奈。

他盯著她，楚瑜在他的目光下，輕笑著道：「你怎麼了呢？」

她似乎對一切不明白，嘆息道：「小七，你讓我越來越不明白，你到底要做什麼了。」

衛韞沒說話，他的心一點一點涼了下來。

他慢慢冷靜下來，看著平靜從容的楚瑜，明白自己那句話，怕是不能說出口了。

說出口來，或許這個人連嫂子都不是，連最後那一點關愛都不會再有。

他調整著自己的情緒，深吸一口氣，往後退了一步，恭敬道：「方才有些太累了，是小七無禮，還望嫂嫂見諒。」

楚瑜眼中帶著憐愛，點了點頭道：「既然累了，便趕緊去休息吧。你此番是為了抓捕信使而來，我明日吩咐下去，讓他們抓緊為你探聽此事。」

「嗯。」衛韞聲音淡淡的，聽不出喜怒，楚瑜抬頭看了他一眼，想說什麼，抿了抿唇，終究還是沒說，擺了擺手道：「去吧。」

衛韞彎腰撿起面具，重新黏黏回臉上，又戴上白玉面具走了出去。

等衛韞走了，長月、晚月進來，楚瑜這才鬆了口氣，她抬手撫住額頭，似是有些頭疼。

長月小跑到楚瑜面前，蹲下身來，小聲道：「夫人，那公孫先生真是小侯爺啊？」

楚瑜撐著額頭，點了點頭，吩咐道：「一切照舊，別傳出去。」

「夫人……」晚月皺著眉頭，似乎想說什麼。

楚瑜抬眼看向長月道：「妳去廚房給我拿碗銀耳湯來。」

長月不疑有他，起身出去，晚月到楚瑜身邊，猶疑道：「小侯爺方才，同您說什麼沒有？」

楚瑜沒說話，她低著頭，片刻後，她抬起頭來，盯著晚月。

「妳覺得他該同我說什麼？」

晚月抿了抿唇，楚瑜目光裡全是警告，平靜道：「他不會同我說什麼，也不能同我說什麼。」

「我這一輩子，要麼尋到一個合適的人嫁出去，要麼一輩子，我都是衛家大夫人。他衛韞一輩子不會有半分汙名，妳明白？」

「奴婢明白。」晚月當即跪了下去，立刻叩首，重複道：「大夫人的意思，奴婢明白！」

楚瑜顫抖著閉上眼，沒有多說。晚月跪在地上，心中卻是驚濤駭浪。她幾次想問什麼，卻都不敢問，等到長月端著銀耳湯回來，她才站起來，收拾表情立在楚瑜身邊，不再說話。

長月看著兩人，直覺氣氛有些不對，端著銀耳湯愣了愣，好半天，才道：「湯……端來了。」

楚瑜點點頭，敲了敲桌子，平靜道：「放過來吧。」

喝了銀耳湯後，楚瑜睡了下去。等第二天清晨醒來，她坐在鏡子前面瞧著自己。

她如今已經二十了，在她記憶裡，正是最好看的年紀。

年紀小的時候臉上帶了些肉，可愛有餘，但若說美顏，的確還是如今更盛。她盯著鏡子裡的人，思索著到底是哪裡招惹了人。

她想或許是那唇脂豔麗了些，又或是髮簪漂亮的些，左思右想，旁邊晚月瞧著她思索著，有些猶豫道：「夫人，上妝嗎？」

楚瑜沉默片刻，終於道：「不上了，隨意挽個髮髻，越素越好。」

長月有些奇怪，正要開口，就被晚月拉住，晚月按著楚瑜的要求給她挽了髮髻，隨後楚瑜便走了出去，用過早膳，將衛韞叫進了書房。

書房裡早已堆積好昨日收集來的情報，楚瑜盯著那些情報一條一條看下去，衛韞進來時，楚瑜正看到一件大事。

衛韞站在門口稟報，楚瑜抬起頭，皺眉看著他。

衛韞見她神色鄭重，不由得道：「可是出了什麼大事？」

「王賀自立為王了。」楚瑜開口，神色複雜。

衛韞微微一愣，便聽楚瑜皺眉道：「王賀已經逃到蘭州，王芝死在路上，他如今在蘭州自封為安蘭王。」

「安蘭王？」衛韞輕嗤：「這是什麼稱號？」

「蘭州本就是王家的地盤，上下全是王家的人，王家並不是直接要討伐趙玥，只是自己稱王，也說不出到底是幾個意思。」

衛韞沒說話，他雙手攏在袖中，平靜道：「他們此刻不敢舉旗。」

「那是自然。」楚瑜起身走到沙盤前，皺眉道：「如今白、昆兩州在你手裡，洛州在我楚家手中，華州在宋世瀾手中，除此之外，姚勇的青州、謝家的容州都支持趙玥，燕、京二州全是趙玥的人，剩下德、徽、瓊三州向來是聽命於天子，王家如今無論如何，都是不敢直接反的。」

「他如今自立為王……」說著，楚瑜抬眼看向衛韞。

衛韞平靜接道：「是在等我們的消息。」

若王賀如今不表態，他逃到蘭州，趙玥便直接發兵在眾人沒反應過來時拿下蘭州，他整個王家都是死路一條。倒不如自立為王，如衛韞這樣的人，自然會聯繫他。他當靶子，後面其他人借力給他。

衛韞沉思片刻，下了決定：「我去給王賀消息，我會暗中幫他守住蘭州。」

楚瑜點點頭，應聲道：「速去！我修書給我大哥，你再給宋世瀾一封信，看看他二人是什麼意思。」

衛韞點點頭，他抬眼看著楚瑜堅毅的眼神，抿了抿唇，沒有多說。

與此同時，消息也傳到了宮裡。趙玥正同顧楚生對弈，顧楚生神色帶著幾分陰鬱，趙玥輕笑：「楚生，天下女子何其多，何必掛在衛大夫人一人身上？」

顧楚生輕輕抬眼瞧了趙玥一眼：「陛下這話何不對自己說？」

趙玥聽到這話，倒也不惱，在棋盤上落下棋子，點了點頭道：「你說得也是，只是衛大夫人拒絕得如此堅定，不知楚生打算如何？」

顧楚生沒說話，他靜靜看著棋盤。

如何？

他也不知道如何。這一切早已超出他預料，他以為這麼幾年，捧著哄著，她早該回心轉意了。

可是怎麼有人這麼倔，說不回頭，就不回頭。

顧楚生覺得喉間有些澀疼，這時宮人匆匆進來，焦急道：「陛下不好了，蘭州……蘭州……」

「蘭州如何了？」趙玥似乎早已猜到了什麼，聲音平靜，毫無波瀾。

那宮人叩首在地，顫抖聲道：「王賀在蘭州，自立為安蘭王了！」

趙玥落子的動作頓了頓，片刻後，他輕笑：「楚生，我同你打個賭吧。」

顧楚生抬眼，趙玥將將棋子落到棋盤上，趙玥聲音平淡：「我們賭，衛韞同王賀結盟的信，幾日能到王賀手裡？」

顧楚生沒說話，他平靜地將棋子落下，淡道：「陛下不就是想問我，若衛韞與王賀結盟怎麼辦。」

趙玥端起茶杯：「聽你這口氣，想必是早已想到了？」

「王賀跑出華京，我便想過了，王賀若想保命，必定舉事，他之所以舉事，不過是想要同衛韞等人結盟。其實這事也好辦，如今陛下聖命無損，本乃國之正統，他們也拿不出什麼廢帝的理由來，陛下只要穩步走著，誰都不敢反，誰反誰就是逆賊，民心不在，不足為患。」

趙玥點點頭，恭敬道：「那楚生覺得，王賀一事就這麼放著了？」

「不放，」顧楚生端起茶杯，神色淡然：「讓衛韞去討賊就是了。」

讓衛韞去討王賀，若衛韞想要和王賀聯盟，或者以王賀之手打趙玥，必然不會動王賀根本，這樣一來，便可找到理由發揮，藉機懲治衛韞。

若衛韞動了王賀根本，那王賀之患，也就不足為懼。

趙玥將顧楚生的法子前後一想，抬起頭來，真誠道：「這麼多年，也就你忠心耿耿對我了。」

顧楚生面色不動，對趙玥的感激不置可否，他專心致志地盯著棋盤，只是道：「陛下，該你落子了。」

顧楚生與趙玥下著棋時，衛韞將給楚臨陽和宋世瀾的信都送了出去。如今這兩位在前線抗敵，怕都在看這華京的熱鬧，楚臨陽的態度衛韞大概能夠揣摩，但是宋世瀾……

這個人近年來穩住了宋家，已經將宋家收入囊中，雖然還是世子身分，但卻是宋家說一不二的主人。他向來是個笑面虎，同誰都笑意盈盈，但實際心思難測，饒是衛韞也說不清這人是怎麼個想法，只能先去探底。

等寫完這兩人的書信，準備修書給王賀時，衛韞突然頓住了筆墨。

他皺了皺眉，想了片刻，卻是放下筆來，只送了兩封信出去。

辦妥了這些，他回到屋中，楚瑜正在給楚臨陽去信，見他過來，有些疑惑道：「這就寫完了？」

「給王賀的信，我沒寫。」衛韞跪坐下來，平靜道。

楚瑜皺起眉頭：「為何？」

「如今王賀自立為王，消息必然也傳到了宮裡，嫂嫂覺得，以趙玥的性子，會如何做？」

「你且直說。」

「趙玥會怕我和王賀結盟，或者暗中幫助王賀。」

「這是自然。」楚瑜有些摸不透衛韞的意思。

衛韞笑了笑：「若我是趙玥，王賀我不能不管，衛韞也不能不管，便乾脆讓衛韞去打王賀，打贏了接觸王賀之患，打輸了就拿衛韞問罪，也算民心所向，嫂嫂覺得，趙玥會不會這樣做？」

聽到這話，楚瑜露出恍然之色，她立刻反應過來：「那你若此時給王賀書信，日後又擔任主帥，王賀便可拿書信威脅你了？」

「正是如此。」衛韞認真道：「所以此刻我不宜去給王賀書信，我如今只能拖著，若是拖不過，我就同趙玥要人要馬，等打完了蘭州，我們便占地不動，當一個不宣告於人的安蘭王。」

沒想到衛韞竟是如此果斷就定了下來，楚瑜反而愣了愣，片刻後，她有些不安道：「你若要反，以何名目來反？」

「這次我過來，找到了蘇查給中趙玥的信，便可以坐實了趙玥通敵的罪名。加上這些年趙玥為了給長公主修建行宮，打著軍餉之名苛捐重稅等事兒抖落出來，一樁樁一件件，都是罪名。」

「有了這些罪名，我再讓沈無雙站出來指認他。」

「指認什麼？」

「他不是秦王世子。」

聽到這話，楚瑜愣在原地，衛韞平靜道：「當年他之所以能活下來，是因為沈無雙的哥哥給他準備了一個替身，可是他到底是替身，還是真正的秦王世子，誰能說得清呢？」

衛韞喝了口茶，眼裡帶著幾分嘲諷：「有真的罪名，有假的謠言，真真假假混雜在一起，給一個人潑汙水，那真是再容易不過。到時我們便以帝君無德，血脈有疑的名義將他換下來。」

楚瑜沒說話，她靜靜看著他。

當年的衛韞會因為自己不上戰場愧疚痛哭，如今他卻已經能平靜又熟練說著這些朝堂上的骯髒手段。

楚瑜看著這樣的衛韞，感覺自己的心抽了起來，她沒說話，衛韞卻從她的眼裡看明白了她的意思。

「嫂嫂不必意外，」他垂眸開口：「人都會長大的。」

「我知道……」楚瑜苦笑起來：「我並沒怪你的意思，我知道。」

只是可惜。

楚瑜嘆息，衛韞聽著她的嘆息，忍不住捏了拳頭。

等到夜裡，楚瑜拆了髮髻，聽晚月道：「小侯爺果然長大了。」

楚瑜應了聲，她平靜道：「平日裡有哪家同小侯爺年紀相仿的好姑娘，妳多留意一些。」

話是這麼說，可楚瑜卻知道，當年衛韞的妻子清平郡主，那是當世不可多得的奇女子。不僅容貌清麗動人，琴棋書畫無一不精，還寫得一手好文章，年僅十五就能以一篇論水患的策論震驚大楚。她是神醫江流關門弟子，常年在外遊歷，救濟災民百姓。當年衛韞一直敬重她，哪怕是在婚後，哪裡有征戰疫情，哪裡就有這位郡主出面安撫，也因著如此，衛韞在民間聲望一直極高。

那清平郡主是活菩薩一樣的人物，想要找出比清平郡主更好的女子，怕是不容易。

只是她也不知道清平郡主與衛韞要在什麼時間、什麼地點、如何相遇，於是也只是隨意幫忙看看，若是真的遇到更好的，也是一樁美事。

聽著楚瑜吩咐，晚月這次沒有應聲。楚瑜抬頭瞧她，有些奇怪：「妳怎的不說話？」

「夫人，晚月一直很疑惑，」晚月嘆了口氣：「您對小侯爺，真的沒什麼心思嗎？」

晚月說完這話，就打量著楚瑜，似是隨時準備等著認錯。

楚瑜沒想到晚月問得這樣直接，她愣了愣，看著燭火，想了許久。

「他是我很重要的人。」

她開口，卻再也沒有其他。

聽到這話，晚月明白了楚瑜的意思。衛韞之於她，很重要。可是為什麼重要，卻是誰都不知曉原由。

若說是愛，她內心早已如枯井，同這正值少年的人談不起愛。

若說不是愛……

她也未知是什麼。或許是感動，或許是親情，總之人一輩子，除卻愛情，還有太多。

只是說完這話，楚瑜竟是有些茫然，等她梳洗睡下，盯著床頂看了許久，恍恍惚惚，終究閉了眼。

她也不知道自己是怎麼了，朦朦朧朧就夢起四年前，在北狄時燈火節，那天晚上她和衛韞在屋頂看千萬燈火升騰而起，那本是很美好的場景，她在夢裡睜著眼睛看著，卻不知道怎麼，少年衛韞就俯下身來，親吻在她唇上。

那本是蜻蜓點水一樣的吻，他太年少，甚至不知道下一步該做什麼。

於是他就一下又一下，反反覆覆親吻在她唇上。

她在夢裡呼吸急促起來，然後場景猛地轉換，變成了她十五歲時洞房花燭夜。

那天晚上她和顧楚生在一個破爛的小院裡，貼上了喜字，點了紅燭，顧楚生執意用了對於當時的他們來說的鉅款購置了鴛鴦被枕，繡了喜字的紅色羅帳。

夢裡她像年少時一樣，緊張地背對著對方。對方一開始也沒有動彈，許久後，他從背後抱住了她。

他身體很熱，胸膛很寬厚，他伸出手，攬過她的腰，然後帶著厚繭的手覆在她的柔軟之上，輕輕拿捏。

不是顧楚生。

在對方動作那一瞬間，楚瑜猛地意識到這一點。

夢裡的她沒有抗拒，沒有動彈，她彷彿被施了咒一般，靜靜感受著那人的動作。每一步都做得很緩慢，沒有記憶裡最初的疼痛，他帶著極大的耐心進入她，在歡愉之時，從背後輕吻著她瘦得凸起的脊骨。他的吻蜻蜓點水，卻激得她弓起背來。她眼前一片模糊，死死抓住被子，蜷起腳尖。

她不知道身後的人是誰，也不想知道是誰，她感受著巨大的歡愉鋪天蓋地而來，直到最後一刻，她猛地聽到那人的聲音。

「嫂嫂……」

那瞬間，她覺得眼前猶如有白光猛地綻開，她從夢境中驟然驚醒，睜開雙眼，看著夜色，大口大口喘息。

惶恐澈底將她淹沒，她感受到身體的異樣，她在暗夜中緩緩抱住自己。

她瘋了。

她想。

她一定是瘋了。

怎麼會想到這樣的事，怎麼會夢到這樣的事，而夢到最後，那人怎麼能……怎麼能……

楚瑜顫抖著從床上起身，焦急喚起了守夜的長月，長月有些疑惑：「夫人怎麼了？」

「備水……」她穩了穩心神，這才發出聲來：「我要沐浴。」

長月有些不明白，但楚瑜吩咐下去，她還是去準備了浴桶，給楚瑜淨身。

準備好水後，楚瑜讓所有人出去，自己坐在浴桶裡，感受著水將她澈底包圍，清刷過身體所有在夢裡留下的痕跡。

她在水裡慢慢冷靜下來，思索著這件事的來龍去脈。

然而思索許久後，她想。

她大概真的需要一個男人了。

而衛韞在她心裡，也不知道從哪一刻起，便已經是個男人了。

或許是將衛韞的心思想得太多，夢裡都忍不住有了奇怪的念頭。

楚瑜抬手將水潑在自己臉上，讓自己清醒許多，她深吸一口氣，將所有想法按了下去。

隨意清洗片刻，她站起身，正穿著衣服，就聽外面傳來通報聲：「大夫人，顧楚生在外求見。」

聽到這話，楚瑜皺起眉頭。

「他可說什麼事？」

「說是有關王家的要事。」

外面答得規矩，楚瑜想了片刻，終於道：「請他大廳等候。」

說著，她起身換了平日穿的正裝，這才走了出去。

來到大廳，顧楚生早已候在那裡。他正坐著喝酒，神色看上去有些憔悴，楚瑜走進來時，他抬眼看她。

他的目光說不出是喜是悲，就那麼靜靜看著，帶著些許絕望頹然。

楚瑜朝他行了禮，隨後跪坐下來道：「顧大人這麼晚前來，不知所謂何事？」

顧楚生沒說話，他看著她，舉杯將酒一飲而盡，似是壯膽。

而這個時候，衛韞悄悄來了大廳外，他就站在窗旁，靠著牆，聽著兩人對話。

顧楚生抬眼盯著楚瑜，似是在做一個極重要的決定。

楚瑜迎著他的目光，含笑道：「顧大人？」

「我想了很久，」他沙啞道：「想了很久，終於還是來了。」

楚瑜笑容不變，顧楚生站起來，搖搖晃晃走到楚瑜身前，蹲了下來，從懷裡取出一個盒子。

「阿瑜，」他抬眼看著她：「我想娶妳。」

第六章　逼婚

楚瑜皺了皺眉，說著，她看見顧楚生緩緩打開手中的盒子。

那盒子裡放著一個小木墜，木墜用紅線穿著，仔細看就能發現，是一個小小的楚瑜。

那是當年楚瑜送給顧楚生的信裡一起送過去的墜子，這個墜子，楚瑜刻了三年。

從她十二歲到十五歲，她喜歡他喜歡得小心翼翼，因為知道他是妹妹的未婚夫，她不敢出聲，不敢言語，藏著自己的心思，將所有思念和感情都放在這個木墜上，想他了，就刻一下。

楚瑜看著那木墜，也說不出是什麼情緒。就好像隔了好多好多年，突然看見年少的自己。

「我以為上一次，我說得很清楚。」楚瑜神色平靜，目光從那木墜抬起來，看著面前這個人，平靜道：「你如今來，拿這個給我看，又是做什麼？」

「沒什麼，」顧楚生笑了笑，沙啞道：「我就是想讓妳看看，妳曾經多喜歡我，我怕妳忘了。」

聽到這話，楚瑜忍不住嘲諷道：「怎麼，顧大人是覺得失了顏面，特意來找我找回這個顏面？如果是這樣的話……」

「我來同妳做個交易。」

顧楚生打斷了她，收起聲音裡那些情緒，冷靜自持，終於恢復了上輩子楚瑜所見的模樣。

楚瑜收起心神，抬眼看他：「什麼交易？」

顧楚生收起木盒，站起來，跪坐回自己位子上：「我來求娶大夫人，這次不是兒戲。」

楚瑜皺起眉頭，顧楚生的手摩挲著木盒，平靜道：「大夫人嫁給我，日後我顧楚生任憑衛家差遣，大夫人覺得如何？」

聽到這話，楚瑜忍不住笑了：「顧大人何必如此？您如今乃禮部尚書，陛下身邊的紅人……」

「我如今乃禮部尚書，日後會入內閣，假以時日，我會成為內閣首輔，這朝堂之上，糧草兵馬，官階品級，衛韞要人打點，他總要找個盟友吧？」

顧楚生抬眼看他：「尤其是，在他欲反之際。」

楚瑜這次沒說話了。

「欲反」二字出來，楚瑜就明白，這次顧楚生來，是下了血本。她沉默片刻，輕笑起來：「若我不答應，你要如何？」

「如今王賀在蘭州自立為安蘭王，陛下想讓衛韞去征討王賀。」

「你出的主意。」楚瑜肯定。

顧楚生玩弄著木墜的盒子，含笑抬眼：「對，我出了。可是衛小侯爺該謝謝我才是。」

「哦？」

「蘭州緊鄰京州，小侯爺終於有將兵馬直接囤在京州周圍的機會，他不該謝謝我嗎？」

楚瑜沒說話，她知道顧楚生的話絕不會這麼簡單，顧楚生垂下眼眸，敲著桌子道：「他可以和陛下要兵要糧，直接拿下蘭州。可他要做這些的前提是，陛下要給兵給糧，陛下要給他發展機會，我可以給小侯爺討伐蘭州的機會，可小侯爺想什麼我清清楚楚，我能給他這些……」

說著，顧楚生抬眼看她，他的話沒說出口，楚瑜卻清楚知道他的意思。

他能給的東西，他自然能要回來，甚至不僅是要回來，他還會想盡辦法，讓衛韞步履維艱。

楚瑜靜靜看著他，好久後，她輕笑起來：「這麼多年，你一點都沒變。」

顧楚生猛地捏起拳頭，他知道她的意思。

這麼多年，她說的不僅僅是這一輩子的十二歲到二十歲，而是上一輩子，這一輩子，加起來的所有時光。

她心裡，他始終卑劣無恥。

可那又怎樣？

他盯著她，慢慢開口：「是妳逼我的。」

「我逼你？」楚瑜嘲諷笑開：「我逼你什麼了？我不想嫁給你，不想喜歡你，這就是逼你？」

「那妳也不該喜歡別人！」顧楚生一巴掌拍在桌面上，怒氣沖沖道：「我捧著妳寵著妳守著妳，妳可以不喜歡我，妳要我等一輩子都行，可妳和公孫湛……」

「那關你什麼事？」楚瑜冷聲開口：「我嫁誰關你什麼事？輪得到你多嘴多舌？我與你

什麼關係？輪到你這樣說三道四？」

「是，」顧楚生被她罵得反而冷靜下來，他盯著楚瑜，平靜道：「我管不了，我沒資格管，所以我今天來同妳要這個資格！楚瑜，」他神色平穩：「妳嫁給誰不是嫁，妳以為妳這輩子真的能找一個和妳舉案齊眉的人了？妳當真愛公孫湛？妳愛一個人什麼樣子我清楚，妳不愛他，妳若嫁他，不過是因為他是衛家家臣，他能幫著衛家，妳嫁給他，就能一直留在衛家。可是我也能。」

楚瑜被這話說得愣了愣，顧楚生盯著她，認真道：「妳若願意嫁我，我可以入贅，以衛韞為主，成為衛家家臣。」

「阿瑜，」顧楚生聲音裡夾雜了苦澀：「其實妳可以試著再喜歡我一次。我不一樣了，真的。我年少時不懂事，傷了妳的心，可是我可以慢慢補，這麼多年我是什麼樣，妳看在眼裡。除了讓妳走，我什麼都能答應。」

「妳看，」顧楚生拿出木墜，聲音沙啞：「這木墜多精巧，多好看啊。」

就像她的感情，用盡了一切美好灼熱，美得他銘記一生。

楚瑜聽著他的話，驟然有些疲憊。

如果沒有上輩子，面對這樣的顧楚生，她或許不會拒絕。

她沒有喜歡的人，嫁給誰不是嫁，如今能對衛韞好，那就是最好的。

腦海裡不知道為什麼驟然閃過了夜裡的夢境，她使勁捏了下自己的手掌，用疼痛讓自己清醒許多。顧楚生看著她神色不定，繼續道：「妳嫁給我這件事，妳別多想，也沒什麼感情不感情。不過就是一場交換，我與衛韞聯手，我保證幫他扳倒趙玥，日後我為他安定朝堂管理民生，他好好守護百姓大楚，開不世功勳。妳在我府裡，我府裡不會有第二個人。妳不願意的事，我不會強迫妳，我們分開睡都可以。妳就當自己隨便嫁了個人，就為了衛家。妳若答應我，我今夜就可以送妳一分見面大禮。」

聽到這話，楚瑜慢慢抬眼，看著他，青年在夜裡露出笑意。

「蘇查的人在我這裡。今夜他是入宮還是來衛府，」顧楚生壓低了聲音：「就看大夫人的意思。」

楚瑜沒有說話，顧楚生看著她的眼睛，平靜道：「阿瑜，我知道妳的脾氣，妳放棄的人，不會再去看他，哪怕他已經成為了妳期望的樣子，妳最好的選擇。可是人在不斷長大，我們用盡一生就是在讓自己去做最好的選擇。如今的我是不是妳最好的選擇，妳比我清楚。」

「妳喜歡過我一次，」顧楚生聲音沙啞：「只要妳願意，妳可以喜歡我第二次。」

楚瑜心念動了動。

其實顧楚生說得沒錯，如今的他的確是她最好的選擇。

她該嫁出去了。

如果再待在衛府，她自己都不知道會發生什麼。衛韞年少，可她是長輩，這種少年人的情誼，她看得太多。她早一點嫁，早一點斷了衛韞的念頭，也讓她自己不要再有那些亂七八糟的念頭。

此時嫁人，以顧楚生的性子，絕不會讓她成事，顧楚生貴為禮部尚書，又是趙玥面前當紅之人，敢反對顧楚生娶她的，怕是沒有幾個。

拋下上輩子的事來看，如今的顧楚生對她的確極好，甚至許下了嫁過去可以相敬如賓的許諾。他這個人雖然寡情了些，對自己的承諾卻是看重的。她完全可以嫁過去，關起門過自己的日子。

最重要的是，嫁給他，衛韞就會有一個堅固的盟友，如果他願意和衛韞站在一邊，那未來的大楚就會和她上輩子一樣，固若金湯。

無論怎麼盤算，對她自己、對衛家、對衛韞，嫁給顧楚生似乎都是一個極好的選擇。只是內心裡總有那麼些不甘心，她垂著眼眸，沒有說話。

顧楚生靜靜等待著，許久後，終於聽她開口：「顧大人，哪怕嫁給你，我一輩子，或許都不會喜歡你。」

聽到這個答案，顧楚生笑了笑，眼裡帶著苦澀：「沒關係。」

說著，他抬眼看她：「我等得起。」

「我或許會和你分居。」

「沒關係。」

「你可以自由納妾。」

「我不會。」

「我會繼續陪伴衛楚兩家。」

「我知道。」

話說到這裡，楚瑜沒了話，許久後，她垂下眼眸：「蘇查的人，你是怎麼找到的？」

「你們入城那日，我在城門那邊就發現這批人形跡可疑，便將他們抓了回來。」

楚瑜點了點頭，明瞭過來。

顧楚生早就抓到了蘇查的人，所以他和衛韞查了這麼久都沒有頭緒。可顧楚生卻沒有將人給她，怕是見到「公孫湛」的時候，就做好了今日脅迫的準備。

楚瑜低笑，覺得這真是一個機關算盡了的人，一面說著深情，一面卻早就做好了籠子。

「行吧。」

她起身道：「明日將人送過來，等小侯爺真的攻下蘭州，」楚瑜抬眼看他，平靜道：「你擇日下聘。」

說完，楚瑜轉頭離開，冷聲道：「送客。」

顧楚生瞧著她進了屋子，輕輕一笑，帶著人出門去。

楚瑜走出門外，披著外衫往自己屋裡走去。走了片刻，她突然想起來：「如今公孫先生睡下了嗎？」

聽到這話，長月便面上露難色，瞧著她的臉色，楚瑜便知曉是有什麼不好的事，皺眉道：「怎麼了？」

「公孫先生估計還沒睡。方才……他站在大堂外面呢……」

聽到這話，楚瑜臉色驟變：「他站在門外妳怎麼不攔著？」

「他……他是小侯爺啊。」長月支支吾吾：「他不讓我說……」

「混帳！」楚瑜怒喝，長月嚇得當場跪在地上，楚瑜顧不上同她計較，轉身同晚月道：「立刻去看看小侯爺在哪兒！」

「是。」晚月領了命令便轉身去尋人。

楚瑜等了片刻，長月就跪在地上不敢說話，過了許久，晚月風風火火走了進來，焦急道：「顧楚生出府前，小侯爺就帶著衛淺和十幾個侍衛出府了！」

帶著衛淺和十幾個侍衛，衛韞要做什麼她還不明白？

楚瑜立刻轉身，咬牙道：「帶上人跟我去找顧楚生！」

說著，她便領人提著劍衝了出去，臨去前她回過頭，看著長月惡狠狠道：「妳給我跪著！」

另一邊顧楚生出了楚府，踏上馬車，便進了巷子裡。

他心情極好，重生這麼多年，少有這樣高興過，馬車走了沒有多遠，他身邊侍衛便衝進他的馬車，壓著聲音急促道：「大人，有一批人跟著咱們，武藝極高。」

顧楚生睜開眼睛，平靜道：「多少人，我們可能抵擋？」

「怕是不下十五人，與我們差不多。」

「掉頭，」顧楚生立刻道：「護送著我，發了信號彈，往皇宮方向去！」

說話間，外面傳來羽箭之聲，那侍衛立刻衝出去，駕馬一路狂奔。信號彈在天上綻開，顧楚生坐在馬車裡，撩起簾子，看向外面的場景。

血色下，那些殺手穿著黑色印銀色雲紋的夜行衣，腰上墜著一顆圓珠，同他的人糾纏在一起。他皺了皺眉頭，這身打扮他認識，這是衛府的人。

難道是楚瑜對他下殺手？

他皺起眉頭，然後立刻否認了。如果楚瑜要下手，怕是在衛府就動手了。楚瑜不是個衝動的人，在大事上，她向來是個願意犧牲的人。

如今衛家、楚家和百姓就是她的軟肋，一個死了的顧楚生，和一個願意效忠於衛韞的顧楚生，她不會分不清要選誰。

如果不是楚瑜，那如今衛家能調動暗衛又來殺他的……

馬車在夜色中疾馳，顧楚生勉力才能支撐著自己的身體沒有四處搖晃，在他腦海中閃過那名字的前一瞬間，只聽外面「噗嗤」一聲響，血濺在車簾之上，隨後馬痛呼出聲，車廂朝著前方猛地砸了下去。

顧楚生隨著車廂滾在地上，整個人被甩了出去，砸到地上，他抬手捂住流血的額頭，喘息著抬頭，便見月色下，人影白衣長衫，戴著覆著半張臉的白玉面具，靜靜瞧著他。

他的侍從早已人首分離倒在一邊，馬被斬斷雙腿還在因為疼痛而嘶叫，顧楚生扶著自己艱難起身，咬牙道：「公孫先生，我來之前就做了準備，要是我今日沒回去，我的人會立刻通知陛下衛韞在華京，我追殺衛韞而去，衛韞逃脫，我為衛韞所殺。衛府今夜就會被圍，到時候，衛韞不反也要被逼反。你們家侯爺，做好反了的準備了嗎？」

衛韞沒說話，他朝著顧楚生走去，從腰間抽出劍，顧楚生看出他身上濃重的殺意，一時竟覺得彷彿上輩子最後被衛韞殺死之前。

他不由得捏緊了拳頭，故作鎮定，冷笑道：「怎麼，公孫先生為了爭風吃醋，連侯爺大業都不顧了？」

衛韞依舊沉默，他朝著顧楚生走去，抬劍就斬！就是這時，顧楚生抬起手，袖中數千根飛針朝著衛韞衝去！衛韞疾退而去，抬袖攔下這些毒針，顧楚生趁著這個機會，掉頭就跑，等衛韞甩開袖子重新看到顧楚生，他已經跑出老遠去。衛韞沉著臉抬劍，朝著顧楚生直接砸了過去，同時整個人追上劍，顧楚生只聽後面風聲呼嘯而來，他艱難朝著地面一滾躲開，也就是這瞬間，看見那白衣身影出現在他身前，提著劍朝著他刺下。

顧楚生猛地縮緊瞳孔，隨後便聽到一聲高呼：「住手！」

另一把劍破空而來，狠狠撞在衛韞的劍上，衛韞劍尖一偏，便刺入了牆中，堪堪在顧楚生面頰邊上，劍風劃破了他的面頰，血順著面頰流了下來，顧楚生急促呼吸著，看著衛韞冰冷的眼。

這時楚瑜已經奔到衛韞身邊，她拉扯著他，同顧楚生道：「你趕緊走。」

顧楚生慌忙起身，衛韞的長劍再一次探出來，楚瑜一把握住他的手，怒道：「你連我的話都不聽了嗎？」

「他逼妳。」

衛韞冷冷看著楚瑜，楚瑜給顧楚生使著眼色，顧楚生喘息著起身，自己捂著傷口踉蹌離開。

楚瑜抬眼看向衛韞，平靜道：「你先同我回去說。」

「我殺他，妳捨不得了？」

「你同我回去！」

楚瑜拉著他，面上帶著厲色，衛韞抿緊唇，被她拖著往衛府的方向回去。有腳步聲傳來，顧楚生的人終於到了，侍衛焦急道：「大人……」

顧楚生擺了擺手，捂著額頭道：「回去吧。」

等顧楚生走了，衛韞終於道：「妳怕什麼？他這樣逼妳，是當我死了嗎。我輪得到他幫忙？我……」

「衛韞！」楚瑜終於無法忍耐，猛地回頭，提了聲音道：「你知不知道你在做什麼？他是正三品大臣禮部尚書，你就這樣將他殺了，是怕趙玥拿你的把柄不夠多？」

「我有分寸。」

「你有什麼分寸？」楚瑜冷著聲音：「他今日既然敢來，既然將蘇查的事告知我，就是不怕我動手的。他向來是個惜命的性子，沒有把握他敢來？今夜他只要不回去，衛府立刻就被困，一旦發現你在華京，你以為自己還回得去？」

「我殺了他立刻帶你們走。」衛韞聲音平靜。

楚瑜氣笑了：「帶我們走，走哪裡去，和王賀一樣反了嗎？你準備好了，你證據拿到了，你要是沒有充足理由，衛韞你知道你叫什麼，亂臣賊子，你就是個反賊！同王賀一樣，人人得而討之！你說你有分寸，你這叫分寸？你就是幼稚！你將家人放在心上沒，將衛府放在心上沒？但凡你掛念我們半分，今夜就做不出這樣的事來！」

「那我要怎麼辦？」衛韞抬起頭：「看著他逼妳嫁給他我還拍手稱快？」

聽到這話，楚瑜微微一愣，她看著少年的眼睛，聽他道：「我當年說過，不會再讓任何人欺負妳，我不是騙妳的。」

「當年是我無能，」他聲音沙啞：「可妳當我如今也無能嗎？」

「小七……」楚瑜有些慌亂：「我並沒有覺得自己被欺負。」

衛韞愣了愣，片刻後，他艱難笑開：「妳果然還是喜歡他？」

楚瑜沉默不言，她抿了抿唇，終於道：「小七，其實這世上的事，不是只有喜歡或者不喜歡的。我嫁給他不是被逼，我希望自己嫁一個能相敬如賓的人，如果我的婚姻能有幾分價值，那就更好了。」

「那妳想過我嗎？」衛韞顫抖著聲，捏緊了拳頭，他眼裡含著熱淚，控制著音量，怕自己情緒克制不住噴湧而出，沙啞道：「妳說我不把妳、不把衛府放在心上，妳又將我放在心上？」

「小七，」她輕嘆：「我都是為了你好。」

「什麼叫為了我好！」

衛韞猛地上前一步，逼得楚瑜往後退了一步，楚瑜瞧著他靠近，不由得有些驚慌，衛韞卻完全沒注意到她的神色，提著聲音道：「拿著妳的婚姻換一個盟友是為了我好？還是說嫁給顧楚生換他給我鋪路是為我好？妳當妳是誰，妳又當我是誰？妳當我對妳是什麼心思，莫說我不把妳當嫂嫂，就算我把妳當嫂嫂，我衛家也做不出這樣的事！」

這一番話砸下來，震得楚瑜驚慌失措，一句話都說不出來。衛韞靠近她，逼著她靠在牆上，他低頭看著她，認真道：「楚瑜我告訴妳，如果妳真的為我好，那妳只需要做一件事。」

「喜歡我。」

他沙啞道：「喜歡我，陪著我，這就是對我最大的好。如果這些妳都做不到，那妳就做另一件事──」

「過好一點。」

他扭過頭去，眼淚在眼眶裡打著轉：「躲在我背後，當一輩子的楚大小姐。」

楚瑜沒說話，她聽著衛韞的言語，疲憊從心底裡湧上來。

她垂下眼眸，慢慢道：「先回家吧。」

這是委婉的拒絕，激得衛韞猛地抬頭：「回答我這麼難嗎？」

「妳看著我的眼睛，」衛韞取下面具，露出他英俊的面容，冷著聲音：「回答我！」

楚瑜沒說話，衛韞沙啞道：「喜歡，或是不喜歡，妳回答我一句話有這麼難嗎？」

「衛韞，」楚瑜抬眼看他：「你放肆了。」

「對，」衛韞咬牙開口：「我放肆。我以下犯上我罔顧人倫，還有什麼要罵妳儘管開口，我今日只要妳一句話——我喜歡妳，妳當如何？」

「那你就退下！」

楚瑜猛地推開他，提高了聲音。衛韞被她推開，楚瑜冷冷看著他。

「你以為我為什麼不回應，你以為我為什麼不說話？衛韞，你一定要我把話說出來，說到那麼難堪的地步，你才安心嗎？我是你嫂嫂，我對你，有責任，有親情，我來到衛家，我陪著你，最初只是為了我的身分，只是敬佩衛家風骨。哪怕後來我對你有情誼，那也只是視你如弟如友——」說著，楚瑜閉上眼睛，顫抖著聲：「小七，你和衛家，給我的都是溫情。我喜歡你們，婆婆、阿純、阿嵐，甚至衛秋、衛夏、衛淺……你們都讓我覺得很好，很幸福。尤其是你，小七。」

她張開眼睛，靜靜看著他：「我特別感激你。我這一輩子，再也沒有一個人，比你對我更好。」

「所以我不忍心傷害你，也不忍心說出口。我對你的情誼僅止於此，或許有些許悸動，可是小七，我對你的喜歡，真的太淺了。」

「那也有……」衛韞沙啞道：「也有一點，不是嗎？」

楚瑜沒說話，片刻後，她慢慢道：「可是你要的是一點嗎？」

「你想我同你在一起，對不對？」她輕笑起來：「可我同你在一起，我要付出多少？小七你如今不是孩子了，你同我在一起，我們雙方要付出的太多。我不願意付出這些。」

衛韞抿緊唇，她的話像刀一樣劃到他心裡，楚瑜靜靜凝視他：「小七，我曾經喜歡過一次，我費盡心機轟轟烈烈，我喜歡那個人的時候就想，哪怕我得不到回應也無所謂。可是等後來我真的沒有得到回應、我真的走到路的盡頭、我耗盡了所有熱情的時候，我才知道，人是會後悔的。所以我告訴自己，我這一輩子，都不要再走到那一步去。所以我不會選一條最難的路走，衛韞，你就是我最難的路。」

「你是我很重要的人，」楚瑜抬起手，放在心上：「這一輩子裡，除了我家人，你、衛府，就是我最重要的。我在你身上投注這樣多心血，我用一生在瞻仰衛府，我捨不得衛府、你，因為我沾染半點汙點。衛家這樣忠門烈骨，不該因為這樣的事情蒙上汙名。而你，衛韞，你若有心報仇，你就不該給趙玥任何攻擊你的機會，你該有一個清清白白的名聲，你明不明白？」

「我不覺得這是什麼不好的名聲。」衛韞聲音嘶啞：「我喜歡妳這件事，我做了，就不怕認。不過虛名而已，我不在意。」

「我在意。」楚瑜平靜道，她看著衛韞，忍不住笑了：「你說的對，不過虛名而已，你不在意，不是說它沒有傷害，而是因為你的喜歡，讓你足夠去抵禦所有。如果我喜歡你，足夠喜歡你，那什麼都不重要，衛韞，我可以拋下這世俗，我可以容忍自己喜歡上一個什麼都不懂的孩子，我可以忍受自己戰戰兢兢每天擔心這個人變心，我也能接受我忍受了所有人唾罵、衛楚兩家因我蒙羞之後你變心離開，可是——」

她一字一句，無比清晰：「我不夠喜歡你。」

衛韞整個人狠狠顫了顫，他呼吸急促起來。

楚瑜靜靜看著他，神色澄澈又平靜：「衛韞，我對你的喜歡，只是像瞻仰那日月，欣賞春花。你真的是個特別好的男人，沒有人不喜歡。」

衛韞沒說話，他唇齒打著顫，他似乎想說什麼，眼淚在眼中翻滾，楚瑜靜靜看著他，心中無數情緒翻湧。

這樣的人怎麼不喜歡，有誰不喜歡？

當她意識到他喜歡她的時候，當他說出喜歡的瞬間，彷彿一把大火點燃內心，照亮那空蕩蕩的、黑暗的、孤寂的世界。

可是她太清楚她的喜歡來自於哪裡，她也太清楚這份喜歡有幾分。她甚至於不願意為了這份喜歡去做出妥協犧牲，她只想安靜的在自己的世界裡，一遍一遍回想這個少年給過她的心動溫暖。

顧楚生威脅她，她不是沒有辦法。只是她面對這這份感情，突然察覺到害怕。她想嫁給一個讓她覺得安全的人，她一輩子不會動心，永遠保持理智，和那個人保持著距離，才不會走到相看兩厭。

她的目光讓衛韞覺得彷若千軍萬馬碾過去，他幾乎無法站直身軀，可他仍舊要站著，他咬著牙，顫著聲：「妳不是不喜歡我……妳既然喜歡一點，那妳為什麼……不能再喜歡更多……更多一點？」

楚瑜看著青年抬起頭，眼淚滾落出來：「妳說我是妳最重要的人，妳心疼我，可為什麼……妳不能喜歡我？」

聽到這話，楚瑜愣在原地，她聽他沙啞出口，像一個孩子：「妳說妳為我好，可妳做的選擇，卻都是讓我最難過的選擇。妳嫁給顧楚生，妳明知道我喜歡妳，卻還是嫁給他，妳哪裡是為我好？妳是選了一條讓妳自己最心安的路。」

「我的感情讓妳覺得害怕，妳覺得我年少，妳怕對不起妳心裡那個衛家怕玷汙了妳心裡的衛韞，妳怕妳承擔流言蜚語扔掉妳安穩的機會後我轉身離開，妳最怕的是妳要打開妳的心，放我進去。」

「所以妳選擇顧楚生。」

他的話像利劍一樣，破開她一層一層的包裹，展露出她鮮血淋漓的內心。

「相比起我，他能給妳的是一個更安穩的世界，妳不用擔心誰會再進妳心裡了，妳也可以給自己理由，妳是為了衛家，是為了我，妳沒有什麼對不起我——」

衛韞一步一步走來，停在她面前。他的身影籠罩著她，月光落在巷子裡，楚瑜靜靜聽著，他的話太直白、太敏銳，讓她清醒過來。

「楚瑜，」他沙啞道：「妳真自私啊。」

「妳給了那麼多理由，給了自己裹了一層又一層外殼。妳讓我真的以為妳那麼愛我，妳給我希望，將我從黑暗中救贖。妳救了我，救了衛家，可實際上，妳只是在救妳自己。」

說著，衛韞低下頭，目光落在她的心口。

「妳的心是空的。」

他呆呆地說，說出兩個人一直在極力隱藏，沒有去思考過的事。他從來都知道，卻從來不願意深想，直到此時此刻，他脫口而出。

只是話說出口，就無法收回，他只能澈底將這帷幕撕開，露出那些讓人始終迴避不能的，直視難以接受的真相。

「妳嫁進衛家，妳為衛家做這麼多，為我做這麼，是因為，妳的心，是空的。」

「不做這些，」衛韞靜靜看著她，眼裡帶著憐憫和苦澀：「妳不知道自己為什麼活下去。」

他的聲音讓楚瑜覺得自己彷彿沉在水裡，那水刺骨寒心的冷，她看衛韞慢慢抬頭，不可思議地看著她：「為什麼？」

她只有二十歲。

為什麼，卻已經心如死灰。

楚瑜看著他，她想承認他的話，然而在開口那瞬間，她又覺得，並不是如此。

當她來衛家時，當她麻木地去救人、去幫人時，她的確如此。可是當她守在鳳陵城看見楚錦在城樓擊鼓，當顧楚生同她說出那句「我不想妳死」，當她獨身去北狄背著他回家，當他同她說希望她做一輩子的小姑娘，當他因為疼痛將額頭抵在她腹間說出那聲「嫂嫂我疼」，她的內心是滿的。

她覺得她的人生完整又圓滿，在他身邊的時候，她覺得那是光明是火焰，所以她圍繞在他身邊，拼了命想對他好。

她怕靠他太近，又想將所有給他。

她覺得內心有什麼轟然坍塌，在這人質問之下，一切走馬觀花而過，衛韞見她愣著神，他伸出手，覆在她的面容上。

「妳別怕啊。」他沙啞道：「我喜歡妳，真的不是那麼可怕的事。我不知道妳經歷過什麼，我也不知道妳為什麼是這個樣子，可是阿瑜，我喜歡妳，不會讓妳受傷。這句話我想了很多年，四年前，當我從鳳陵城離開去北狄那天晚上，我抱著妳的時候，我就想告訴妳這句話。可是我不敢說，我怕褻瀆哥哥，我也怕褻瀆妳。」

「後來我明白這份感情並不可恥，我沒有傷害誰，我只是喜歡妳。我又想告訴妳，但這時候所有人都告訴妳，我年紀太小，我的話太輕浮，於是我又不敢說。我把這話忍著，我想，如果有一天我把這句話說出來，一定是因為我肯定、確定，這一輩子，我都不會辜負妳。」

楚瑜睫毛輕顫，她抬起頭看他。

他高她這樣多，青年的面容清俊剛毅，全然不似少年時那樣帶著稚嫩和青澀。如今的他沉穩又堅毅，他靜靜看著她，一字一句，認真道：「妳同我在一起，流言蜚語，我擋。」

「刀山火海，我走。」

「妳心上所有傷口，我填滿。」

「妳失去過的、未曾得到的、想要擁有的，我來給。」

「妳總覺得我小我幼稚，」衛韞笑起來，眼裡帶著疼惜和無奈：「可阿瑜，妳其實才像個孩子，喜歡這件事，妳沒我勇敢。」

楚瑜沒說話，她咬著唇，她不知道為什麼，聽著這些話，她就覺得眼淚在眼眶裡打著轉。

她覺得自己彷彿被人一層一層敲碎了、敲開了心房，把那個最柔軟弱小的自己呈現在這個人面前，這個人拿著光照亮了她。

她覺得自己被沖昏了頭腦，她每一句話都不會理智都是衝動，於是她把所有話壓在心底，咬牙不語。

衛韞靜靜瞧著她，伸出手，將她攬在懷裡。

「傻姑娘，妳怎麼這麼倔啊。」

楚瑜終於沒忍住，眼淚奔湧而出，模糊了視線。

衛韞感覺這個人的眼淚淹沒了他，他抱著她，輕拍著她的背，又心疼又無奈。他輕輕誆哄著她：「別哭了，我有什麼錯，妳同我說就是了。妳看妳，哭得妝都花了。」

楚瑜沒說話，她咬著牙，一把推開他，模糊著眼往回走。她一面走一面抹眼淚，像極了一個孩子。

衛韞也不知道該怎麼辦，他就跟在她後面，看著她疾步往前，走了沒幾步，她便踩在自己裙角上，一個踉蹌狠狠摔了下去。

衛韞慌忙上前扶她，焦急道：「妳沒事吧？」

楚瑜沒說話，臉色變得有些蒼白，她低著頭，一言不發，就是豆大的眼淚大顆大顆往下掉。

衛韞想了想她剛才摔的樣子，手碰到她腳踝上，皺眉道：「腳崴到沒？」

楚瑜不應聲，衛韞輕輕一按，她便繃緊了身子，衛韞張口想說她，看著這個人低著頭落著眼淚的樣子，他又一句話都說不出來了。

他嘆了口氣，半蹲在楚瑜面前，溫和道：「我背妳回去。」

楚瑜不動，衛韞抓著她的手往自己身上一拉一抬，便穩穩背在自己背上。

月光下，他們的影子交疊在一起，衛韞背著楚瑜，忍不住笑起來：「見妳之前，聽說妳是個刁蠻任性的大小姐，見到妳之後，我便覺得他們胡說。今天晚上我終於曉得，妳以前大概真是個刁蠻性子。」

楚瑜扭過頭去，盯著晃動的牆壁，衛韞聲音溫和：「我不知道妳為什麼哭，也不知道妳在難過什麼，更不知道妳怎麼走到今天。可是阿瑜，我等得起，只要妳給我機會等，別自以為是去對我好。」

「對不起……」楚瑜沙啞道。

衛韞輕笑開去：「不必說什麼對不起，妳做什麼，我都不介意。」

楚瑜沒說話，她環著他脖子的手緊了緊。

她從未遇到這樣包容她的人，從未見過這樣執著、溫暖、帶著光和安定的人。

她曾以為顧楚生是那樣的人，在他駕馬而來，對她伸出手的那一刻。可是在後來無數的歲月，她才慢慢發現，顧楚生從不是她記憶裡那個駕馬而來的紅衣少年。他的世界全是糾纏於折磨，他有的不是執著，是執念。他就是拉著她往黑暗裡沉下去，從不停息。

而衛韞，他沒有給她驚豔的開始，他沒有在她危難時猶如神明從天而降，甚至在他們相遇時，他還只是青澀少年，要她努力為他撐起一片天地。

可是一點一點觸碰他，接近他，瞭解他，陪伴他之後，才知道這個人，美好如斯。

她悄無聲息抱緊他，悶悶地說：「你這樣驚動了顧楚生，蘇查那邊的人怎麼辦？」

「我算好的，」衛韞輕笑：「我攔截他，其實只帶了十五個人，他發了信號彈，府裡的高手必定全部出來救人，我派了人直接去他府裡，如今大概已經將蘇查的人帶回來了。」

「你攔顧楚生就是為了調虎離山？」楚瑜迅速反應過來：「那你需得儘快出城！顧楚生知道人不見了，必然要來找你……」

「我知道。」衛韞溫和道：「來之前我已經吩咐下去，把妳送回去，我就走。」

「阿瑜，」他轉頭瞧她：「我長大了，所有的路我都會鋪好，妳真的不用什麼事都想著妳要做。」

楚瑜愣了愣，衛韞的腳步很平穩，讓她沒有感覺到一絲顛簸。她靜靜看著他的側臉，聽他慢慢道：「年少時看妳擋在我面前，我覺得很幸福。如今我覺得，能讓妳站在我身後，我會更幸福一些。」

「我不需要……」

「但我得給妳選擇。」

衛韞輕聲開口，衛府大門出現在他們視野裡，他背著她，聲線柔和：「被逼著提劍，和自己願意提劍，是兩回事。」

說著，衛淺焦急地衝上來：「侯爺，東西和人都到了。」

衛韞抬起頭，衛府門口所有人馬已經準備好了，蔣純上前，看見衛韞背著楚瑜，她愣了愣，隨後趕忙道：「事情我大概清楚，先趕緊出城吧。」

說著，她上前伸手接過楚瑜。楚瑜由她和晚月攙扶著，背對著衛韞往衛府走去。

衛韞靜靜看著楚瑜，衛淺上來道：「侯爺，啟程吧。」

衛韞點點頭，突然說：「嫂子！」

楚瑜僵住身子，衛韞溫和道：「等我回來。」

楚瑜沒說話，這聲「等我回來」，她知道是什麼意思。他不僅僅是要回來，他還要一個答案。

楚瑜背對著他，她挺直腰背，沒有回頭。

好久後，她終於開口，聲音沙啞：「好。」

我等你回來。

我給你答案。

蔣純扶著楚瑜進去，她抬頭看著楚瑜，欲言又止，楚瑜神色平靜：「要說什麼妳說吧。」

「方才那人是小七……」

楚瑜點了點頭，蔣純抿了抿唇，想了想，終於道：「他有沒有同妳說些不該說的話？」

楚瑜沒說話，蔣純嘆了口氣，有些無奈道：「他竟真的回來說了！」

楚瑜抬眼看她，蔣純扶著她往屋裡走著，慢慢道：「四年前我便知道他的心思，那時我勸過他……他畢竟還是年少了些，雖然你們年紀相仿，可是阿瑜，我知道妳同他不一樣。」

說著，蔣純眼裡帶著無奈：「女子命薄，妳又是個重感情的，他日後不喜歡妳，再找一個人就好。可妳若是背負了所有，又換了那麼一個結局，我怕妳想不開。」

「是這個理。」楚瑜沙啞道。

蔣純握著她的手，輕輕開口：「可是，這是四年前啊。」

楚瑜靜靜看著蔣純，對方眼裡帶著笑，楚瑜看明白她的意思，蔣純卻還是怕她不懂，笑著道：「能在不見、不聽、不聞情況下等一個人四年，回來說那麼一句話，阿瑜，這份情誼，當不是衝動。」

「我知道。」

楚瑜沙啞著聲，衛韞那樣的人，若不是確定了自己的心思，怎麼會同她開口說這些話。可是衛韞知道自己此刻的心思，他又焉知有一日他若遇到清平郡主，是怎樣的心思？

楚瑜不敢去想那個人，她深吸一口氣，啞著聲音道：「先不想這些了，趕緊做準備吧。衛韞劫了顧楚生的人，顧楚生馬上就要有動作。我給妳權杖，妳立刻帶著小公子出城。」

「妳和母親……」

「我們不能走，」楚瑜平靜道：「一來我們走不了，二來我們一走，衛府就空了，趙玥會立刻追捕我們，妳跑不遠。母親我會照顧，妳別擔心。」

說著，楚瑜讓管家將馬車牽出來，又將六個小公子帶了出來，王嵐的孩子如今才三歲半，剛學會說話，王嵐牽著他來到長廊上，焦急道：「這是怎麼了？」

楚瑜抬眼看她一眼，四年過去，當年說要走的王嵐最後還是為了孩子留下來，一留就是四年，死活不回去，所有人都覺得她是為了孩子，可每一次看見門口站著的沈佑，楚瑜又覺得，或許王嵐自己都不清楚是為什麼。

「侯府可能要出事，」楚瑜冷靜下來，平靜道：「妳將孩子交給阿純，她帶著離開。」

「可如今凌霜還小，他近日還病著……」

「要不阿嵐帶著孩子出去。」蔣純當機立斷：「她看上去性子柔弱，就說帶著孩子出去求醫，更容易放行。我陪妳留在這裡，若是真的出事，也不至於就妳一個人撐著。」

楚瑜沉默片刻，有些猶豫，最後終於點了點頭道：「行，阿嵐，」楚瑜抬頭看著她，神色鄭重：「妳做得到嗎？」

王嵐愣了愣，她猶豫片刻，低頭看了看手裡的衛陵霜，點了點頭道：「好，我帶著他們出去。」

說著，楚瑜便讓孩子上去，她讓大一點的四個孩子趴在馬車車底，另外兩個孩子裝病由王嵐護在馬車裡。一下子將衛府所有公子帶出去太引人注目，只能這樣出去。

王嵐也沒猶豫，她當機立斷收拾了東西，隨後抱著衛陵霜，牽著衛陵冬上了馬車。蔣純將最年長的衛陵春拉過來，摸了摸他的頭，溫和道：「陵春，弟弟們就交給你照顧了，你知道嗎？」

「知道。」衛陵春認真點頭：「母親放心，我會照顧好他們。」

蔣純抿了抿唇，她抬手將衛陵春抱在懷裡。

楚瑜靜靜看著他們，心念動了動，這樣的母子之情是她不曾擁有的，她靜靜看著，居然有了幾分羨慕。

馬車噠噠而去，送走了王嵐，楚瑜和蔣純站在門口，蔣純笑了笑：「又只剩咱們倆了。」

楚瑜看著蔣純，發現四年前，似乎也是如此，她忍不住笑出聲來：「是呢，咱們侯府真是多災多難。」

兩人說說笑笑往屋裡回去。

王嵐則賓士在夜色裡，她帶著兩輛馬車，六個孩子都在馬車上，到了門前，她出示了鎮國侯府的權杖後，聽見外面有些猶豫道：「衛六夫人，如今已經宵禁，您要不還是明日出城……」

「我兒都成什麼樣了，」王嵐掀了簾子，含著眼淚叱罵聲：「今夜你攔著我，若是我兒不幸醫治不好，這罪你擔不擔！」

守門的侍衛被這麼一罵，有些猶豫，王嵐死死盯著他：「你今日攔我也可以，可我懷裡抱著的是衛家的六公子。我知道你們瞧不起我，可我夫君縱使不在了，我們家小侯爺還活著，他還在邊關為你們浴血廝殺，你們就是這樣對待他家人的嗎？衛六公子若是因你有了三長兩短，你可是要拿命來還？」

那侍衛聽到衛韞的名字，轉頭看了看自己旁邊的侍衛，最後終於道：「好吧，那我等例行公事檢查，若是沒什麼，便給六夫人放行。」

說著，士兵上前搜查馬車，王嵐緊張得捏緊了門簾，她心跳得飛快，如今四個孩子都在馬車下，若讓士兵發現衛家所有的孩子都要出城，那是絕不可能成功的。

王嵐拼命思索著理由去阻攔他們，可她本就只是閨中婦人，全然想不到理由，眼見著士兵將長槍往馬車下探去，王嵐心都提到了嗓子眼，正要開口阻攔，就聽到一聲焦急的呼喚：「衛六夫人！」

所有人同時抬頭，看向出聲那人，王嵐瞧見他，不由得愣了愣，沈佑駕馬立在門前，他看著王嵐，翻身下馬，焦急上前道：「六夫人，我聽說六公子身體有恙，如今可好了？」

他一來，守將們立刻行禮。如今沈佑是趙玥身邊的紅人，大家都認識，不大敢得罪。王嵐看見沈佑，她本想避開他，卻因著眼下形勢，只能強撐道：「怕是不好了，我如今要出城去找他一貫看病的翁大夫……」

「那還不快快放行？」沈佑抬頭怒吼：「人出事了你們耽擱得起嗎！」

「沈大人，還要搜……」

「搜什麼搜！」沈佑一腳踹開那人，一副驕縱的樣子道：「趕緊開門，不然老子拿你們問罪！有事我擔著，開門！」

聽到這話，守將們也不再阻攔，反正出了事也是沈佑的。大家對看一眼，終於開了門。沈佑送王嵐出去，王嵐抱著孩子，坐在馬車裡，馬車趕得飛快，王嵐沒有聽見沈佑說一句話，他一直在馬車外面，靜靜護送著她。

出了城，最大的危機就解決了。孩子全被安置到了馬車上，大家都睏了，東倒西歪睡了過去。等到了天明時，沈佑終於停住。

「六夫人，」他在馬車外，恭敬道：「我只能送您到這裡了。後面的路您多加小心。」

王嵐聽著那人的話，抱著孩子，眼裡含著眼淚，好久後，才應了一聲「嗯」。

這些年他一直守在衛府門外她是知道的，正是知道，她才有些不明白。

不明白當年他這樣好的人為什麼當年要送那封信。

不明白他為什麼要假裝什麼都沒有招惹她，最後才說出答案來。

她抱著衛陵寒，靜靜等了一會兒，許久後，她才聽的外面的聲音：「六夫人，沈佑知道這個要求冒昧，可是沈佑還是想問一次，四年未見，不知六夫人可能允許在下再見一次，親眼看看六夫人是否安好。」

王嵐沒說話，好久後，她才開口：「見了面，又能如何？我好與不好，是你看一眼就能改變的嗎？見了面，徒增傷心罷了。」

外面沈佑許久沒說話，王嵐以為他離開之際，簾子卻被猛地掀開來。晨光落進馬車裡，那人的身影撞進她眼眸。北狄才有的深邃輪廓，如星空一樣的眼靜靜凝望著她。王嵐被嚇呆了，沈佑靜靜看著她，許久，他輕輕笑了笑。

「見到妳，我也就安心了。」

「六夫人，」他眼裡滿是不捨：「好好保重。」

說完，沈佑放下簾子，這一次王嵐終於聽到他打馬離開的聲音，好久後她才反應過來，外面侍衛詢問道：「六夫人，可能啟程？」

王嵐抬頭，眼裡全是堅毅：「啟程，到昆陽去！」

天亮起來時，楚瑜終於吩咐好所有事。衛韞這一次若再回來，怕就是要與趙玥澈底撕破臉皮，她要將各處打點好才是。

她打了個哈欠，隨後就聽管家通報：「大夫人，顧楚生來了。」

楚瑜點頭，有些疲憊：「放他進來吧。」

說著，她走到正堂，跪坐在高座上，給自己倒了茶。

沒多久，她就看見顧楚生領著人走了進來。

她抬眼看他，含笑道：「顧大人早，今日不去早朝？」

顧楚生面上的傷已經結痂，他笑著坐下，旁邊人給他奉茶。

「我今日不去早朝，為的是什麼，大夫人不知道嗎？」

楚瑜看著侍女上來，將早膳端上，她慢悠悠道：「顧大人的意思，妾身聽不明白。您要不要去早朝，又和我衛府有什麼關係。」

「衛韞厲害啊，」顧楚生喝了口茶，讚嘆道：「我還真當他想殺我，卻不想是調虎離山。大夫人，昨夜顧某給您留來準備的時間，還算足夠吧？」

楚瑜沒說話，她低頭抿茶，顧楚生目光銳利地瞧著她，冷著聲音：「大夫人，今日顧某來提親，不知合適不合適？」

「顧楚生，」楚瑜淡淡開口：「這門親事，怕是不行了。」

顧楚生驟然捏緊了拳，楚瑜抬眼看他：「我想明白了，我或許有喜歡的人了。」

「有喜歡的人？」顧楚生嘲諷笑開：「人這輩子誰不喜歡幾個人，妳在這個位子上，婚姻之事，還談喜歡？」

楚瑜沒說話，輕輕喝茶。顧楚生見她不回應，慢慢冷靜下來。

「有多喜歡？」

「也不算多吧，」楚瑜嘆了口氣：「其實我自己也不知道，只是顧楚生，我既然知道了自己喜歡他，那在我想明白之前，我不會放任自己傷害他。」

顧楚生沒說話，片刻後，他輕笑起來：「守了這麼多年，結果還是一無所有。」

「算不上一無所有吧，」楚瑜抬眼看他：「你如今二十一歲，已經是禮部尚書，內定的內閣大學士，顧楚生，你已經得到夠多了。」

「夠什麼！」顧楚生暴怒。

什麼禮部尚書，什麼大學士，這些他沒得到過？

他輔佐過三任帝王貴為帝師，權傾朝野高官厚祿，這名利他上輩子早就要夠了看透了，要是他還在意這些，當年能被衛韞斬殺？

他急促喘著粗氣，盯著楚瑜，「楚瑜，妳別逼我。」

他顫抖著聲：「我這輩子只有妳，妳別逼我。」

楚瑜抬眼看他，微微皺眉。

「顧楚生，」她有些不解：「你什麼時候開始，這樣執著的？」

顧楚生沒說話，他狠狠盯著她。

什麼時候？

十年、二十年、三十年……他早就不記得了。

可這些他不能告訴她，若是告訴他，那他和她，就真的再也不可能了。

他喘息著，平復著理智，「妳是絕不會答應我了，是嗎？」

「顧楚生……」

「是還是不是！」

楚瑜沒說話，許久後，她慢慢道：「是。」

說出這話時，她內心都在抖，然而她也不知道哪裡來的力量，支撐著她。

她覺得自己似乎有了依靠，因為有人站在背後，所以有了任性的本錢。於是她抬起頭來，再一次重複：「是。」

顧楚生笑了，他點著頭退後，「好，好，我知道了。」

他說著，轉過身往前疾走幾步，又頓住步子。

「衛大夫人，」他平靜道：「近來高興些，好好備嫁吧。」

聽到這話，楚瑜笑出聲來。

「行啊。」她慢悠悠道：「要是，我們家侯爺讓我嫁的話。」

顧楚生聽到這話，氣血翻湧。

他早該想到的，那公孫湛就是衛韞……他本來想，以楚瑜的性子，若公孫湛是衛韞，她絕不可能拿著公孫湛來激他。直到昨夜衛韞出手，衛家不顧楚瑜命令傾巢而出，他才意識到，若是楚瑜不知道呢？

又或者……楚瑜也喜歡他呢？

有無數可能，他想了許多。他不敢來見她，他甚至不知道，要怎麼面對一個喜歡上了別人的楚瑜。

他想了一夜，他想不明白，可他只知道一件事。

他要阻止她。

他這輩子重生而來，除了她，別無他求。

第七章　魂迷

顧楚生一走，楚瑜立刻讓人吩咐下去，他們名下各處的茶樓、酒肆、戲園乃至青樓中歌女的唱詞，都開始準備，說書人準備故事，寫文之人準備文章，唱戲之人準備戲曲，歌女準備唱詞，所有事紛紛指向當年白帝谷的慘案，以及如今趙玥在私下修建的攬月樓。

攬月樓是長公主慫恿趙玥修建的一座高樓，上面是樓，下方是皇陵，建在風水寶地，地鋪白玉，燈鑲明珠，黃金作椅，美酒為池。這座樓修得隱蔽，百姓所知尚還不多，但這些年國庫大筆銀兩和死囚的去處，其實都與攬月樓有關。

按照趙玥的設想，日後天下平定，他就和長公主活在攬月樓裡，死後一起下葬，埋入這奢華無比的皇陵。

楚瑜安排這些事時，顧楚生卻是直接進了宮。

他如今得趙玥寵信，可不受召見直接入宮，入宮之時，趙玥正在看摺子，顧楚生進了大殿，直接跪了下去，趙玥嚇了一跳，焦急道：「愛卿這是何意？」

「陛下，」顧楚生恭敬開口：「臣有一事相求。」

「你我兄弟，有何事你大可說來。」趙玥神色溫和，走到顧楚生面前，卻沒有扶他，靜靜等他開口。顧楚生抬起頭，認真看著趙玥：「臣請陛下賜婚，臣心悅衛家大夫人楚瑜，求陛下成全！」

說著，顧楚生狠狠叩在地面上。趙玥微微一愣，隨後面露難色：「楚生，衛大夫人乃衛家大夫人，忠烈遺孀，這……賜婚哪有賜到已嫁婦人頭上的，這聖旨出來，不僅是你要被恥笑，朕也會被天下恥笑。而且那衛韞又哪裡容得這樣的旨意……」

「陛下說的，臣都想過。」顧楚生平靜道：「臣也是沒有辦法。今日這道賜婚聖旨，微臣不是為了自己求，而是為了陛下，為了這天下而求。」

這話聽得趙玥皺眉，他面帶疑惑，扶起顧楚生道：「你且慢慢說來。」

「陛下可知，昨天夜裡，公孫湛出了華京？」

趙玥微微一愣，隨後便聽顧楚生又道：「陛下又可知，那公孫湛來華京的真正原由？」

「無需再賣關子，」趙玥心裡有些慌亂，面上卻是不顯，喝了一口茶，平靜道：「朕聽著。」

「幾日前，微臣抓到了幾名北狄奸細，嚴加拷問之下，微臣得知，這些奸細是從北狄過來，有密信想要交給陛下。」

聽到這話，趙玥的心跳驟然快了許多。

北狄在如今給他信件，那信裡會有什麼內容，趙玥比誰都清楚。

可他依舊淡定如初，含笑道：「那他們的信呢？」

「這些奸細說，他們帶的口信，必須面見陛下才能說。昨天夜裡我得了消息，便打算帶人入宮。誰知衛府突然傳信過來，您知道我對衛大夫人的心思，於是我便先去了衛府，誰知回來路上，我便遭到了截殺，我的侍衛放了信號彈，於是我府中侍衛全來救人，等我回去的時候，才發現，那幾個奸細不見了。」

昨天晚上的截殺和信號彈是瞞不住的，如果什麼都不說，趙玥這樣多疑的人必然會懷疑他，不如說一半留一半，讓趙玥自己去猜。

顧楚生見趙玥皺起眉頭，繼續道：「奸細不見後，我立刻去衛府要人，這樣的巧合，明擺著是衛府設計要取我性命。然而我的人到衛府時卻發現，衛府大批家臣護著公孫湛出了華京，我讓人追趕，卻發現已經追趕不上了。公孫湛如此大費周章弄走一個北狄奸細，到底是有什麼不可告人的祕密，不能讓陛下知曉？」

趙玥敲著桌子，聽顧楚生繼續道：「微臣推測，衛韞必然在邊境做了什麼不敢讓陛下知曉的事情，您想以他的性子，不敢讓陛下知曉的事情，還有什麼？」

「這些年他增兵增糧，屢次向朝廷要錢要物資，說是培養精銳，可他那些精銳帶到北狄國土裡，每次回來都將近全軍覆沒，全軍覆沒就他回來，次次都這樣好運，陛下，你信嗎？」

趙玥抬眼看向顧楚生：「如果我不信，楚生覺得，我又能怎麼辦？」

「陛下，」顧楚生認真道：「如果確認衛韞有反心，這一次打王家，我們不能再讓他去了。」

趙玥摸著茶杯，慢慢道：「他如今已經在回京路上，若不去打王家，又要去哪裡？」

「他父兄在哪裡，」顧楚生平靜道：「他便去哪裡。」

趙玥抬眼看顧楚生，這樣的話，他絲毫沒有意外，他向來知道顧楚生是個有魄力的人，在文臣中有著絲毫不遜於武將的殺伐果斷。

「我若殺了他，衛家反了怎麼辦？」

趙玥並不介意殺衛韞，他介意的是衛韞身後的衛家軍。

顧楚生淡道：「所以，這就是我要娶衛大夫人的原因。」

趙玥挑眉，聽顧楚生道：「衛韞死了，衛家還有六個小公子和四位夫人不是嗎？尤其是衛大夫人，當年鳳陵一戰她獨守鳳陵，後來她奔赴千里救回衛韞和兩千士兵，她在衛家聲望極重，可以說衛韞死了，她就是衛家的精神支柱。衛韞如果不是我們殺的，是死於意外，衛家要反，首先要看楚瑜的意思。可是若楚瑜嫁給我了呢？」

趙玥呆了呆，顧楚生平靜道：「我與楚瑜在大楚本是佳話，她嫁給我不足為奇。等衛韞入華京，我們讓他死於意外，我再迎娶楚瑜。楚瑜嫁給我，楚臨陽就要站在我這邊，而衛家一方面迫於楚臨陽壓力、另一方面也基於對楚瑜的敬重和信任不會作亂。這樣一來，衛韞死了，陛下不用擔心衛韞謀反。而衛家將士也會被安撫，不用擔心衛家為了衛韞報仇。」

「若衛大夫人不肯呢？」趙玥有些憂慮：「你這些，都是基於楚瑜願意的前提下……」

「我先娶她。」顧楚生斬釘截鐵：「我娶了她，殺了衛韞，將她困在華京，再以衛家六位小公子逼她。她這人將衛家當做自己的責任，為了那六位小公子，她也要忍。」

「忍之後呢？」趙玥繼續問，顧楚生笑了笑，他抬眼看著趙玥：「陛下為什麼不問，長公主忍之後呢？」

趙玥被問愣了，片刻後，他大笑起來。

「是了。」他聲音平淡：「我們這樣的人，談什麼之後。走一步，是一步吧。」

顧楚生點點頭，趙玥叫了人來：「賜婚之事我先想想，今日先不說這些了，我們好久沒喝酒，喝一頓吧。」

顧楚生沒說話，他心裡思索著趙玥的想法。

他已經將一切分析得很透澈，按理說趙玥不該懷疑什麼，為什麼不答應呢？

然而趙玥慣來會遮掩，他笑著招呼顧楚生，兩人喝了許久，趙玥嘆息著問他：「聽說女子重孩子，你說若殿下有了我的孩子，時間久了，她會不會原諒我？」

顧楚生笑了笑。

「會的吧？」他沙啞道：「我孩子的名字，我已經想好了。他會是個男孩兒，我想叫他顏青。」

「顧顏青？」趙玥念叨了一遍，顧楚生有些恍惚。

顧顏青，上一輩子，他唯一的兒子。

她走之後，他身邊再也沒有過別人，顧顏青長大後，知曉楚錦、他與楚瑜之間的恩怨，不知道該如何面對的他選擇了雲遊四海，一輩子，到他死，都沒再回來。

顧楚生閉上眼睛，覺得自己有些醉了，他不太允許自己在除了楚瑜以外的人面前露出醉態，他起身，艱難地同趙玥行禮退下，搖搖晃晃走了。

趙玥看著他的背影，大太監張輝走上來，有些奇怪道：「陛下，顧大人那婚事，您還有什麼可考慮的？」

「的確沒什麼考慮的，」趙玥笑了笑：「只是，凡事都如了他的意，哪裡能成？他要楚瑜可以，可是這樣正大光明要，要是衛韞沒死，你說帳記在誰頭上？」

「顧楚生到時候娶了楚瑜和衛韞合作……這也不是不可能啊。」

趙玥聲音淡淡的，張輝有些猶豫：「那您的意思？」

「這婚事是要結的，可是，哪裡能這麼光彩？」趙玥冷笑：「朕賜婚全屬無奈，是為了遮掩顧楚生對衛大夫人所做的醜事。你說，按照衛韞的性子，若是他嫂子被顧楚生玷汙被逼出嫁保全名聲，他會不會殺了顧楚生？」

張輝微微一愣，趙玥站起身，平靜道：「既然要站在這邊，就絕不能給他退路。朕的人情，哪裡是這樣好拿的？」

「陛下說得是。」張輝笑著上前：「總歸是娶了衛大夫人，怎樣的方式，想必顧大人不會介意。」

趙玥輕輕一笑，沒有多話，轉頭道：「可吩咐人將衛府盯住了？」

「盯住了。」張輝忙道：「方才顧大人開口，我便出去，趕緊讓人去盯住衛府了。」

趙玥點點頭，張輝繼續道：「不過，奴才聽說，昨晚衛六公子病重，六夫人抱著孩子出城了。」

「怎麼放出去的？」趙玥立刻皺眉：「深夜宵禁，這華京可隨便進出？」

「守城的人說，是沈大人作保。」張輝小聲道：「沈大人鍾情衛六夫人，陛下您也知道。」

聽到這話，趙玥沉默片刻，終於道：「昨晚出去了幾人？」

「三個，六夫人，五公子和六公子。」

「罷了，」趙玥擺擺手：「總還剩四個留著。先不管了，只是沈佑……看在他以往功勞的份上，讓他自己回去，停薪思過吧。」

「陛下寬宏大量，」張輝趕忙道：「真乃一代聖君啊。」

趙玥笑了笑，聽著這樣奉承的話，他心裡難免高興。雖然一開始會警覺，但當皇帝當久了，不由自主就覺得，這樣的話才是他該聽的。他抬頭看向棲鳳宮的方向，平靜道：「梅妃如何了？」

「聽說和平日一樣，只是越發懶散了。」

趙玥沉默片刻，卻是道：「讓攬月樓加快進度吧。」

「等她看見攬月樓，」趙玥抬頭，眼裡帶著幾分無奈：「大概會高興一些吧？」

衛韞出了華京，帶著蘇查的人過了天守關，便往東城去，這裡是昆州州府，距離華京星夜兼程只有三日的距離。白州歷來是衛家的地盤，北狄一路打到天守關後，為了退敵，大量兵力駐紮在昆州，四年後的現在，昆州魚龍混雜，楚家、宋家、衛家、姚家、王謝兩家都在其中有人。衛韞沿著自己控制的城池沿路到了東城停下來，吩咐人將蘇查的人帶下去審問。

被顧楚生審過一遍，蘇查的人身上如果有物證那幾乎是不可能存在的，如今也只是寄希望於口供。他讓衛秋親自去審，而後將所有在東城的親信叫了過來。

他出城前就給了白州消息，如今沈無雙、秦時月、衛秋、衛夏等人均趕到了東城，衛韞修整過後到了議事堂中，一進門，在場眾人就站了起來。衛韞點了點頭，平靜道：「原計畫可能要提前。」

「為什麼？」秦時月皺起眉頭，衛韞直接道：「我從華京逃走時被顧楚生發現，趙玥一定會有所防範。我們本是打算透過打王家這件事和趙玥談判要兵要糧，如今這個目的怕是無法實現了。既然無法藉著這個由頭壯大己身，仔細想來，這不是個好機會嗎？」

眾人有些不解，衛韞走到沙盤前，凝視著大楚的版圖，慢慢道：「如今王家已經反，只是苦於沒有理由不敢舉旗，這個理由我們大可送給他，他反之後，天下有心人自然尾隨，我們緊跟在後，到時候大火燎原，趙玥要撲火，首先要撲王家，我們可以躲在王家後面。一旦王家被趙玥滅了，我們怕是再難有這樣的好機會。」

「那侯爺是覺得，我們要用送王家什麼理由呢？」

「君王無道，」衛韞冷笑：「替天而罰。」

「這些時日我們要做四件事。第一件衛夏去做，去各地製造異相，暗示趙玥血統不純，昏庸無道。」

衛夏抱拳道：「是。」

「第二件，等衛秋將蘇查那邊的人審問好了，讓人將這些證據謄抄一份，送到王家去，同王家說明，我會在暗中全力支持他。讓他將這些證據轉手到其他人手中去。這件事等衛秋來了，衛秋去辦。」

「第三件事，衛夏你同衛淺，各自去楚臨陽、宋世瀾那裡，詢問他們的意思，告知他們，若是不反，就全力對抗北狄，不要參合會這件事。若是願意同我一起舉事，他們要什麼，便同我說。」

「第四件事，」衛韞遲疑片刻，終究還是道：「我要去華京。」

「您去華京做什麼？」秦時月皺起眉頭。

衛韞手放在沙盤上，神色平淡，一字一句，認真開口：「求個公道。」

所有人露出詫異的神色，衛韞去華京求公道？求什麼公道？

衛韞抬眼看向沈無雙：「你同我一起去。」

沈無雙有些茫然地點頭，衛韞又轉頭看向秦時月：「你從白州調五千人馬來，沿著我們的城走，悄悄到華京外的出雲山。到時候看我信號彈，一旦我發信號彈，你就開始攻城。無需真攻城，拿著火藥裝腔作勢，動靜越大越好。到時候我趁機從華京逃出來，你前來接應。」

秦時月有些猶豫，然而看著衛韞沉穩的雙眸，他還是點了點頭，沒有多說。衛韞又說了幾句，將所有人疑問解答後，同沈無雙道：「跟我一起去看看。」

沈無雙點頭，跟到衛韞身後，兩人走出屋子，踏在長廊之上，沈無雙有些猶豫道：「侯爺，你一定要入京，是不是怕大夫人……」

話沒說出去，衛韞卻已經知道了沈無雙的意思。他沒有回頭，也沒出聲，沈無雙嘆了口氣，覺得衛韞不會回答他，然而過了許久，衛韞卻突然開口。

「我要接她回來。」

「嗯？」

沈無雙詫異抬頭，聽衛韞道：「我要接她回我身邊。」

說完，衛韞便捲簾進了屋中。

而另一邊，楚瑜窩在家裡，同蔣純一起下著棋。

「大夫人，」管家來到門口，躬身道：「顧大人又來求見。」

「不見。」楚瑜果斷開口。管家見怪不怪：「宮裡來了消息，陛下召見。」

「我臥床不起，不能面聖。」楚瑜抬眼，有些不耐道：「這些話我不是說過了嗎？」

管家面色不改，繼續上報：「長公主也派人來請。」

「一樣的。」楚瑜落子，平靜道：「我不出府，不必多說了。」

管家應聲稱是，隨後便退了下去，等管家走出去，蔣純抬眼看她：「趙玥已經派兵將衛府圍了這麼久了，他這麼一天天請妳進宮，是要做什麼？」

「終歸不是好事。」楚瑜淡然開口：「他這人手段太過卑劣陰狠，離他遠點不會錯。」

蔣純點點頭：「也不知小七什麼時候回來。」

楚瑜捏著棋子頓了頓，片刻後，她嘆了口氣：「我倒希望他如今……別回來更好。」

「如何說呢？」蔣純抬眼看她。

楚瑜將棋子落下，平靜道：「如今趙玥既然直接讓兵馬圍了衛府，怕是做好了和小七撕破臉的打算。我若是趙玥，小七進了華京，我就不會讓他回去。放虎歸山……」

楚瑜抬眼，冷笑道：「這是傻子嗎？」

「若小七沒來……」蔣純有些遲疑：「妳我當如何？」

「等著。」楚瑜淡然道：「等到小七真的回來那天。」

聽到這話，蔣純不免笑了：「若是等不到呢？」

「妳會等到。」楚瑜抬眼看了蔣純，蔣純微微一愣，她看見楚瑜神色中那份鄭重，不由得內心湧出一股暖意。楚瑜認真道：「我既然讓妳留下來，就不會讓妳出事。萬不得已……」

楚瑜抿了抿唇：「我便做一回長公主。」

蔣純聽到這話，心裡大驚，她忙握住楚瑜的手：「阿瑜，無需如此。我能到下面去陪阿束是好事。妳……妳還要和小七好好過。」

「這八字還沒一撇的事兒。」楚瑜輕笑：「妳怎麼想這麼多？」

說著，楚瑜收起棋子，拉起蔣純起身：「先不多說了，去吃東西吧。」

在屋裡又晃了了兩天，楚瑜算著日子，衛韞要來，也該來了。她同蔣純在屋裡練劍，外面傳來了兵器相交之聲，楚瑜皺了皺眉頭，就看見管家急急忙忙趕了進來，他低著頭，一貫沉穩的語調也帶著幾分焦急：「大夫人，陛下親自帶了御醫過來。」

楚瑜眼神一冷。

趙玥畢竟是皇帝，他親自過來，她不可能將人攔在外面。趙玥帶了御醫來，要做什麼她也清楚了。她點了點頭，轉頭同旁邊人吩咐道：「去找顧楚生。」

說完，她帶著蔣純往外迎去，來到門口，趙玥被衛府的侍衛攔在外面，他面上笑意盈盈，楚瑜趕忙上前，跪在地下道：「妾身恭迎陛下來遲，還望陛下恕罪！」

「聽聞衛老夫人近來身體不適，朕特意前來探望，順便看看這些侍衛是不是陽奉陰違，沒聽朕的話苛刻了衛府。」

說著，趙玥站起來，虛扶了楚瑜一把：「起身吧。」

楚瑜退開，跟著趙玥往裡走。趙玥前腳剛進府中，他的侍衛跟在後面，首排兩位猛地拔劍，斬下了衛府站的最近的兩個侍從的頭顱！

血噴灑如柱，周圍驚叫聲四起起，就連蔣純都被駭得退了一步，還是楚瑜抬手扶住她，這才止住了她的失態。

「有什麼好怕的呢？」趙玥看見旁邊被嚇住的衛家眾人，溫和道：「這兩個賊子方才用劍指著朕，難道不該死嗎？」

說著，趙玥抬頭，盯著楚瑜：「大夫人，您說呢？」

楚瑜沒說話，趙玥接著問：「大夫人，難道您覺得，用刀劍指著天子，是應該之事嗎？」

楚瑜沉默，趙玥逼她，無非是要表態。

如果她說應該，這衛府上下都要被扣上逆臣的帽子。如果她說不應該……從此之後，衛府怕是再無將士，敢用劍指著趙玥。

她不能寒了衛府的心，但也不能真的和趙玥對上。

她沉思片刻，跪下來，平靜道：「陛下乃天子，用劍相指，自當以死謝罪。只是這兩位乃護主忠義之士，歸根到底，他們雖犯死罪，卻是為我。陛下方才那兩劍，卻是錯了。」

「錯了？」趙玥眼神一冷。

楚瑜叩首，露出她纖長的脖頸：「陛下方才那兩劍，該斬楚瑜才是。」

「楚瑜為主，教導不周，致使如此大錯發生。那兩位侍衛盡忠而已，雖然用錯了方式，卻也是為了楚瑜。陛下，劍請指往這裡來。」

趙玥不說話，蔣純站在一旁，袖下手微微顫抖，她此刻怕極了，若趙玥真在這裡斬了楚瑜，她便當真不知道要如何了。

然而趙玥靜靜凝望楚瑜片刻，卻是笑了：「大夫人說笑了，區區小事，朕怎會因此斬了大夫人？大夫人昨日還說抱恙，今日來看，大夫人身子似乎十分康健？」

「已然好了。」

「既然好了，明日立冬，朕設下宮宴在宮裡，想必大夫人能去了吧？」

「陛下放心，」侍衛的血蔓延到楚瑜腳下：「明日，妾身必定入宮。」

趙玥輕笑，他瞧著楚瑜，溫和道：「大夫人，您這性子啊，就是太烈。有時候做女人，還是溫和一些才好。過剛易折，還折得特別疼。朕很不喜歡看狗站直了走來走去，看見了，朕就會讓人用錘子一錘一錘敲碎那狗的脊骨，讓牠連爬都爬不了。大夫人，」趙玥蹲下身，手輕輕放在楚瑜背上，他手指所落，正是楚瑜的脊骨。

他的手輕輕觸碰在上面，聲音溫柔：「妳可明白？」

話音剛落，便聽馬嘶鳴之聲，顧楚生的聲音驟然響起：「陛下！」

趙玥聽到顧楚生的話，抬起頭，收手站起來，笑著道：「顧愛卿？」

顧楚生翻身下馬，忙著拜見，趙玥虛扶他一把：「朕先回去了，顧愛卿與大夫人好好說說話。」

說著，趙玥笑著擺手：「朕走了。」

顧楚生送走趙玥，來到楚瑜身前。

楚瑜還跪在地上，血蔓延在她身下，顧楚生站了片刻，低下身，握住她的手，沙啞著聲道：「起來吧，我來了，妳莫怕了。」

楚瑜沒說話，她抬起眼，靜靜看他。

她的目光很平靜，帶著審視，顧楚生握著她的手，她的手上全是黏膩的血。

楚瑜輕輕一笑，嘲諷道：「滿意了？」

「我聽不明白妳的話。」顧楚生平靜道。

楚瑜直起身：「打一棒給顆紅棗，以為我會對你感恩戴德？」

顧楚生猛地反應過來：「妳以為是我讓他來的？」

「不是嗎？」楚瑜靜靜看著他。

顧楚生的胸膛劇烈起伏起來：「阿瑜，我不會讓人這樣欺辱妳。」

楚瑜輕嗤一聲，沒有理會他，起身轉頭離開。顧楚生追著上去，焦急道：「阿瑜，我沒有，我真的……」

「顧楚生，」楚瑜頓住步子，轉頭看他：「明日宮宴會發生什麼？」

顧楚生愣了愣，隨後他肯定道：「什麼都不會發生。」

「哦？」楚瑜輕笑：「真的？」

顧楚生看出那笑容裡的譏諷，他慢慢捏起拳頭。

「楚瑜，」他認真開口：「妳不要這樣看我。」

「我該怎麼看你？」楚瑜笑起來：「讓衛韞打王家的是不是你，讓趙玥圍困衛府的是不是你，給趙玥通風報信的是不是你？」

「是我，」顧楚生冷靜開口：「可我做這麼多，傷害過妳嗎？楚瑜，」他有些疲憊地閉上眼睛：「我只是想得到妳，不是想毀了妳。」

「這與毀了我有什麼差別！」楚瑜猛地提高了聲音：「拿走所有我喜歡的，毀掉我所有珍惜的，一寸一寸敲碎我的脊骨趴在你面前，這和毀掉我有什麼差別？」

「我沒有！」

顧楚生爆發，楚瑜靜靜看著他，顧楚生覺得有無數酸澀湧上來，他閉上眼睛，沙啞道：「明天什麼都不會發生，我拿我性命發誓。阿瑜，」他慢慢睜眼：「信我一次。」

楚瑜靜靜看他，許久後，她輕笑，「好。」

說完，她轉身進了府中，蔣純趕忙上前扶住她，焦急道：「怎麼辦，妳明日……」

「無妨。」楚瑜眼中帶著冷意：「我已經激怒了顧楚生，明日顧楚生不會讓趙玥動手。」

蔣純眼裡含著熱淚：「小七什麼時候才回來啊……」

楚瑜微微一愣，她被蔣純扶著，手微微顫抖。

她突然發現，她特別想衛韞。

依賴一個人成了習慣，就會驟然驚覺自己的無能。

而另一邊，沈無雙跟在衛韞身後，焦急道：「小侯爺你慢點，早一點晚一點沒什麼的。」

衛韞沒聽，他抬起頭看著日頭，狠狠地打了馬鞭，提聲道：「快些！」

華京風起雲湧，千里之外，洛州楚府，楚臨陽拿著手中書信，看著面前的衛夏，平靜道：「你家侯爺主意已經定了？」

「定了。」衛夏恭敬道：「無論楚世子是什麼意思，都不會影響侯爺的決定。如今來問一聲，也不過是想看看侯爺態度而已。」

「那我妹子呢？」楚臨陽抬眼看著衛夏：「你們反了，難道要我妹子也做亂臣賊子不成？衛韞他要反可以，將我妹子送回來！」

聽到這話，衛夏愣了愣，隨後有些不好意思道：「大夫人……可能還要在侯府……繼續當大夫人？」

「荒唐！」楚臨陽怒吼：「我妹子對你們家仁至義盡，難道你們還真的要她守著牌位守一輩子？」

「不是牌位不是牌位，」衛夏趕緊招手：「是真的當大夫人，新的大夫人。」

這話讓楚臨陽有些茫然了：「什麼叫新的大夫人？」

「就，世子走了，」衛夏支支吾吾道：「我們小侯爺，不還差個大夫人嗎？」

楚臨陽聽明白了，他抬腳就踹過去：「你們衛家有完沒完！」

衛夏被楚臨陽追著打，連連說道：「楚世子你冷靜點，我們家小侯爺是真心實意的啊……」

衛夏被打著的時候，衛淺的情況卻好很多。

華州州府蓉城，宋世瀾坐在高坐上，看著衛淺送過來的書信。片刻後，他抬起頭，慢慢笑了：「小侯爺的心，真是不小啊。」

衛淺有些忐忑，面對宋世瀾這種笑面虎，他總覺得有些心虛。

他尷尬道：「侯爺也不是一定要讓宋世子回應，只是希望宋世子能保持中立……」

「中立？」宋世瀾笑了：「侯爺當年幫過本世子，本世子又豈是不報恩之人？侯爺經世之才，世瀾願意追隨。」

聽到這話，衛淺微微一愣，完全沒想到宋世瀾會是這個態度。只是接下來，宋世瀾話鋒一轉：「不過與侯爺結盟，空口無憑，還是需要寫憑證可好？」

「什……什麼憑證？」

「自古兩國兩家結盟，都以姻親為證，可惜侯爺膝下無女，不過在下觀衛家二夫人蔣氏知書達理，賢良淑德，在下願以大夫人之位迎娶二夫人，不知小侯爺意下如何？」

「什麼？」衛淺猛地抬頭。

宋世瀾笑意盈盈：「這話，勞煩小將軍同二夫人也說一遍？」

「說……說什麼……」

衛淺整個人是懵的，說話磕磕巴巴。

宋世瀾放下手中書信，溫和道：「告訴二夫人，她願嫁我，我願為衛家上刀山下火海。她不嫁我……」

「不嫁如何？」

宋世瀾想了想，隨後笑出聲來：「我這麼好的男人，多可惜啊。」

楚瑜等到第二日，宮裡便來人接她。她換上紫色繪玉蘭的華麗外衫，梳上婦人髮髻，上了宮裡來的轎子。轎子搖搖擺擺，到了宮門前，楚瑜便看見顧楚生立在那裡，絳紅色官袍長身而立，見她的轎子停下來，顧楚生停下來，等楚瑜下轎時，他微微躬身，楚瑜便將手放在顧楚生攤開的手掌上。

以往她對顧楚生一貫敬而遠之，然而今日的局面，她卻是離顧楚生越近越好。她伸出這手，便是給趙玥以及暗中所有有心人看著，他們就算顧忌顧楚生，也會稍有收斂。

果不其然，在她手伸出去的瞬間，周邊的人都投來異樣的眼光，楚瑜面色不動。顧楚生垂下眼眸，不敢看自己手中那白玉雕刻的纖纖素手，壓制住自己心情，小聲道：「宮裡我都打點好，妳不要落單，我會時刻照看著妳。」

楚瑜點點頭，沒有多話。顧楚生輕輕收手，將那柔軟的手包裹在自己手裡。

楚瑜抬眼看她，神色冷漠，顧楚生撐著自己艱難地笑起來：「為妳做這樣多，還不容我收點利息？」

他嘴上說得厲害，然而觸及楚瑜的眼神，他其實內心顫得不行，他怕極了楚瑜這樣冷漠的眼神，總覺得對方再多說一句，就能讓他潰不成軍。

然而楚瑜今日並不想要顧楚生敗退下去，她沉默著沒說話，輕輕一笑，轉過頭去。

那笑容裡帶著嘲諷，顧楚生握緊她的手，轉身往宮裡走去。

「明日我會上門提親，妳也不用準備太多，一切我會操辦。」

聽到這話，楚瑜終於開口：「誰允你上門提親的？」

顧楚生轉頭看她，眼裡帶著苦澀：「阿瑜，妳如今既已經低頭，又何必同我繞彎子？衛家在華京，能幫你們的，這華京之內只有我。」

楚瑜收了聲音，過了許久，她聲音飄忽：「顧楚生你知道嗎，其實你不愛我，你只是因為沒有得到，所以一直執著。」

就像上輩子他執著於楚錦，她重生後，被愛後，也慢慢明白，當年的顧楚生並不愛楚錦，那不過只是他年少的一個執念，他掛念太多年，所以一回華京，就立刻娶了楚錦。

這輩子他沒得到她，所以執著於她。如果得到了，大概就不會有這樣多的事端。

楚瑜轉頭看了顧楚生一眼，男子瞧著她輕輕笑了，神色裡帶著蒼涼和疲憊。

「阿瑜，我愛不愛妳，我比誰都清楚。」

楚瑜不再多說，有那麼一瞬間她會想，她重生而來，顧楚生是不是也回來了。只是這樣一想她就覺得可笑，顧楚生厭惡她一輩子，她到死，顧楚生都沒給過她一句好言好語，如果顧楚生真的回來了，大概也是能跑多遠跑多遠，絕對不會和她再有牽扯才對。

被上輩子的她纏著，的確不是一件讓人覺得愉悅之事。

兩人牽著手到了大殿，無視於所有人投來的目光，顧楚生吩咐人將他與楚瑜的小桌並在一處，楚瑜神色淡漠，周邊的人竊竊私語。兩人方才落座，一個身著素紗，戴著面紗的女子便走到小桌前，楚瑜抬起頭，便看見楚錦緊皺著的眉頭。

她身後還站著一個少年，那少年看上去十四五歲的模樣，頭髮單獨紮起來，一身勁裝，看上去乾淨俐落。

楚瑜認出來，那正是當年楚錦在鳳陵城救下的少年韓閔，如今回了華京，韓秀到她手下繼續研製兵器，韓閔則跟著楚錦，當了楚錦身邊的小廝。聽聞韓秀幾次上楚家討要人，但韓閔卻堅持寧願在楚錦身邊當個侍衛，也不會回去。韓秀無奈之下，每年過年都是到楚家同韓閔、楚錦以及其他楚家人一起過的。

「姐姐。」楚錦說，眼裡全是擔憂。楚瑜愣了愣，隨後笑起來：「妳怎麼在這兒？」楚錦毀容後，就幾乎不出門了，更不要提這樣盛大的宮宴。楚瑜心念一動，大約知道楚錦是來做什麼，眼裡帶著幾分暖意：「回去吧，好好玩自個兒的，我會照顧好自己。」

「姐姐，」楚錦輕嘆一聲：「我與妳同桌吧。」

聽到這話，顧楚生終於抬起頭來，他淡淡掃了楚錦一眼，楚錦於他而言，猶若螻蟻，上輩子楚錦與顧顏青的妻子爭奪家中中饋時，被兒媳收集了證據，將她這輩子幹過的事兒一樁樁一件件捅了出來，上交官府。朝廷輿論紛紛，對他名聲不利，於是他將她休回楚家。可那時楚家早已不復存在，楚臨陽戰死之後，楚家一蹶不振，二十年後，楚家只有一個不成器的楚臨西苦苦支撐，楚錦回去後不久，就被楚臨西的夫人姚桃趕出來，流落民間。

等他再見她時，她滿身穢物，容行不堪，他只是抬起轎簾看了一眼，再也沒多說。

等他死前三年，他聞得她死訊，聽聞是用自己年少時一直留到最後的金簪，自殺於殘破的家中。

那時候他想，不知道楚錦會不會後悔，她死之前，有沒有想過自己那位待她掏心掏肺的姐姐。

上輩子便如此薄情，更罔論如今？只是楚瑜這輩子與楚錦交好，顧楚生給了個薄面，淡道：「楚二小姐，妳的位子在那邊。」

「顧大人，」楚錦暗中捏著拳頭：「我姐姐，如今無論如何都是衛家大夫人，您……」

「她很快會成為顧家大夫人。」顧楚生不喜歡那個稱呼，他瞧著她，平靜道：「妳繼續叫她姐姐便是。」

「退下吧。」楚瑜不願意兩人爭執，同韓閔道：「帶著二小姐下去。」

韓閔面露猶豫，終於還是道：「姐姐……」

然而話剛出口，楚錦便直接坐在楚瑜身側，神色從容：「我陪著姐姐。」

楚瑜皺眉：「胡鬧，妳名聲還要不要了？」

楚錦垂下眼眸，沙啞道：「我如今的樣子，要名聲還能做什麼？我已聽說衛家的情況，今日宮宴怕是鴻門宴，我在這裡……」

「既然知道是鴻門宴，妳在又能做什麼？」楚瑜有些無奈：「回去吧。」

「我不放心，」楚錦搖搖頭：「我在，總多一份照看。」

楚瑜見勸不住，便轉頭看向顧楚生：「我與她同桌吧。」

顧楚生掃了楚錦一眼，見楚錦冷冷與他對視，他心知楚瑜疼妹妹，便道：「行吧，姐夫讓妳一次。」

「你……」楚錦怒而上前，被楚瑜一把拉住，楚瑜神色不變，帶著楚錦起身，同楚錦一起坐到自己本該坐的位子上。兩人落座後，楚錦握著楚瑜的手，微微顫抖著，一直沒敢放手。

楚瑜拍了拍她的手，神色溫和。

「阿錦，」她平靜道：「莫怕，姐姐在。」

楚錦閉上眼睛，許久後，終於鎮定下來。

等了一會兒，趙玥帶著長公主進來，所有人站起來行禮，趙玥在上方說了祝詞後，大家依次落座，宴席正式開始。

開始沒多久，趙玥便同長公主離開，留下群臣自由交談。楚錦和楚瑜坐在位子上，滴水不沾，楚瑜神色自若，似乎還同楚錦聊著什麼。楚錦一開始回話還很是僵硬，沒多久就自然起來。

過了一會兒，楚瑜便看見一個女官朝她走來，那女官是長公主身邊的人，平日大多是她傳信，那女官啞著聲音，有些急切道：「大夫人，長公主讓你過去，有要緊事。」

楚瑜皺了皺眉頭，她第一個反應便是有詐，她不動彈，那女官面露著急道：「大夫人，公主真的出了事！」

「公主能出什麼事？」楚瑜抬眼看向那女官：「同公主說一聲，我明日去。」

「怕是來不及了，」那女官壓低了聲音：「公主說，她知曉妳如今處境凶險，可她拿到一點東西，必須今日送出宮去，這東西十分重要，衛家白帝谷……」

聽到這話，楚瑜心裡猛地一顫。

她知道長公主拿到了什麼，她必定是拿到了當年趙玥參與衛家白帝谷一事的證據。

她打量了那女官許久，見的確是長公主身邊的女官。她思索片刻，同那女官道：「我去棲鳳宮，帶路吧。」

說完，她便起身領著楚錦、韓閔一同出去。走在去棲鳳宮的路上，楚瑜心裡稍稍放下些許，那女官領路在前，同楚瑜說著長公主發現證據的經過。

「方才陛下醉酒，倒在了床上，從袖中落下一封信，那信裡正是……」

話沒說完，楚瑜就察覺不對。

趙玥那樣的性子，怎麼可能做出這樣的事？還剛剛好在此時此刻讓長公主發現……

楚瑜臉色大變，毫不猶豫抓了楚錦轉身就要跑，然而這時已經完全來不及了，十幾名殺手從旁邊刺探而出，空氣中瀰漫起昏黃的煙色，那女官猛地倒了下去。楚錦毫不猶豫同韓閔道：「退！」

兩人屏住呼吸，韓閔抱著楚錦直接上了樓頂，楚瑜往相反方向衝去。這些人目標是楚瑜，他們得了嚴格的命令，竟是沒有一個去追楚錦，直接往楚瑜追去。

楚瑜屏住呼吸，抬手吃下一顆藥丸，隨後朝著大殿的方向疾馳而去。

只是趙玥早就知道她的能耐，這次來的十幾名殺手，都是他身邊最頂尖的人物，一個楚瑜勉強招架，但十幾個聯手而上，楚瑜被密密麻麻封在其中，半步都挪移不開。

她走不出毒煙範圍，藥物逐漸失效，她提著劍的手開始發軟，眼前發昏，有人猛地一腳踹到她腿上，她往前一倒，便被十幾個人衝上來按住她的身子。她身上根本沒辦法動彈，迷迷糊糊間，她聽到有太監的聲音響起來：「陛下，大夫人撐不住了。」

楚瑜的呼吸又急又重，她艱難抬起頭，就看見趙玥站在人群中，靜靜看著她。

「餵了藥，」趙玥神色冷漠：「關到地牢去。」

楚瑜咬牙還想起身，身上卻沒了半點力氣，她閉上眼，感覺有人將一顆藥丸餵入她口中，隨後便聽見周邊不斷傳來石門打開又合上的聲音，最後她來到一間屋中，屋中燈火通明，兩個侍女將她用鐵索扣上手足，隨後開始剝她衣服。

「妳們……要做什麼……」

楚瑜沙啞開口，她察覺有些不對勁，侍女手腳利索替她擦過身子，抹了不知名的藥物，那藥帶著淡淡的花香，光是聞著，就讓人心馳搖曳。她身上僅剩一層紗衣，頭髮散披開來，燈光下，紗衣流淌著如水一樣的光芒。

她感覺有火從下腹升騰起來，她口乾舌燥。早經歷過人事的她清楚知曉這是什麼，她捏著拳頭，調整著呼吸。她明白趙玥要做什麼了，這讓她屈辱得咬緊牙關。

她開始害怕有人來，她希望此時此刻，誰都不要來。

她忍不住夾著身子，輕輕摩擦著，這時候外面傳來人焦急的腳步聲，片刻後，石門轟然打開，顧楚生焦急道：「阿瑜……」

話沒說話，他就呆愣在了原地，他呆呆看著被鎖在石牆上的楚瑜。

女子身著素白色的紗衣，長髮如瀑，頭上墜著一朵白色的花，隨著她的動作搖搖欲墜。香汗從她額頭滑過她的面頰，一路往下，滴落進那明顯的弧度中。她面色潮紅，眼神在清明與迷離間游離，猶若清晨荷花上的露珠，顫顫巍巍，一碰即碎。

顧楚生腦子「轟」得炸開，一瞬之間無數記憶湧入腦海中。

他擁有過這個人，很多年前。從少年到之後的一生，他沉迷於這個人的軀體，然而少年時他從來不肯承認，每次意亂情迷，他都要咬著牙關故作清醒。

然而那銷魂滋味一直在他腦海裡存著，此時此刻前塵舊事翻滾而上，合著面前的人任君摘采的模樣，無數欲念橫生。

看著顧楚生呆愣的模樣，楚瑜狼狽閉上眼睛，沙啞道：「顧楚生！」

顧楚生猛地驚醒，他慌張退了一步，便是這時，石門轟然落下，顧楚生猛地回頭，聽見外面傳來趙玥的笑聲。

「楚生，良辰美景，不負佳人啊。」

「趙玥！」顧楚生怒喝：「你放我出去。」

「出來做什麼啊？」

有一股異香在空氣中散開，顧楚生明顯察覺身體裡的躁動，他背對著楚瑜，不敢看她，聽趙玥笑著道：「你不是一直想要衛大夫人嗎，這樣不就得到了嗎？」

「趙玥，我不是你。」顧楚生手搭在冰冷的牆上，呼吸急促：「我縱然卑劣，但也不至於卑劣至此。你得到了長公主，你開心嗎？」

外面久久無聲，許久後，趙玥慢慢道：「那就讓我看看顧大人如何品性高潔，坐懷不亂吧。」

顧楚生痛苦地閉上眼睛，他盤腿坐下，背對著楚瑜，沙啞著聲音道：「我的人發現我不見後會來找我，我不碰妳，妳不用擔心。」

楚瑜沒說話，她抬眼看他。

他長得比衛韞清瘦，書生氣十足，然而無論是當年還是如今，他依舊是百姓最好的歸宿。如果說當年的衛韞用自己的血肉之軀築起北境長城，那顧楚生便是用自己撐起百姓頭頂半邊天。衛韞給了國家太平強盛，顧楚生給了國家清明富足。

她看著背對著他的人，神色複雜，許久後，她終於開口：「為什麼？」

欲念充斥在顧楚生腦海中，他扶著牆，微微喘息，聽到後面的人開口詢問，他思緒混亂：「阿瑜，我知道妳心裡，我卑鄙無恥……陰狠毒辣。可是我也有底線……我希望妳好好的，我也希望妳在我身邊。我其實無數次想要放手，可我做不到。我想毀了所有讓妳離開我的人，可是我……不願意毀了妳。」

「妳別怕。」他咽了咽口水，也不知道是和誰說，他的神智幾乎模糊了：「妳別怕。」

楚瑜聽著他的話，思考格外艱難。

手心的疼痛已經無法讓她緩解清醒，她只覺得空氣裡瀰漫著顧楚生的氣息。她軟弱地想。

就這樣吧。

反正也不是沒有過，她在意什麼？

然而當這個念頭閃過的時候，她猛地想起衛韞的眼睛。

他那雙眼睛，自年幼到如今，都時刻保持著清明和堅毅，彷彿透過時光在看她。

她想起他最後離開時，站在月光下叫她：「嫂子！」

他溫和開口：「等我回來。」

楚瑜閉著眼睛，微微曲著身子。她等他回來……她要等他回來。

顧楚生不知道什麼時候挪移到她身前，他顫抖著伸出手，將她擁入懷中。

「我就抱抱妳。」他沙啞道：「我不做什麼，我就是太難受了，我抱抱妳，很快……很快就有人了……」

楚瑜低聲喘息，顧楚生的手帶起一片激顫，她不由得想起在沙城的時候，她替衛韞擦拭身子，少年修長的腿，帶著繭子的手，他的手很好看，骨節分明。

他好像就在這裡，拂過她的身子，她神志恍惚，沙啞道：「衛韞……」

顧楚生的手微微一頓，這一聲呼喚將他的理智拉回來不少，他猛地抬頭，顫抖道：「妳說什麼？」

楚瑜再一次叫出那個人的名字：「衛韞……」

一聲一聲，彷彿某種支撐她的力量，她眼淚落下來，閉著眼睛，反覆喚道：「衛韞……」

顧楚生整個人都在顫抖。

怎麼會是他……怎麼真的是他。

欲念和痛苦交雜著傾盆而下，他倉促地抱緊了她，沙啞著聲音：「不要叫了……」

「衛韞……」

「不要叫了！」

「衛韞……」

顧楚生終於崩潰，含著眼淚嘶吼：「別叫了！看著我！看著我啊！」

他捏著她的下巴，迫使她抬頭看他，他用這最後一絲理智，艱難道：「妳看看我，楚瑜……我在這裡啊。我喜歡妳了，我終於喜歡妳了，妳看看我，好不好？」

楚瑜神色迷離，她恍惚地看到當年庭院裡，衛韞坐在長廊上，她為他舞槍，然後她單膝跪在他身前，仰頭看她。

少年時的衛韞白衣玉冠，低頭瞧著她，許久後，帶著幾分羞澀，清淺笑開。

她也忍不住笑了。

「衛韞。」

她還是沒有改口，這條路走上了，從來不會回頭。

而另一邊，楚錦朝著衛府一路狂奔而去。韓閔跟在她身後，焦急道：「姐姐，就算去了衛府能怎麼辦？衛府現在也沒人了啊！」

「先去再說！」

楚錦咬牙出聲。

話音剛落，她便看見一群人疾馳向衛府方向。楚錦遙遙看著，為首之人白衣玉冠，腰懸長劍，那眉目風流昳麗，又帶著華京難有的剛毅堅韌。

青年翻身下馬，楚錦剛好駕馬到了衛府門前，她覺得面前人長得有那麼幾分熟悉，像極了當年在鳳陵城見過的衛韞。她皺了皺眉，試探著道：「閣下是？」

衛韞掃了她一眼，便認出這是楚錦，他平淡道：「衛韞。」

楚錦大喜，忙道：「快隨我進宮，我姐出事了！」

第八章　春芳盡

聽到這話，衛韞毫不猶豫，翻身上馬，調轉了馬頭就要往宮裡衝。楚錦忙叫住他：「侯爺，尋隻獵犬來，我在姐姐身上放了特殊的香料。」

衛韞點了頭，沈無雙趕忙去後院，讓人領了最小的獵犬來，又給衛韞塞了一堆藥瓶道：「怎麼用你熟識，拿去吧！」

衛韞應聲，說了句多謝，抬手將那隻小狗一樣的獵犬抱在懷中，轉頭向宮中衝去。

楚錦跟在衛韞身後，同衛韞迅速說了一遍情況。到了宮門前，衛韞平靜道：「妳別跟我去，先去衛府等著消息，如果天亮前我沒回來，妳立刻讓我二嫂收拾了人，帶上你們楚家趕緊出去找楚臨陽。」

楚錦愣了愣，她想開口說自己跟著他一起進去，然而卻也清楚知道，衛韞這話是對的。人能救出來，衛韞一個足以。人救不出來，她搭上也沒用。

她不再猶豫，咬牙道：「我回去等你們！」

說完，楚錦便調轉馬頭，帶著韓閔進去。

衛韞來到宮門前，抬手甩了權杖給守將，冷聲道：「鎮國侯衛韞回京參加宮宴。」

守將愣了一下，趕忙行禮道：「侯爺稍等，我等通報。」

衛韞皺起眉頭：「今晚宮宴，我本就受邀而來，怎麼我進去還要通報？」

守將正要開口，衛韞怒笑：「本候明白了，你這哪裡是要通報啊，明明是藉機給本侯一個下馬威。本候不在華京四年，就連你這樣小小的守將都要給本侯難堪了！本侯這就去找皇上，我倒是要問清楚，你這樣攔我，到底是陛下的意思，還是你自己的意思！」

「侯爺恕罪……」

衛韞本就是沙場走出來的，話說出口，便帶著森森血氣，他腰間鞭子一甩，直接駕馬往宮裡衝去，怒道：「都給本侯滾開！」

那鞭子震得守將往旁邊摔了過去，衛韞帶著小狗直接衝入宮中，隨後便翻身下馬，幾個起落到了楚錦最後和楚瑜失散的位置，他將那狗兒放下來，又給牠嗅了嗅楚錦給他的香，拍了下狗頭道：「去找。」

小狗訓練有素朝著一個方向跑去，衛韞跟著小狗一路衝去。

此時守將跑到趙玥的寢殿，讓人進去通報，長公主正在給趙玥按著頭，聽到外面的通報聲，長公主使了個眼色給自己身邊的女官，女官便去開了門，壓低了聲道：「陛下正欲安眠，有何要事？」

「勞煩大人通傳一下，鎮國候衛韞回來了，強闖了宮門進來。」

聽到這話，女官愣了愣，隨後點了點頭道：「你下去吧。」

而後她轉回身來，進了屋中，看向長公主，使了個眼色後道：「守將說有個大人來……」

話沒說完，長公主就打斷了他：「不管什麼大人，統統趕出去！如今正是我和陛下的好時候，」說著，她低下頭，咬著趙玥耳朵，小聲道：「陛下，您說是吧？」

趙玥心思一動，也顧不得其他，翻身壓住長公主，笑著道：「是，殿下說得極是。」

趙玥這邊一耽擱，衛韞便跟著小狗直奔地牢，小狗停在假山前狂吠，衛韞衝進去，迅速摸索一圈後，終於找到一個凸起的地方，按下去後便看見大門打開，他趕緊跳了下去，迎面便見長矛刺來，衛韞彎腰一躲，抬眼看見十幾個人朝著他奔來。

衛韞提著劍橫劈過去，一人鏖戰十幾個人，頃刻間殺了個乾淨，只留下一個人顫著兩股站在他面前。衛韞劍指著他道：「開門去。」

那侍衛被嚇得肝膽俱裂，由衛韞指著摸索出鑰匙，打開了大門。

大門一層一層打開，衛韞走得小心翼翼，心裡慌亂得不行，就怕大門打開時，會看到什麼讓他無法接受的畫面。對於他而言，楚瑜就是心間最柔軟的地方，任何的觸碰和傷害，都是十倍百倍的疼。

然而此刻他不能退，只能一步一步走到地牢最深處，最後看見石門轟然打開，素紗紅衣纏繞在一起，楚瑜衣衫蛻到肩膀，顧楚生在她身後死死擁著她。

大門轟開的聲音讓顧楚生和楚瑜產生了難得的一絲清明。

衛韞看見裡面的場景，肝膽俱裂，提劍就朝著裡面衝了過去：「顧楚生！」

「小七！」

冷風襲來，楚瑜腦子轟然清醒了許多，她驚叫止住衛韞的動作，顧楚生躲在她身後，楚瑜沙啞著道：「他沒碰我……」

衛韞提著劍微微顫抖，他不敢想太多，抿著唇抬劍斬斷了楚瑜手腳上的鐵鍊，毫不猶豫將人打橫抱起來，壓著怒意回頭同顧楚生道：「你在這裡還是我帶你出去？」

顧楚生低著頭，弓著身子，顫抖著咬牙：「出去！」

衛韞看了兩人的情況，皺了皺眉頭，扔出一瓶藥給顧楚生：「自己先吃了。」說著，他又低頭給懷中楚瑜餵了一顆藥，而後他便不再管顧楚生，抱著楚瑜大步走了出去。顧楚生極力忍耐著，扶著牆站起來，艱難地跟在衛韞身後。

衛韞的藥很快有了效果，顧楚生加快腳步，跟上抱著人的衛韞，忙走出地牢裡。

楚瑜被衛韞抱在懷裡，她的藥性比顧楚生強烈太多，衛韞的藥也只能讓她殘存理智，去識別出抱著她的人是誰。

然而識別出來後，就更加難克制住自己，她聞著衛韞的味道，腦子裡翻來覆去想著過往的事。尤其是在沙城時，她帶他藥浴，為他按摩，為他擦拭身子……

她觸碰過他身上每一寸，她看著他從少年到青年。

楚瑜緊咬牙關，死死閉著眼睛，抓緊了衛韞胸口的衣服，整個人微微顫抖。

衛韞沒有察覺出她的異常，他同顧楚生小心翼翼繞開士兵，來到顧楚生的人所在的地方，顧楚生安排好出宮的馬車，衛韞撈起小狗抱著楚瑜送上車，抬眼同冒著冷汗的顧楚生道：「你這份恩情我記下了。」

顧楚生被人攙扶著，他虛弱抬頭，咬著牙開口：「滾！」

衛韞沒說話，他扶著楚瑜上了馬車，馬車噠噠而去，由顧楚生的人駕著馬車，帶著顧楚生的權杖，一路暢通無阻出去。

顧楚生馬車裡一應俱全，衛韞取了外套給楚瑜穿上，從旁邊水盆裡扭了帕子出來，打算用冷水讓楚瑜舒服一些。

然而一回頭，他就看見楚瑜死死捏著自己的衣衫裹住她幾乎沒什麼衣服的身子，整個人都在顫抖，她咬著的下唇浸出血來，衛韞慌得一把捏住她的下巴，怒喝道：「放開！」

楚瑜被他捏住下顎，只能放開牙關，輕輕張開那粉嫩的唇，她知道此刻的樣子多不堪，艱難閉著眼睛，不忍去看。

沒有了疼痛分散注意力，她的呼吸更加急促起來，衛韞看見那人閉著眼睛，微啟朱唇，空氣中瀰漫著不知道哪裡來的香味，衛韞覺得自己的心思都忍不住浮動起來，他的呼吸重起來，死死捏著手中的帕子，不敢動作。

楚瑜抬起手，顫抖著環在他脖子上，坐到他身上，帶著哭腔道：「阿韞……」

這一聲讓衛韞覺得有什麼猶如電流一般從尾椎處一路衝上來，震得他整個人都覺得頭腦發麻。他不敢動，不敢說話，任由那個人捧著他的臉，低下頭來，吻在他唇上。

她的舌尖帶著藥的苦味，柔軟又輕佻。衛韞來不及思考那苦味是什麼，只是捏著拳頭，用自己最大一絲理智，讓自己不要去回應。

她不是自願的。

他反覆告誡自己，不能這樣，趁人之危。

然而他捨不得這樣的香軟，理智和欲望反覆糾纏，他只能任由她擁吻，再進一步時，他就按住她的手，啞著聲道：「乖，別亂動。」

因為假扮著顧楚生，一路順利出了宮。出宮行路到一半，衛家人便趕上來換了車夫。

等到了衛府，衛韞也覺得自己腦中那根叫理智的弦快斷了，沈無雙早早候在車前，平靜道：「侯爺，下車吧。」

衛韞沒說話，他閉著眼睛，好久後，才平下喘息，將楚瑜拉扯下來，用衣服裹好，直接下了馬車，風風火火往裡走。

沈無雙聞了一下空氣中瀰漫的味道，便立刻變了臉色，同管家道：「將所有人全部清了，侯爺房間外不允許有任何人。」

說著他追了上去，同衛韞道：「我怕你中毒，你房間裡早就備好水，你先帶人下去，我去給你備藥。」

衛韞整個人難受得快發瘋，汗從額頭落下來，他艱難地將目光從楚瑜身上移開，看著沈無雙，應了一聲「嗯」。

沈無雙送衛韞進了屋，隨後便去熬藥，衛韞抱著楚瑜直奔自己房間的湯池。他如今搬到了侯府正院，他房間浴室就是一個正正方方的溫泉池，水從外面引進來，淹沒了足夠四五個人同時洗浴的池子。

衛韞將楚瑜輕輕放下去，便轉身打算離開。然而楚瑜卻一把抓住他的手，啞著聲音道：「別走。」

衛韞背對著她，整個人都在顫抖。

「嫂嫂……」衛韞艱難道：「我不行……」

楚瑜聲音裡帶著哭腔：「別走……」

衛韞猛地一震，他這一輩子，最怕的就是楚瑜的眼淚。

他深吸一口氣，回到楚瑜身邊，艱難地擠出笑容：「好，我不走。」

然而他的理智已經接近崩潰，他坐在浴池中，水根本無法澆滅半分慾望。楚瑜抱著他，輕輕吻過他面上的水珠，啞著聲道：「阿韞……你知不知道……我一直在等你……」

這句話似乎是在潑滿了油的草地上點了火，衛韞腦子「嗡」的一下，他心跳得飛快，抬起頭看楚瑜，啞著聲音：「等我……做什麼？」

然而問了這話，衛韞卻已經知道答案。

他走之前，她曾說過，等他回來，她告訴他要的答案。

此時此刻，她說他一直在等她，那又能是在等什麼？

他情不自禁伸出手，擁住她，沙啞著聲音：「妳等我做什麼？」

楚瑜沒說話，她吻住他，讓他再也發不出聲音。衛韞死死抱緊了她，他小心翼翼，將舌尖回探回去。

那柔軟的觸感讓他理智盡失，他克制不住自己，抱著人猛地從水裡起來，大步邁到床邊，翻身壓到上方。

「阿瑜，我就問妳一句，」他認真看著她：「妳喜不喜歡我？」

楚瑜沒說話，她抱著他，咬牙不語。然而那含著眼淚的眼睛直直看著他，所有情緒壓在眼睛裡，用倔強掩住所有的溫柔，彷佛說出這句話，對她而言，是多麼不可原諒的事。

衛韞看著她的模樣，忍不住笑了。只是笑起來的時候，不知道為什麼，又有了幾分酸澀。他像是在荒漠中跋涉千里的信徒，終於求得了神佛眷顧。為此他用了一輩子，花了大半生。

他眼裡含著水汽，覺得眼前人有些模糊，他抬起手，顫抖著覆在她面容上，另一隻手慢慢拉開她的衣衫。

「阿瑜，」他低頭吻她：「我也喜歡妳。」

楚瑜的身子輕輕一顫，他動作緩慢又堅定。

喘息聲響起來，衛韞沙啞詢問：「疼不疼？」

楚瑜咬著牙不說話，衛韞低頭吻在她額頭上，反覆道：「對不起……對不起……」

沈無雙終於熬好藥急急而來，然而剛到門口，他就聽見了裡面的聲音。

他身子僵了僵，隨後壓低了聲音，說了句：「王八蛋！」

說完他便端著藥，轉身大步走了出去。走到院落門口，他有些不放心，乾脆坐下來，自個兒生著自個兒的氣。

跟著衛韞從宮裡回來的狗趴在沈無雙身邊，懶洋洋抬眼看了他一眼。沈無雙冷哼了一聲，扭過頭去。

他不知道為什麼，就覺得這狗也在嘲笑他。

屋子裡的聲音一直到了天明前才消停。沈無雙悶悶喝了口藥。

真他媽苦。

楚瑜一覺睡醒，已經是日上三竿，她微微一動，就感覺到身體上的不對，她猛地睜開眼睛，看見青年玉白色的胸膛。她艱難抬頭，入眼是衛韞俊朗的面容。她僵住身子，不敢動彈，昨夜的事在她腦子裡轟然炸開。衛韞察覺到她醒來，也慢慢睜開了眼睛，他低下頭，看著楚瑜呆愣的面容，他一句話沒說，就低頭吻了吻她的額頭。

楚瑜整個人僵著不敢動，衛韞從旁邊拿了衣服，隨意套在身上，而後掀開被子起來，赤腳走下床去。

楚瑜用被子蓋著自己大半個身子，就看著衛韞走到不遠處，拿起一把劍，隨後走到她身前，將劍橫在她眼前。

「這把劍是我哥送我的。」衛韞抬眼看她，鳳眼裡全是鄭重，冷靜開口：「今日之事我不後悔，要麼妳殺了我，要麼妳嫁給我。」

說著，他將劍往她面前送了一點，聲音裡不帶半分顫抖：「衛大夫人，妳選。」

楚瑜沒說話，她看著橫在面前的劍，眼神有些恍惚。

她自己都不知道，事情是怎麼發展到這個程度。她垂著眼眸，抓著被子，內心惶恐不安。衛韞靜靜等候著她，面色沉靜如水。許久後，楚瑜抓著被子，忐忑道：「這事本就是你無心……」

「我有心。」衛韞開口打斷她，他半蹲下身子，仰頭看她：「我對妳有沒有心，妳不知道嗎？」

楚瑜看著靜靜凝視著她的眼睛，青年的眼神純粹又堅定，不存在任何後退動搖。他抬手覆在她臉上，溫和道：「阿瑜，妳喜歡我，昨夜妳已經同我說過了。」

楚瑜心裡猛地顫了顫，彷彿內心深處最隱蔽的東西被挖了出來，她扭過頭去，看著外面落下來的楓葉。衛韞直起身子，坐到床邊，將楚瑜攬到懷裡，同她依偎著。

初秋有著絲絲涼意，他整個人卻溫暖得帶了幾分灼熱。他的手順在她光潔的背上，溫柔道：「阿瑜，妳別怕。只要妳喜歡我，一切我會幫妳抗幫妳擋，妳別怕。」

楚瑜不說話，她捏著被子，覺得鼻頭有些酸楚。

這個男人太好，好得像一場夢，她就怕有一天夢醒了，那還不如沒有夢見過。

而且夢醒了，不過就是醒了。可是若她同衛韞在一起，有一天分開，她要犧牲的不僅是自己的名聲、衛韞的名聲、衛家的名聲，還有這個溫暖的衛家。

她苦心經營，就像家一樣的地方，便再也回不來了。

然而如今事情已經發展到這樣的程度，她再如何也不能避開衛韞，要麼曾經擁有，要麼就是連擁有過都不曾了。

想到這裡，她心念動了動，有那麼一瞬間，她感覺自己衝動如少年。她抬起手，輕輕抱住他，啞聲道：「那你，答案我一件事。」

「妳說。」衛韞的聲音有些發顫。

楚瑜閉著眼睛：「不要和其他人說我們的關係，慢慢來。」

如今衛韞正是關鍵時刻，任何意外因素都不該有。

衛韞愣了愣，隨後反應過來：「那妳是應下我了？」

楚瑜臉上帶著幾分潮紅，點了點頭。

衛韞大笑起來，抱著楚瑜起來，高興得在屋裡打轉。楚瑜嚇得環住他，趕緊道：「放我下來！」

衛韞將她往床上一放，翻滾到她身上，高興道：「阿瑜，我等這一日，等了好久。」

楚瑜扭過頭不看他，催促道：「趕緊起來，像什麼樣子？」

「起來可以，」衛韞笑意盈盈：「那妳先告訴我，我什麼時候能娶妳？」

楚瑜抿了抿唇：「我也不知道。」

衛韞挑眉，楚瑜平靜道：「小七，我不騙你，我喜歡你，可這份喜歡，並沒有那麼多。我心裡有結，我要一步一步走過去。什麼時候相愛，什麼時候成婚，都是自然而然，走到那一步，便該成婚。」

衛韞沒說話，他靜靜看著她，楚瑜抬起眼，迎向他的眼神：「我不騙你，我的喜歡僅止於此。我怕看見婆婆生氣，也怕我父母擔憂，我還怕……」

「好了好了，」衛韞笑起來：「我知道妳怕得多，不說就不說。」

他低下頭，靠在她胸前，聽著她的心跳聲，慢慢道：「有時候我覺著，妳就像一隻無法無天的小貓，被人傷害過後一直躲在床底一直不肯出來，我想把妳拉出來，好好疼好好寵，妳就是不願意，我想把妳寵得像以前一樣，看誰不爽抬鞭子就抽，妳怎麼就不信我，死活不出來呢？」

楚瑜被這個比喻逗笑，彎著唇不說話，衛韞抬起頭，看著楚瑜的臉，彷彿撒嬌一般道：「不過妳讓我吃了這麼大的虧，就得答應我一件事。」

「我怎麼讓你吃虧了？」楚瑜哭笑不得。

衛韞斜斜瞧了她一眼，鳳眼裡波光瀲灩：「妳占了我的身子，卻不對我負責，這不是我吃虧嗎？」

「你這人……」

楚瑜抬手推他，他一把握住楚瑜的手，認真瞧他。

「我說認真的，」他凝視著她：「妳每一天，都多喜歡我一點，好不好？」

楚瑜愣了愣，看著他溫和的目光，許久後，她垂下眼眸，終於道：「好。」

衛韞沒再說話，他握著她的手，吻了吻她的手心，隨後起身：「我帶妳去梳洗？」

楚瑜紅著臉點頭，衛韞將她抱起來送到水池裡，帶著她洗漱之後，他給她穿好衣服，抱回床上的道：「妳今日好好休息，餘下的事我來處理。」

「你打算做什麼？」楚瑜皺著眉頭。

衛韞笑了笑：「其他事我都部署好了，但要反總要有個理由。如今我回來，趙玥必定想要對我不利，我就等著他來。」

「你想讓他逼你？」

「對，」衛韞點頭：「我被逼反，和我自己舉事，於天下人來說這是兩回事。」

「那趙玥若是急了，直接封城殺你，你怎麼辦？」

「我帶了五千兵馬在外面，到時候他們會假裝攻城，我們裡應外合，該帶走的人都帶走。」

反正如今衛家人根本出不了城，要將整個衛府搬空，只能用這個法子。

楚瑜點點頭，隨後道：「那你如今如何打算？」

「我今日先聯絡人，朝廷裡有我的人，打點好了到時候一起帶出去。明日，」衛韞冷著聲：「我便去順天府擊鼓鳴冤。」

楚瑜聽明白衛韞的意思，衛韞打算擊鼓鳴冤，從白帝谷一事開始起頭，告趙玥所做的惡行。順天府肯定不敢接案，到時候趙玥派人來拿人，衛韞一旦被抓，衛韞的人再以救主之名攻城，將衛韞救出之後黃袍加身，那衛韞再舉事，他身上就沒有汙點了。

他是被逼舉事，被逼謀反，被逼為主。

楚瑜明白了衛韞的意思後，點頭道：「那你速去找人，我吩咐下去，明日在順天府附近搭檯子讓戲班去唱戲。」

「戲班子？」衛韞愣了愣。

楚瑜猶豫片刻，小心翼翼道：「那要不我弄個花魁展示？看熱鬧的人會更多些。」

衛韞聽到這話，噗嗤笑出來：「沒想到這些年，妳生意都做到這些上去了。」

「侯爺，」楚瑜嘆了口氣：「侯府日子過得艱辛，賺錢不易啊。」

「是啊，」衛韞點點頭，彎腰往楚瑜懷裡一倒，眨眨眼道：「以後本侯就靠著這張臉，讓夫人養了。」

「趕緊出去做正事兒！」

楚瑜推了他一把，衛韞哼哼唧唧撒會兒嬌才出去。

等衛韞出去後，楚瑜休息了一會兒，艱難地下了床，叫了長月、晚月進來。

長月、晚月一進來就跪了，長月含著眼淚道：「我等做事不利，讓夫人受辱了。」

「別瞎說。」楚瑜冷眼看了她一眼。

晚月鎮定了些，叩首道：「夫人，可要避子湯？」

楚瑜猶豫片刻，終於還是點了點頭：「去取吧。」

長月應聲起身去取藥，晚月抬起頭，看著楚瑜道：「夫人，如今怎麼辦？」

「此事不要對外聲張，」楚瑜平靜道道：「至於我和侯爺之間，妳們也別管。」

晚月心裡有了數，低聲應是。

而衛韞走出屋子，整個人步履輕盈，神清氣爽，面上帶著笑，遇到侍衛，也笑意盈盈說了聲早上好。

衛韞臉上一貫沒什麼神色，如今如此喜笑顏開，嚇得侍衛們瑟瑟發抖，不敢多說。等拐過轉角，衛韞就看見沈無雙牽著狗等在門口，見了衛韞，沈無雙酸溜溜道：「侯爺看上去面帶桃花眼含春水，看來昨晚『春芳盡』的藥效十分喜人啊。」

聽到這話，衛韞輕輕一咳，往沈無雙走去道：「沈兄莫惱，我回去就幫你追嫂子。」

「閉嘴！」沈無雙瞪了衛韞一眼：「你管好你自己吧！」

說著，沈無雙不知想起什麼，笑著道：「你別說，說麻煩麻煩到，我方才出府遛狗順帶買了碗豆腐花，然後就看到有人抬著下聘用的架子朝著衛府走過來了，隊伍可長，看得出是用心良苦。你說……」

沈無雙還沒說完，就看管家急急忙忙走了進來，焦急道：「侯爺，顧府的人前來下聘，老夫人如今趕過去了，讓您也過去。」

聽到這話，沈無雙臉色變了變，他打量一下衛韞的臉色，就見衛韞面色不動，鎮定點頭道：「我這就去。」

說著，衛韞便提步去了大堂。

大堂中央，一個女人正和柳雪陽說著話，那女人看上去慈眉善目，嘆氣同柳雪陽道：「我們家楚生妳也知道，他喜歡衛大夫人也不是一日兩日，這都是滿華京都知道的事兒。他如今已年近二十二，卻是侍妾都沒有，為著大夫人，說是守身如玉也不為過了……」

說話間，衛韞走了進來，所有人都站起來，朝著衛韞行禮，衛韞對著柳雪陽和顧母躬身行禮，介紹了自己後，坐到柳雪陽身邊。

顧母看見衛韞，也有些吃驚，隨後道：「原來小侯爺也在，那正好了。如今我正與你母親說著衛大夫人的婚事，不知小侯爺是什麼意思？」

聽到這話，衛韞輕輕一笑，轉頭看向柳雪陽：「那不知嫂嫂是什麼意思？」

「之前問過你嫂嫂，她說不願意。可是……」

「可大夫人都已經年近二十一歲了。」顧母趕忙接話：「老夫人，我也說個實誠話，您看衛大夫人雖然是一品誥命，身分高貴德行俱佳，可畢竟是再嫁之身，又年齡偏大了些，我們楚生年紀輕輕就位居禮部尚書，其實他已經內定內閣大學士的位子，下個月就有望升遷，過了這個村……」

「滾出去。」

話沒說完，衛韞平靜開口。在場的人愣了愣，顧母不可思議地看著衛韞，正要開口，就看衛韞端著茶，抬起頭，掃了旁人一眼，平淡道：「怎麼，聽不懂人話？」

在場的人面面相覷，衛韞掃了身邊的侍衛一眼，侍衛整齊劃一同時拔出刀來，寒光閃閃，驚得柳雪陽都忍不住說道：「我兒，你這是作甚？」

「我衛府的大夫人，不需要嫁人。」衛韞站起身，聲音平靜鄭重：「她是一品誥命，是我衛府的大夫人，容得妳這樣的長舌婦說三道四？她只是不願意嫁，若她要嫁，妳顧府罪臣之後，庶民之身再回朝堂，又曾為我衛府家臣，莫說他顧楚生只是區區禮部尚書，哪怕他坐上內閣首輔，那也曾是我奴！」

這話說得顧母面色劇變，她站起身，抑制不住顫抖，她想罵人，然而觸及那凜凜寒光，也只能強笑道：「侯爺這話不妥吧，我顧家本也是貴族門第，只是家道中落……」

「那也是落下了。」衛韞神色平淡：「而且，我衛家的門第，他顧楚生，高攀了。」

這話讓顧母怒笑，連連道：「好好好，是我顧家高攀了，我倒要看看，你衛府能風光到幾時！」

說著，顧母起身怒道：「我們走！」

「站住。」衛韞叫住顧母，指著地上的東西道：「趕緊把這些東西抬回去。」

顧母抬手，咬牙道：「抬走！」

等他們一行人走了，柳雪陽起身焦急道：「小七，你這說的是什麼話？你這樣羞辱顧楚生，日後還有誰敢來提親？你……你這是害了阿瑜啊！」

衛韞沒說話，他拍了拍柳雪陽的肩，淡道：「母親放心，我必為嫂嫂找一個比顧楚生好的男人。」

柳雪陽有些疑惑：「如今華京之中，除了你，還有比顧楚生更好的？」

衛韞笑了笑，沒有多說，他轉頭看了旁邊侍從一眼，同他道：「將你的刀借我。」

侍衛有些疑惑，卻還是將刀解下來，遞給了衛韞。

「母親，」衛韞提著刀，平靜道：「我有些事要處理，先出去一下。」

柳雪陽呆呆看著衛韞提刀走出去，好半天才反應過來，詢問旁邊人道：「他這是要做什麼？」

所有人都搖頭表示不知，唯有沈無雙走進來，焦急道：「我聽說侯爺提刀出去了？」

所有人點頭，沈無雙一拍大腿，焦急道：「我先走了！」

說完，沈無雙也出去了。

而這時衛韞已經提著刀駕著馬，一路趕去顧府。他速度極快，顧府下聘的聘禮還沒抬回來，他人已經到了。

到了顧府門前，他敲開大門，房門剛將門開了一條門縫，衛韞便直接踹開人，搶身進去，直直往大堂走去。

顧府侍衛被驚動，紛紛湧了上來，卻又不敢上前，衛韞提著刀走進大堂，看著大堂上方「上善若水」的牌匾，平靜道：「去告訴你們大人，鎮國侯衛韞，前來拜見。」

所有人不敢上前，迅速去稟報了顧楚生。

衛韞等了一會兒，便看見顧楚生從長廊外領著人走了過來。他穿著絳紅色官服，明顯是剛下朝不久，他領著人來到衛韞面前，神色平靜從容，躬身行禮道：「不知衛大人來我顧府有何貴幹？」

「你母親到我衛府來提親，你知道？」

衛韞將目光從牌匾上轉過來，看向顧楚生。顧楚生神色泰然：「知道。」

「我記得我嫂嫂拒絕過你。」

「她也答應過我。」顧楚生平視著衛韞：「你不在的時候，是我護著她，護著衛府。」

「你護著？」衛韞嘲諷：「你和趙玥狼狽為奸陷衛府於危難，回頭來施以援手，還要我衛府感恩戴德？」

「侯爺太看得起我。」顧楚生招了招手，讓旁人全都退下，他行到桌前，端坐下來，抬手給自己倒茶：「衛府與陛下的矛盾不是我造成的，衛府陷於危難也是早晚之事，顧某不過一位臣子，怎能憑一己之力，就讓陛下想滅了你諾大的鎮國侯府？」

說著，顧楚生抬眼，平靜道：「侯爺不若先坐下，我與你細細商談。」

衛韞沉默片刻，心知顧楚生要做什麼，他坐到桌前，讓顧楚生給他倒了茶。顧楚生平靜道：「侯爺可知昨夜為何會有那樣的局面？」

「你說。」

「幾日前，我同陛下求娶衛大夫人，陛下應下。你明明即將歸來，昨夜他卻做了這樣一出，你想，若此事成了，會是什麼結果？」

衛韞沒說話，盯著顧楚生：「我會殺了你。」

顧楚生笑了：「正是。若昨夜事成，以你衛韞的性子，怎容得這樣的羞辱？我糾纏大夫人一心求娶不錯，但若用了這樣毀人一生的手段，那就是卑劣至極了。」

顧楚生說著，眼裡有了冷意。他撣了撣衣袖，廣袖拂開，垂眉將茶葉撥弄到湖中，平靜道：「趙玥如今要對付你，他怕我反，便有了這樣的手段。我欲迎娶大夫人是真心，侯爺，我這一生沒有其他所求，」顧楚生聲音裡帶著些許顫意：「唯有大夫人。我當年錯過了她，願意用一輩子去彌補，侯爺，我知道你也中意她，可是江山美人，誰重誰輕，你分不清嗎？」

顧楚生抬頭看著衛韞，神色認真：「我知侯爺如今歸京來要做什麼，也知侯爺有舉事之意，我如今為趙玥親信，步入內閣已是定局，我若以趙玥項上人頭，同侯爺換這門親事。」

衛韞不說話，淡淡茗茶，顧楚生沉下聲來：「侯爺，成大事者，要捨得。」

「那你呢？」衛韞直接反問。

顧楚生皺起眉頭：「我如何？」

「我要成大事，你不要？」

聽到這話，顧楚生愣了愣，上輩子位極人臣時，牽著幼帝走到祭壇之上，萬民朝拜的景象從眼前飄忽而過，他輕笑起來，垂眸搖頭。

「我不用。」

「我這輩子，走到今天的位子，只是為了大夫人。當年侯爺嫌我身分低微，於是我走到如今內閣之位，如今侯爺要要趙玥人頭，我也願意為侯爺取來。所作所為，只求一人。」說著，顧楚生往後退了一步，彎下腰來，行了個大禮：「還望侯爺，憫我真情。」

衛韞沒說話，片刻後，他輕輕一笑。

「顧楚生，你太看不起我。」顧楚生有些疑惑，他抬起頭，看著面前白衣金冠的青年。

如今的他和上輩子那個衛韞有太大的差距，上輩子衛韞十九歲時，向來一身黑衣，腰懸長劍，神色冷漠拒人於千里之外，一身殺氣橫走於宮廷。

而如今的衛韞白衣廣袖，金冠鑲珠，舉手投足間，自帶著百年名門世家沉澱的高貴莊森。他活在陽光下，坦坦蕩蕩，自有男兒擔當。

「我與趙玥的仇，我自己會報，他的項上人頭，我自己會取。顧楚生，我從來沒想過要這天下，要那九鼎江山。只是他李趙兩家殺我滿門苦苦相逼，我才走到今日。」

「我要的不是榮登皇位，」衛韞放下杯子，聲音平淡無波：「我要的是天下太平。」

「那又有何差別！」顧楚生冷然地說：「總歸是要走到那個位置，走最好走的路不好嗎？」

「好，」衛韞果斷應聲，抬眼看他：「可那條路只能我走，沒道理讓不相干的人來換。更何況，修身齊家治國平天下，我若連家人都護不好，又能平什麼天下？」

說著，衛韞站起身，低頭看向顧楚生，淡道：「我今日來，便是想告訴你，楚瑜她進了我衛家的大門，生是我衛家的人，死是我衛家的鬼，你消了你那些混帳心思，下次若再來糾纏，」衛韞聲音中壓迫感驟然橫生：「此事絕不善了。」

說完，衛韞轉身就走，顧楚生坐在他身後，冷笑道。

「你哥都死了，她算誰的人？你衛家還當真要困她一輩子不成？」

衛韞停住腳步，片刻後，他慢慢轉過頭，神色鎮定，一字一句，堅定而清晰開口：「我衛韞的人。」

「衛韞！」顧楚生豁然起身：「你這罔顧人倫喪心病狂之徒！」

聽到這話，衛韞不在意地笑開：「那又如何？」

「我喜歡她，我愛慕她，我對她朝思夜想如癡如狂。當年你同我說我年少不明白自己內心真正所想所要，如今已過四年，我看遍這大江南北，顧楚生，」衛韞堅定道：「我獨獨喜歡她。」

「她是你長嫂！」顧楚生聲音帶著顫意：「若你還有半分在意她的名聲，算我求你，別做這種事。天下美人何其之多，你何必……」

「這句話，你怎麼不問你自己？」衛韞聲音平淡：「天下美人何其之多，你又何必？」

顧楚生再也說不出話來，衛韞靜候片刻，沒再等他說話，淡道：「若無他事，衛某告辭。待我成親之日，還望顧大人賞光。」

說完，衛韞轉身離開。沒有人攔他，他一路平靜回府，到衛府前，將刀扔回給了侍衛，剛進院子，就看楚瑜迎了上來，焦急道：「我聽說你去了顧家，你這是去做什麼了？」

衛韞沒說話，直接往屋裡走去，晚月端了水盆上來給衛韞淨手，悄無聲息將下人都遣退了下去。

衛韞淨手之後，往桌子走去，撈了一個蘋果，斜躺在小榻上，拋著蘋果瞧著楚瑜：「我去找顧楚生啊。」

「你找他做什麼？」楚瑜皺起眉頭：「你明日就要去順天府，如今就別妄動了，今日好端端的，你去他府上做什麼？」

「妳過來，」衛韞勾了勾手指頭，楚瑜探過頭去，衛韞把臉湊過去：「妳親我一口我就告訴妳。」

楚瑜冷笑一聲，毫不猶豫一巴掌抽過去，將衛韞的臉輕輕推偏過去：「哪裡學來的登徒子作風？說就說不說我自己查去。」

說完便起身要走，衛韞見楚瑜真的來了氣，趕緊拉住她道：「好夫人我錯了，我這就說。」

「把你的稱呼給我改了！」楚瑜皺起眉頭：「叫誰夫人呢？」

「妳乃我衛府大夫人，我這也叫錯了？」

衛韞睜著眼，一派無辜，楚瑜抬手又想抽他，衛韞這次手快，一把將她的手握住，輕輕放在自己臉上，仰頭瞧著她。

「夫人一貫端莊得體，怎麼在我這兒就如此無法無天？」

他聲音輕柔：「不知除了我，夫人還這樣打過其他人嗎？」

「除了你，還有誰這樣放浪形骸不知廉恥？」楚瑜看著這人含笑的眼，心跳得快了些，面上卻是強撐。

衛韞點了點頭，認真道：「那我就放心了。」

「你這是什麼道理？」楚瑜不由得笑了：「就你被打，你還得意了？」

「是啊，」衛韞將頭靠在她身上，抱住她的腰：「證明我在嫂嫂心裡，果然獨一無二。」

他這樣撒嬌，倒有了幾分少時影子。楚瑜心裡一軟，沒推開他：「到底去做什麼了？」

「顧楚生他母親來提親了。」

「我知道。」

「說話不好聽，我給罵出去了。她說你嫁不出去，嫁顧楚生就算不錯了。」

楚瑜微微一愣，想起顧母那自家兒子天下第一的性子，倒也不覺得奇怪，只是道：「為人母親都是如此，你不必為此失了風度。」

「我罵完她還不太解氣，想想顧楚生那人死纏爛打這麼多年，我就上門去警告他，要是再糾纏妳，我就弄死他。」

楚瑜輕笑起來，覺得顧楚生這輩子，大概是頭一次被這人這樣找麻煩。

她手扶著衛韞的頭髮，溫和道：「你啊，還是太孩子氣。」

衛韞沒說話，片刻後，他不知道想起什麼，抬起頭看著她道：「昨晚……還疼不疼……」

楚瑜也有些不自在，她轉過頭去：「無礙了。」

「我做的不好……」衛韞有些不自然道：「讓妳受苦了。」

楚瑜悶著聲沒說話，片刻後，才道：「其實也還好……」

雖然不記得具體的，但身體感覺騙不了人。楚瑜覺得室內有些燥熱起來，她抽開身，轉頭去倒茶，同衛韞道：「你回去該做什麼做什麼吧，我布置一下明天的事。」

衛韞低著頭應了聲，但坐著好半天沒動。

楚瑜回頭來，有些奇怪：「還有何事？」

衛韞低著頭，看著腳尖，小聲道：「妳……妳能不能親親我？」

楚瑜僵了僵，她喝著茶，斜眼看了他一眼，看他一副不親不走的樣子，楚瑜僵著身子走過去，低頭在他臉上親了一口，隨後道：「趕緊走吧。」

話剛說完，她就被人握住了手。

「不是這種，」衛韞有些不好意思：「是……伸舌頭那種。」

楚瑜呆了呆，片刻後，她就看這個人站起來，捧著她的臉，有些心虛道：「妳是不是不會？」

說著，衛韞低下頭，輕輕吻上她，啞著聲音道：「不會我教妳啊。」

片刻後，楚瑜一臉麻木地想。

就你這吻技，你想教誰啊？

第九章　公道

衛韞橫衝直撞了半天，雖然青澀莽撞，但也誤打誤撞撞出了那麼點感覺。楚瑜面色不動，衛韞倒是樂在其中，許久後，楚瑜覺得舌頭都有些麻了，終於推了他一把。

衛韞睜開迷離的眼，看著楚瑜皺著眉頭，有些慌了神，他尷尬退開，整理一下衣衫，輕咳了一聲，兩人都沒說話，片刻後，衛韞才道：「那我先走了。」

楚瑜故作淡定：「去吧。」

衛韞這才回頭走了出去，他剛出門不久，侍衛就提醒他：「主子，有人跟著。」

衛韞面色不動，轉身進了巷子，跟著他的人在巷子外等了片刻，才跟進去，剛走到人少的地方，就被從牆上跳下來的人直接抹了脖子。衛韞從轉角處走出來，淡道：「搜。」

侍衛彎腰從衣服上摸了片刻，拿出一個權杖，衛韞握在手裡翻看片刻後道：「是趙玥的人。」

「侯爺，陛下是知道您進京了？」衛韞輕輕一笑：「他昨夜不就該知道了嗎？」

「那陛下如今還沒動作……」

「他還在想呢。」衛韞平靜道：「是殺我還是留我，趙玥怕是還在思索。」

「陛下當真對侯爺有殺意？」侍衛皺起眉頭。

衛韞平靜道：「他若沒有這個念頭，頂著壓力給顧楚生賜婚是做什麼？將一個侯府大夫人賜婚給外來的內閣學士，不荒唐嗎？唯一的好處不過是，我若是死了，顧楚生娶了大夫人，以大夫人在衛家軍中聲望，衛家軍不會異動罷了。」

衛韞笑起來：「只是他怕我不死又與顧楚生聯盟，才設計顧楚生與大夫人之事。如今事情沒發生，他又將顧楚生得罪了，他自己心裡怕是也不知道怎麼辦。若顧楚生鐵了心與我聯手，他要殺我風險極大，我想他如今還在想著，如何分化離間我二人吧？」

說著，他抬頭看向皇宮方向，輕飄飄說了句：「可惜啊。」

而皇宮之內，御書房中，趙玥的確如同所想，他摸著聖旨，再次詢問：「昨晚來報的守將，是被長公主的人攔在外面的？」

「是。」

張輝應了聲，也沒多說。在長公主這個話題上，趙玥向來容不得別人多說。

趙玥輕笑起來：「我知曉了。」

說著，他垂下眼眸，平靜道：「宣謝太傅進宮，張叔，你派人拿我調令出去，從燕州急調兩萬人馬，第一批五千精銳火速趕來，第二批一萬五千人能多快多快。」

聽到這話，張輝有些猶豫：「京中還有三千兵力，陛下是覺得……」

「這三千兵力魚龍混雜不說，而且，你真當衛韞只是自己來嗎？」趙玥抬眼看向張輝：「你算算他來到這裡的時間花了幾日，這幾日足夠他帶少數精銳騎兵趕過來。當年他帶五千精兵奇襲北狄王庭，本就是個善用騎兵的人物。他這次來，若當真一人還好，若不是一人……」

趙玥冷下神色：「朕得早做準備才是。」

「陛下，他若是帶兵前來，是打算做什麼？」張輝有些詫異：「他真打算反了不成？如今陛下聖望正盛，他如此做事，怕是不得民心吧？」

聽到這話，趙玥神色平靜：「其實朕一直很奇怪，這麼多年來，以衛韞的性子，為什麼一直不能接受朕當皇帝。朕乃皇室正統，又無太大過錯，他該知道，他本就只是想要為父兄報仇滅北狄，朕也一直支持他，如今我卻有些想明白了。」

趙玥眼中帶著冷意：「蘇查的人往我這裡送信，他衛家緊追不放，他衛家為什麼要追？是不是知道那裡面是什麼？你說當年在北狄，蘇家那兩兄弟，是不是告訴他什麼？」

聽到這話，張輝愣了愣，隨後眼中驟然露出驚駭之色：「陛下的意思是，是衛韞知道當年之事？」

「不怕一萬，就怕萬一。若是真的知道……」趙玥冷笑：「那他裝得可真好啊。我果真該四年前就不惜一切代價殺了他的，只是我真沒想到，他那性子，竟然忍得到如今。」

「那如今陛下要怎麼辦？」張輝這次是真的急了：「若衛韞當真知道，怕是不會甘休，如今他若真的帶人過來，華京怕是不保。」

「你放心，」趙玥聲音平淡：「他不敢就這麼反了，他今日若沒有緣由這麼反了，明日天下任何人都可以以逆賊之名聲討他了。他會逼我出手，逼我迫害他，讓天下人都當我是暴君之後，他再來替天行道。」

「在此期間，我們只要忍下來，」趙玥抬起手，撐住下巴：「朕無失德之處，朕倒是要看看，他是不是真要讓賭著他衛家上下日後都成反賊的命，來報這個仇。」

張輝聽著趙玥的話，慢慢淡定下來，趙玥抬眼看著外面：「哦，還有長公主。」

張輝抬眼，聽趙玥道：「既然不聽話，就關起來吧。自此之後，她棲鳳宮上下不准再見外人，也不准出宮一步。」

張輝應了聲，走了出去，將趙玥吩咐一一辦下。

等張輝走出去，趙玥起身來，這才猛地抬袖，將桌上物什砸了一地。

衛韞將後續的事布置下去，一一見過接頭的人後回去，已是夜裡，他回到家裡，先問了楚瑜的狀況，得了楚瑜睡下後，他躊躇了片刻後，倒也沒去打擾，自己倒在床上，打算睡過去。

然而也不知道怎麼，一閉眼就想到了早上的事兒，想起楚瑜紅著臉點頭的樣子，他側著身子，不自覺就笑起來。

記憶開始後，就有些停不住，又不自覺想起早上那個吻，當時他情動不已，但楚瑜看上去卻並沒有太大感覺？是楚瑜太過自持，還是他……水準不行？

這些事兒越想越深入，莫名就回到昨晚雲雨之事那銷魂入骨的感覺，衛韞覺得有些燥熱，在床上翻來覆去許久，始終無法入眠，終於還是起身悄悄潛入了楚瑜的房裡。

楚瑜也沒睡著，剛經歷過這樣一天，她心裡懸著，睜著眼看著床頂，始終睡不著。不多時，就聽見窗戶被人輕輕挑開的聲音，她皺起眉頭，隨後便瞧見衛韞從窗戶外跳進來，又小心翼翼關了窗。

楚瑜一時也不知道怎麼辦，乾脆閉著眼睛，假裝睡熟了，也不多說。

閉上眼後她開始思索，衛韞來這兒做什麼？

然而這問題一出來，她大概就明白的。少年人初嚐情事，自然是掛著想著，哪怕是當年顧楚生那樣自持的性子，也免不了這樣的事。更何況衛韞看上去……也不是個自持的。

她有些緊張，一時也不知道到底是該拒絕還是不該，拒絕又覺得有那麼幾分矯情，然而不拒絕內心卻總覺得有那麼些被逼著走的感覺，令人不悅。

那人走到她床前，掀開簾子，輕輕坐了下來。楚瑜調整了呼吸，假裝沉睡，等著他接下來的動作。

然而衛韞卻只是靜靜看著，一直沒動。過了許久，楚瑜都沒等到他下一個動作，終於有些睏了。她神智有些迷蒙，衛韞這時候終於動了。他沒碰她，就是側著身子，躺在她身邊，輕聲道：「阿瑜，我同妳一起睡好不好？」

楚瑜慢慢睜開眼，原來他知道她一直醒著。

她也不知道如何回答，就聽衛韞道：「我不碰妳，就是想躺在妳身邊。」

楚瑜猶豫片刻，終於翻過身來，側著身子，往旁邊挪了挪，給了衛韞位置。

衛韞糖在她身側，就覺得心滿意足了，他瞧著她，又道：「我能不能抱著妳睡？」

楚瑜心裡有了疑惑，點了點頭，背對著衛韞睡下來，衛韞將她整個人抱在身前，彷彿嵌在自己懷抱裡。

秋日微寒，楚瑜睜著眼睛，被溫暖環繞，身後人心跳聲沉穩又平靜，身下抵著她，卻真的一動也不動。楚瑜睜著眼，有些尷尬道：「你……這是為什麼？」

「嗯？」衛韞發出一聲鼻音。

楚瑜有些不解道：「其實該做的已經做過了……你也不必忍著。」

這件事上她總是被動，總覺得既然開始了，再推辭便是矯情了。然而衛韞抱著她，片刻後：「阿瑜，昨晚妳不是自願我知道。」

「人和人都是一步一步來的，一份感情是這樣，要經歷好感、心動、暗昧、喜歡、深愛。所有與相愛的事有關的，也一樣。到了那一步，妳自然而然願意，那才是最好的。不能因為我們有過那一步，我就覺得那一步理所應當。」衛韞聲音平靜：「我抱著妳的時候妳會緊張，我想等妳什麼時候習慣我的擁抱，我的親吻，那我再做下一步。妳對我感情不到這個份上，我做什麼，對妳來說都是勉強。我喜歡妳，希望我們之間每一步都走得穩穩當當，妳都覺得很安定，很平穩，很歡喜。」

楚瑜沒說話，她也不知道為什麼，就覺得有些鼻酸。

她被這個人抱著，驟然覺得這個擁抱理所當然起來。衛韞在她身後輕笑：「我喜歡妳比妳早，第一次親妳的時候，我其實緊張得整個人都在發抖。」

「第一次親我？」

「是啊，」衛韞聲音溫柔：「那時候我十五歲，在沙城，天燈節那天晚上，妳喝醉了，我們在樓頂。」

楚瑜沒說話，她第一次直視到，原來這份感情，開始得那麼久，那麼長。

她聽著身後人平和的話，肌肉一寸一寸放鬆，她習慣著他的氣息，他的溫度，聽他講他這份感情，如何起，如何深，如何在時光裡，走至今日。

她背對著他，聽著他說到最後，咬著耳朵問她：「妳同我說實在的，今早上我吻妳，妳有感覺嗎？」

聽到這話，楚瑜噗嗤笑起來。

衛韞便知道意思了，他悄悄捏了她的腰一把：「再來一次，我多試試就知道了。」

楚瑜不依，便被他翻了過來，壓在身上，衛韞壓著她的手，皺著眉道：「再試試？」

楚瑜笑意盈盈瞧著他，終於道：「那你閉上眼。」

衛韞終於有些不好意思地閉上眼睛，放開她的手道：「我們都沒經驗，一開始不合也很正常。」

說著話，衛韞就感覺楚瑜的手像水草一樣，柔軟無骨環繞上來，她的腿纏著他的腰，衛韞紅著臉，假裝淡定道：「我們多試試……」

說著，衛韞就感覺冰涼又柔軟的唇印了上來。

和早上麻木的承受不同，這舌頭柔軟又溫熱，纏繞在他舌頭上，挑撥剮蹭，捲來又去。劇烈的快感一次又一次衝上來，震得衛韞頭皮發麻。他從未感受過這樣的歡喜，他心跳飛快，呼吸急促，第一次發現，原來喜歡這件事，果然還是你情我願最好。

他被引著帶到她的香檀中，學著她的樣子糾纏，他感覺身下人軟了下去，沒了一會兒，他就聽見一聲嬌嚀。衛韞腦子一嗡，在手探到楚瑜衣衫上前猛地清醒，然後翻過身去，背對著楚瑜，蜷著身子道：「不親了，睡吧。」

楚瑜笑起來，靠近他道：「別啊，不是還要試試嗎？」

「不要了。」衛韞悶著聲：「睡覺吧。」

楚瑜從他身後抱住他：「真不要啦？」

「不要了不要了。」衛韞搖頭，楚瑜抬手劃著他的背：「侯爺再試試嘛，是不是奴家伺候不好啊？」

衛韞不說話了，片刻後，他悶悶道：「阿瑜，妳欺負我。」

楚瑜愣了愣，一股暖意從心底湧上來。

她不再逗弄他，從背後抱著這個男人，將臉貼在他背上，溫柔道：「我沒欺負你。」

說著，她閉上眼睛：「我是喜歡你。」

真的，越來越喜歡你。

聽著楚瑜的話，衛韞背對著她，不自覺揚起嘴角。他轉過身去，將手靠在頭下，笑著道：「那有多喜歡？」

「什麼多喜歡？」

「妳現在喜歡我，有多喜歡？」

聽著這樣孩子氣的話，楚瑜抿唇笑起來：「你是小孩子嗎，還要問這種問題？」

「那妳同我說呀。」衛韞挑眉。

楚瑜笑著沒回答他，卻是道：「你明日不是還要去順天府告狀嗎，趙玥不是好對付的，這樣緊要關頭，你別總想著這些了。」

「男子漢不該耽於兒女情長，」她抬手撫著他的髮：「別為此誤了你的心神。」

「這話妳說得不對了，」衛韞笑了：「一個人一生先而為人，聖人也說，修身，齊家，才去治國，平天下。妳是我家人，是我未來的妻子，我理當好好陪伴妳。」衛韞用額頭抵在她額頭上：「人生很短，別在事情沒發生的時候去想無謂的事，浪費了光陰，等日後想起來又後悔。明日的事我都已經安排好了，安排好了，我便不怕，也不多想。」

楚瑜聽著他的話，看著他澄澈通透的眼，她忽然就覺得，其實無論她也好，顧楚生也好，其實都是這塵世裡被蒙了眼睛的人，看不清自己想要什麼，也看不到路在何方，於是一路跌跌撞撞，走得傷痕累累，滿是後悔。

而衛韞不一樣，哪怕他年少如斯，卻也清楚知道，自己要什麼，該做什麼，這樣簡單的清明，是她重活了一輩子也沒有的。

她輕嘆了一聲，抱著他，將頭靠過去，貼在他胸口上，聽見胸膛中間心臟跳動的聲音，平穩又深沉。

衛韞拍了拍她的背，溫柔道：「睡吧，早上我會偷偷出去，妳別擔心。」

最後一點擔憂也被接住，楚瑜心裡放鬆下來，她沒有應答，合眼睡去。

衛韞感受著懷裡人慢慢放鬆，聽著她的呼吸，這時候他終於慢慢冷靜下來，他低頭看著她瑩白小巧的臉，好久後，終於嘆了口氣。

他意識到自己和這個人的路大概還有很長很長，她內心的戒心如牆高聳而立，他拼了命一點一點砸了那牆，融了那冰。只是她如今只有二十歲……又是哪裡來這樣多的心思？

衛韞皺起眉頭，不由得又想起了方才那個吻。

不得不承認，楚瑜的吻技真的比他好上太多，或許也因這人朝思暮想了五年，這麼頭一朝主動起來刺激太大，可是那樣多的花樣的確是他想都沒想到的。

她……

衛韞心裡酸澀意識到，當年她這樣不顧一切跟著顧楚生逃婚，或許不是在成婚前的一時衝動，而是早有前因。

這樣一想，他的思緒就有些控制不住了。

當初他們是做到了哪一步？應當沒有到最後……畢竟昨天夜裡，她是見了紅的。

吻自然是吻了的……

衛韞越想腦海裡畫面越是豐富起來，大半夜他覺得內心酸澀又難受，直到懷裡人翻了個身，他才驟然驚醒。

如今人已經在這兒了，他又多想些什麼呢？

只是當年她付出了這樣多，最後顧楚生仍舊怕了。雖然大家都覺得顧楚生不過是為了保命，情有可原。可在年少的楚瑜看來，大概就是背叛了吧？

衛韞一時想了無數十五歲的楚瑜如何被顧楚生拋棄，他就覺得又心疼又氣憤。他抬手想抱她，又怕饒了她睡覺，左思右想，他也覺得有些睏了，便抱著楚瑜昏昏沉沉睡去，等接近卯時，他醒了過來，撿了衣服，悄悄打開窗戶，看了看四下無人，便偷偷溜出了房間，回了自己房裡。

回到自己房裡，以往一貫睡慣了床，他突然覺得有些太硬，冰冷冷的，一點都不舒服。

他想了想，起身叫了人進來，吩咐道：「你去顧楚生家，把他馬車的輪子震條縫。」

「縫？」侍衛有些不解，衛韞點點頭：「對，痕跡別太明顯，等他上早朝時輪子能碎了最好。」

侍衛更茫然了，但想到衛韞一貫高深莫測的手段，也不敢多問，便聽話下去了。衛韞吩咐完了這件事，心裡舒坦了一些，倒在床上，終於睡了過去。

如果要在顧府投毒，這大概是一件很難的事，在顧府刺殺，也十分艱難。但是要動一輛在後院的馬車，這難度對於衛家的暗衛來說就屬於相對低級的任務了。

但暗衛還是按照衛韞的吩咐，認認真真用內力一巴掌拍在輪子上，震了個裡碎外全，整個車輪看上去幾乎沒有任何痕跡。

等卯時顧楚生醒來，洗漱後上朝，就坐著這馬車去了皇城，路程到一半，車輪在路上突然碎了個四分五裂，馬還在跑，車突然往前衝了下去。顧楚生還在車裡閉目養神，就被這驟然一下整個人甩了滾了出去，還好暗衛來得迅速，直接將人提開，才沒被馬車撞到。

顧楚生被暗衛提到一邊後，立刻道：「查！」

侍衛去牽著馬，上下檢查一番後，上前道：「大人，是有人對車輪動了手腳。」

顧楚生面色不變，心裡思量了一下，能做出這麼幼稚報復性行為的……

片刻後，顧楚生黑了臉。

他罵了一聲：「豎子小兒！」之後，拂袖離開，臨時讓人抬了轎子來，這才重新往宮裡行去。

這一段插曲被侍衛當成段子說與衛韞，衛韞一面洗漱一面聽著，覺著滿日光景都好起來。

等洗漱完畢後，衛韞到了大堂去用早點，此時一家子都坐在了大堂裡，蔣純同柳雪陽說說笑笑，楚瑜低頭喝粥。衛韞一看見楚瑜，就忍不住笑了。這笑容來得莫名其妙，蔣純忍不住道：「看來我們小七是遇到了什麼喜事。」

「二嫂說笑了，」衛韞走上前去，坦蕩坐了下來，旁邊侍女上了早點到他的桌上，衛韞抬眼看著柳雪陽：「不過是看見家中和睦，心中歡喜。」

「小七說得是啊，」柳雪陽嘆了口氣：「一家人，和和睦睦最重要。」

說著，柳雪陽看向衛韞，卻是道：「如今你回來幾日？」

「怕是馬上要走了。」衛韞面色不動，淡道：「如今恐有事變，今日我要去順天府一趟，府裡上下都聽大嫂安排。」

聽到這話，楚瑜和蔣純倒是不奇怪，衛韞的計畫她們二人都是悉知的，倒是柳雪陽愣了愣。片刻後，她面上露出急切來：「可是出什麼事了？你要去順天府做什麼？」

「我要去順天府，給我父兄伸冤。」

這話說得柳雪陽有些迷茫，然而一想到丈夫兒子，柳雪陽還是有些眼眶發熱，啞著聲道：「這事兒，四年前不是了了嗎……」

「如今趙玥和姚勇還活著，算什麼了了？」

衛韞神色平淡。

楚瑜不由得多看了他一眼，當年說起這些，衛韞總是要克制住自己，才不會哭出來。然而如今這個青年，卻已經能夠從容平靜，說起這段改變了他一生的事。

而柳雪陽在聽到這話後，面色驚駭：「你說什麼？你說如今陛下……」

「婆婆，」楚瑜開口道：「我們隨小七一起去吧。」

衛韞朝著楚瑜看過來，楚瑜看著他的目光，神色堅韌又平靜：「事情如何，小七今日會宣告於天下，這不是小七一個人的事，這是衛府的事。他為他父兄，我為我丈夫，無論如何，這份公道，我得陪著小七，為世子討回來。」

聽到這話，柳雪陽紅著眼點頭道：「那你們且等一等我，我去換一套衣服再過來……」

說著，蔣純便攙扶著柳雪陽出去。楚瑜端著茶抿了一口，淡道：「我也去換一套衣服吧。」

衛韞應聲，如今房內就是他們二人的近侍，楚瑜走了兩步，終於還是頓住。

「我提及你哥哥，你心裡可有不舒服？」

衛韞抬眼看她，楚瑜平靜道：「可這的確是我該為他做的。放妻書當年你簽給了我，四年前，我便不是他妻子了。可是當年身為妻子該做卻沒做的，我想在今日為他盡到。」

聽到這話，衛韞慢慢笑了：「妳為我兄長做到這一步，該感激的是我。」

說著，他慢慢站起來：「阿瑜，我們會有新的開始。妳心中莫要有太多負擔。」

楚瑜點了點頭，她轉過身去，回到了屋中。

她梳成兩博鬢，帶上九樹花釵金冠，兩鬢上共嵌九枚花鈿，看上去莊重大氣，貴氣逼人。而後她又換上素紗中單，外著青藍色翟衣，翟衣上繡九對翟鳥，又以朱色縠鑲在袖口及衣襟邊上，黼紋交錯於領口，再懸紅藍拼接蔽膝於身前，蔽膝上又繡翟鳥兩對，相對而望，振翅欲飛。

這是她的一品命婦冠服，這麼多年她幾乎未曾穿著。如今穿來，竟就覺得有一種無形的力壓在身上，沉重如斯。

她穿著這誥命服走出去，來到大堂，便看見柳雪陽也穿著相似的衣服，早已在那裡等候。蔣純亦是身著朱紅色大袖衫，陪伴在柳雪陽身側。

柳雪陽看見楚瑜，兩人含笑對視，行了個禮。

穿上這件衣服，更多昭顯的是品級，而非兩人家中關係。

衛韞穿著朝服看見兩人，不知道怎麼，竟是突然想起，十五歲那年，他從皇宮走出來。那時傾盆大雨，楚瑜孤身一人跪在宮門前，身後是衛家一百三十二座牌位，在風雨之中，傲然而立。

他看著穿著命婦服飾的女人，喉間有無數情緒翻湧而上，他艱難笑開。

「母親，嫂嫂，」他似是玩笑：「當年我沒在，這次，我總算在了。」

聽到這話，三人微微一愣，卻是楚瑜最先反應過來，他說的是什麼。

她輕輕笑開。

「好，」她溫和道：「這次由你領著我們，去討個公道。」

昔日少年稚兒，如今已可撐天地矣。

衛韞帶著楚瑜和柳雪陽、蔣純三人步行到順天府前。

盛裝步行，自然驚動了百姓圍觀，許多不知發生了什麼事的百姓跟隨在他們身後，想要知道他們這是去哪裡。

「穿著這樣的衣服，是命婦吧？」

「一品誥命！」

「這是哪家的夫人和公子？」

「我知道那夫人，那不是當年跪在宮門口那個衛家少夫人嗎！」

「對對對，」有人應和：「如今她已經是衛家大夫人了。那她身前的是誰？」

「是衛侯爺！」有人驚叫：「是當年帶五千輕騎直取北狄王庭的衛小侯爺！」

那人叫出來，人群嘩動，一時議論紛紛。

衛韞領著家中人從容往前而去，對身邊聲音不聞不問。

知曉了衛韞的名字，人流越來越多。

當年衛家滿門僅剩衛韞後，戰線一路縮到天守關，差點攻入華京，如今華京的百姓仍舊記得，天守關烽火滾滾，百姓爭相往外逃去，是這位少年郎一身輕騎自宮門外而出，直出華京城門，領著精兵殺上天守關，激戰之後，天守關得以守住。

雖然不知道當年內宮鬥爭，但是大家卻知道，守住天守關的是衛韞，在前線苦苦支撐時，以一人之力逼退北狄撤軍回國急救的是衛韞，至此之後，一直在前線，多次領兵深入腹地，給大楚打出了絕對優勢，領著一路收復失地的，也是衛韞。

大楚在衛家倒下後風雨飄搖，在衛家再次站起來後得以反擊恢復榮光。

在戰亂時，衛韞守在前方；在百姓居無定所時，衛家開倉賑糧；在百姓四處流亡時，衛家將他們收到徐州，給了他們工作和居所。

朝廷鬥爭百姓不懂，那上層的爾虞我詐他們不知，可是這看得見的恩情，卻實實在在存在。

百姓歡喜跟在衛韞身後，大膽的少年叫著衛韞名字道：「小侯爺！小侯爺收我你的侍衛吧！」

衛韞聽著百姓叫他的名字，叫衛家，他心念顫動，不由自主轉頭看了楚瑜一眼。

除了打仗之外，剩下的事，都是楚瑜用著衛家的名字去做的。

他撐著大楚，她撐著衛家。

目光對視之間，衛韞喉頭哽咽，他覺得自己無愧於眾人，卻唯獨對自己身後這個人，付出得太少太少了。

楚瑜不能明瞭他眼中那份感激，她輕輕一笑，只是問：「侯爺，怎的了？」

衛韞搖了搖頭，加快了步子，走上前去。

順天府與衛家不過一炷香的路程，到了順天府門前時，天剛剛亮起來，周邊卻已經圍滿了人。今日有戲班在這不遠處免費搭臺唱戲，百姓都過來看熱鬧，如今早已有了許多人。

衛韞領著三個女人停在順天府前，順天府前立著一面大鼓，那大鼓本用來給百姓伸冤之用，只有本該管轄的案子超出了管轄能力，或者是有重大冤案，才能來敲這面鼓。

為了不讓百姓隨意敲鼓，一旦順天府受理，敲鼓之人先要走過釘板，隨後才開堂審案。因而很少有人會來這裡報案。

此刻衛韞走上前去，圍觀的百姓不免都露出了震驚的神色，竊竊私語道：「是什麼案子要衛小侯爺來這裡擊鼓？」

「難道是為了當年白帝谷那個案子嗎？」

「不是當年就已經澄清是前太子的過失了嗎，還有何冤可申？」

百姓說話間，鼓槌猛地砸向鼓面，鼓聲又沉又穩，響徹了順天府府衙。

「鎮國公府衛韞，」衛韞揚聲開口：「前來順天府，求一份公道！」

鼓聲不徐不疾，一下又一下，聽著這鼓聲，所有人都沉默下來。太陽打從山邊一點一點升起，光一寸一寸灑落在城中。那光明於鼓聲之中悄無聲息而來，籠罩了這百姓，這皇城。

人越聚越多，而順天府內，沒有一個人敢去開門。

順天府尹在堂內走來走去，焦急道：「這衛韞如今什麼身分，我什麼身分？他要告的人哪裡是我惹得起的？人去這麼久了，陛下也沒給我信，師爺，你說我該怎麼辦？」

坐在一旁認真思索著的師爺聽著這話，抬起頭來，突然道：「大人，這事兒不對。」

「哦？」

「您說，這皇城之中，如今還比衛侯爺有權勢的還有幾人？他若有冤屈，可直接找陛下申，如今來之找我們，這是做什麼？」

「對啊，」順天府尹著急道：「他自己都管不了的事兒，我能管嗎？」

「所以衛大人這不是衝著您來的，」師爺慢慢道：「他這是衝著百姓來的啊！」

順天府尹愣了愣，師爺繼續道：「大人您還記得當年衛大夫人跪宮門的事兒嗎？他衛家在百姓中聲望這樣高，當年便是用著百姓逼了先帝出面，如今在這裡，要逼的，自然也是今上那位。」

順天府尹有些不解：「他要逼陛下做什麼？」

師爺輕笑：「這，大概要等陛下的旨意來，才知道了。」

「那如今我該怎麼辦？」順天府尹完全沒了主意，師爺搖著扇子坐下來，笑道：「靜觀其變。」

而與此同時，趙玥在宮中，聽著下面順天府的急報，沉默不言。

他知道衛韞要有動作，但卻沒想過衛韞動作得這樣快。果然不出他所料……衛韞是為著當年的事，要反了。

趙玥沉默片刻，提起筆來，果斷道：「宣旨下去，將衛家大夫人楚瑜賜婚於顧楚生。」

趙玥迅速寫完了第一道聖旨，蓋下玉璽。

隨後趙玥沉下聲，咬牙道：「立刻派兵，捉拿姚勇，壓著隨朕到順天府去！」

說完之後，趙玥便匆匆往外趕去。張輝跟在趙玥身後，焦急道：「陛下，您走這麼快做什麼？」

「如今衛韞就是要拿朕的小辮子，朕怎能讓他如願？」

趙玥低吼了一聲，隨後幾乎是跑著出去。

他太清楚衛韞要做什麼。

如今衛韞要兵有兵要糧有糧，他要反唯一缺的就是一個理由。

無理而反，是禍國亂民，哪怕手握精兵良將，能一時攻下華京，卻也坐不長久。以衛韞的性格，他要動手，他要天下，怎麼可能不給自己一條退路。

隨意弑君是禍國亂民，然而殺昏君那叫替天行道。

他不能給衛韞這個理由。

如今衛韞必然是要拿白帝谷之事做文章，然後讓百姓覺得他苦逼衛家。可若搶在先機推姚勇出去抵罪，自己咬死不認白帝谷一事，再跪下作戲給衛韞道歉，求他不要讓天下動亂。

一番下來，衛韞也是無法。

畢竟他如今是皇帝，是一個做了多年明君的皇帝。

想到這裡，趙玥心裡放鬆了許多。

然而他剛出宮，衛韞的人便朝順天府的方向直接過去，在人群之中，一聲奇怪的杜鵑聲叫了出來，衛韞看了那方向一眼，便知是趙玥出宮了。

衛韞敲鼓之聲猛地大了起來，他似乎沒了耐心，揚著聲音道：「大人！順天府為何不開門？是這順天府這鼓聲已啞，是這天下清明已失，還是這世上已經再沒了公道？」

「大人！」衛韞敲著鼓，含著眼淚，嘶啞道：「白帝谷七萬男兒你就要看他們這樣含冤而去，看殺他們的凶手逍遙法外，看害大楚風雨飄搖的罪魁禍首如今高坐於金座之上，受萬人朝拜，看這世上好人含恨九泉，惡人榮華加身嗎！」

聽到這話，在場眾人皆是大吃一驚。

順天府尹與師爺面面相覷。

「金座之上……」順天府尹顫抖著唇，不敢置信：「他要告的，是誰？」

第十章　天下為局

順天府尹問出這個問題，心裡卻是有了答案。而外面聽著的百姓在短暫的愣神後，驟然反應過來。在沉默片刻之後，一個人從人群中擠了出來，焦急道：「衛侯爺，當年不是太子誤信了奸細，指令下錯導致那一場慘敗嗎？」

當初趙玥為了保住姚勇，又要洗清衛家的不白之冤，於是讓太子一個人承擔了所有責任。

楚瑜抬眼看向他，皺起眉頭：「你是何人？」

「小人名為何再山。」那人跪下來，紅了眼道：「當年白帝谷一戰，小人哥哥便在其中……」

說著，人群中一片唏噓之聲，楚瑜嘆了口氣，上前親手扶起那人：「這位兄弟且先起來。」

那人跪在地上，搖了搖頭道：「還請侯爺告訴小人當年真相！」

楚瑜沒說話，看向衛韞。

衛韞敲著鼓，聲音平靜有力：「五年前，北狄新君上位，北狄正逢天災，新君意圖南征，以轉移壓力。當時我父為主帥，知曉北狄意圖，於是只守不攻。大楚有精兵良將，兵馬充足，北狄苦征兩月，未拿下一城。這時有一位大楚人，獻計於北狄，讓北狄利用大楚安插在北狄的奸細，向大楚傳遞消息，說北狄有七萬兵馬埋伏在白帝谷，會假裝戰敗伏擊。」

聽到這裡人群裡有了罵聲。一個大楚人如此叛國，這些年風雨都由此人而起，誰人不罵？

衛韞一下又一下，繼續敲著鼓：「這個奸細，乃姚勇手下，姚勇為爭功奪利，將消息先給我父帥，我父帥不肯出兵，於是姚勇讓前太子向我父帥施壓，逼我父帥出征。而後在北狄如傳言那樣潰逃時，我父帥領著我六位兄長追擊，其中兩位兵分兩路從後方包抄，另一路在外等候以防不測，最後三路跟隨我父兄進谷。當時加上藏在林中的姚勇手下士兵，共有將士足足十六萬！」

「然而到達白帝谷開戰之後，姚勇卻發現，原來當時拿到的消息是假的，白帝谷北狄的將士，足足有二十萬。姚勇惜命，不敢對戰，於是倉皇潛逃，可逃脫之前，他怕自己臨陣脫逃之事外傳，於是他告知我守在外面的三路兄長，讓我兄長前去營救我父親。」

說著，衛韞捏著鼓槌的手開始顫抖，他聲音嘶啞，閉上眼睛，就怕眼中那些殺意和淚水，會當著這樣多人的面傾瀉而出。

「七萬兒郎，就此埋骨，然而他們是因何而死？」衛韞猛地提高了聲音：「是因那個大楚人獻上那個計策，是因大楚內那險惡人心。他們不是死於保家衛國，而是死在這皇權之上，死在這人心之間！而你們又可知，那個獻策之人是誰？又為何要做這樣豬狗不如之事？」

「是誰？」

有人激動地吼出聲，那吼聲中帶著哭腔，似也是當年人的親人。

大門之內，順天府眾人靜靜聽著那一聲暴喝，竟有些恍惚。

而人群之中，有人一襲紅衣，雙手攏在袖間，也是靜靜聽著。

衛韞閉著眼，眼淚再也止不住，滾滾而落。

「那個人，原為秦王之子。」他低啞出聲，有不太知道朝堂之事的人還是茫然，但更多人卻滿是震驚。

他們開始知道，為什麼衛韞站在這裡，而不是去那宮城大殿之上，求一份公道。因為如今這份公道，那天子給不了，只有他自己，只有這江山百姓能夠給他。

「當年秦王事變，他被顧家和長公主聯手保下。長公主不過憐他少年，希望他再有其他人生，然而他卻狼子野心，一心想要重登帝位。彼時我父親與姚勇，乃先帝左膀右臂。於是他培養了奸細，送到姚勇府上，若干年後，就是那奸細，將這封信——送到姚勇手中。」

聽到這話，人群之中，沈佑靜靜閉上眼睛。

當年就是他——他懷著一腔報國熱血，他以為這是為了國家，為了母親報仇，拼死將那消息送給姚勇。

誰知道……竟然是假的。

「他算准了姚珏無能又狠辣，他讓我父兄和那七萬人死在了白帝谷，也讓姚勇走向了不歸路，從此以後，先帝被卸了左膀右臂，姚勇為了自保只能一路打壓良將、排除異己，大楚至此之後，再無利劍可禦外敵！」

「而後他便搖身一變，以新君之姿出現，給我等許諾，共禦北狄。可此人本就是狼心狗肺，哪怕披了人皮，狼依舊是狼！這些年，他表面正人君子，實則驕奢淫逸。為修攬月樓討自己妃子歡心，他以軍餉之名苛捐重稅——」

皇宮之中，長公主坐在鏡子面前，取了眉筆，為自己描著眉。

侍女跪在地上，笑著道：「公主許久沒有這樣的興致了。」

「我聽說順天府門前，鼓聲響了。」

長公主神色平靜，侍女愣了愣，卻不知長公主是哪裡得來的消息。長公主描著眉，淡道：「該好好打扮一下了。香兒，妳說這歷史上的妖妃，都是怎麼死的？」

「娘娘……」侍女有些害怕。

長公主輕輕一笑：「我希望我能飲鴆而亡，這樣死得快些，也能死得好看些。」

「娘娘說什麼話。」侍女艱難地笑起來：「您怎麼會死呢？」

長公主沒說話，她放下眉筆，自己拿了花鈿，輕輕貼在額間。

「香兒，」她溫柔道：「妳看，好不好看？」

「他在宮中濫殺無辜，就在一月前，他在宮中殺宮女、太醫一百二十餘人，嫁禍給王賀王大人，就此逼反了王家！」

「這些年，他所做所為，我已悉數查明，盡在此冊！若有遺漏，但請受害之人上前來，與我一起，求個公道！」

話音落，人群中便有一個女子哭著撲了出來，高吼：「求個公道！求個公道！」

說話間，陸陸續續有人出來，跪俯在地上。

他們有些是當年征戰之人的親屬，有些是宮中枉死之人的親眷……

而更多人他們站著，卻也沒有離開。

這個國家動盪如斯，誰又不是受害之人？

順天府尹站在門內，呆呆看著那扇大門，目光呆滯。

他聽著鼓聲，聽著外面的哭聲，聽著衛韞沙啞之聲：「我知道，今日府尹大人不敢接這個案子。」

「可這世間不公之事總該有人管，這世上錯事總該有人彌補，我大楚日月在上，朗朗乾坤，那金殿中人，至少該出來說一句——」

說話間，遠處傳來馬蹄聲，也就是那一瞬間，人群之中，十幾枚利箭朝著衛韞疾馳而去！

楚瑜目眥欲裂的，大吼：「小七！」

她狂奔上前，抬袖一攔，抓住了幾支，衛韞持著鼓槌，閃身連躲躲開十幾支利箭，最終還是一個不慎，讓那箭猛地射穿他的肩頭，將他釘在鼓面之上。

他的鮮血流淌出來，十幾個殺手撲過來，人群受驚四處逃竄，剛趕到順天府前的趙玥的馬被這人流驚住，左右踩踏，讓局面越發混亂。

楚瑜護在衛韞身前，一言不發。

周邊侍衛早就到了蔣純柳雪陽身邊，衛韞拔了箭，從旁邊抽出自己的劍，喘息著道：

「護著二嫂、母親……走！」

說完，楚瑜便同衛韞一起朝著柳雪陽、蔣純衝了過去，護著兩人衝到了馬前。

「妳帶著婆婆先上！」楚瑜吩咐蔣純一句後道：「我同小七斷後！」

蔣純也不多話，點了頭就帶著柳雪陽衝出去，侍衛環繞著兩人，朝著城門出去。趙玥也終於反應過來，知道事情已經不可逆轉，乾脆道：「將人給朕攔下！」

衛韞和楚瑜等的就是這一句，聽到這話，兩人帶著剩餘的侍衛封住去路，楚瑜揚聲道：「陛下，我們衛家不過是想討個公道，這也有錯嗎？難道一定要將我衛家趕盡殺絕，您才肯甘休嗎？」

「一派胡言！」

趙玥怒喝，然而也就是這一瞬間，劍光朝著他猛地刺去！

趙玥連連後退，還好兩個暗衛及時出來，隔住了衛韞的長劍。趙玥這才意識到，衛韞乃是萬軍中取人首級的悍將！

他不再戀戰，駕馬就走，一面走一面道：「封城！將衛家人統統給我攔住！」

然而此刻已是晚了。城外傳來攻城殺伐之聲，除了衛韞，怕是沒有人知道，到底發生了什麼，到底要發生什麼。

衛韞知曉如今只是虛張聲勢，趁著趙玥膽怯，他一把抓住楚瑜的手，朝著城外殺砍而去。

他的血順著手流到楚瑜的手心，楚瑜回頭看他。

青年眉目硬挺俊朗，神色剛毅平和，鮮血於他是洗禮，他在這倉皇世界中，從容又坦然。

她從未有過這樣的體驗，和一個人攜手於陣前，血和溫暖交織在一起，他在人群中回頭看她：「看什麼？」

他只是輕輕一問，然而不知道為什麼，楚瑜就覺得自己內心有什麼激昂澎湃，她終於覺得，自己在他身邊，好像真的越來越像當年。她忍不住揚起笑容，將心中的話脫口而出：「衛韞，」她揚聲開口，彷若少年那口無遮攔的模樣：「等以後天下太平，我嫁你行不行？」

周邊人聲喧鬧，衛韞猛地隔住一劍，他抬起眼皮，神色淡定裡帶著幾分傲氣。

「行。」說著，他一腳踹開前方，帶著她衝出城門：「我就為妳，打下這天下，求得它太平。」

衛韞和楚瑜一路殺出城去，趙玥緊急回宮。而這一片兵荒馬亂之間，唯有一個人神色淡定，不慌不忙，沉穩安定。

他靜靜看著這一場鬧劇，整個人彷彿澈澈底底的局外人。所有混亂、糾纏、不堪，都與他沒有任何關係，直到衛韞和楚瑜逃脫出去，他才轉過身，隱入人群之中，在護衛保護下，神色凌厲朝著宮門而去。

他入宮之時，宮裡已經一片混亂，趙玥在御書房內，已經徹底鎮定下來，他站在沙盤上，正一一吩咐著人手下去。

顧楚生走進來，跪下行禮，恭敬道：「臣顧楚生，見過陛下。」

「起。」趙玥冷靜抬手，顧楚生站到一邊，聽趙玥迅速布置下去之後，趙玥抬起頭來，抬手讓人下去。

房屋內就剩下顧楚生和趙玥兩人，趙玥看著他，有些無奈笑開：「朕以為，你會同衛韞一同走。」

「陛下若真這麼以為，給我這份賜婚聖旨做什麼？」顧楚生尋了旁邊小桌，坦然坐下來，給自己倒了茶：「陛下給微臣這份聖旨，不就是告訴微臣，一旦我跟著衛韞走，一輩子都得不到衛大夫人。只有跟著您，才會有足夠的權勢地位，去迎娶衛大夫人，不是嗎？」

趙玥聽到這話，輕輕笑開：「顧大人真是聰明。」

「陛下，」顧楚生認真地看著他：「衛韞說的話，可是真的？」

趙玥沒說話，他靜靜看著顧楚生，許久後，卻是笑了。

「真的如何，假的又如何？」趙玥狂笑：「朕做錯了？你也覺得朕做錯了？他淳德帝亂臣賊子，犯上作亂，你爹是怎麼死的，你忘了嗎？朕不過是在為你、為我們這樣的報仇而已！」

顧楚生沒說話，他顫抖著身子，死死盯著趙玥：「你怎麼變成這樣！」

顧家曾受趙家皇恩，發誓一生追隨趙氏。顧楚生的爺爺如是，父親如是。

當年趙氏宮鬥之中敗北，顧楚生的父親用命救了趙玥，可那時候，哪怕是顧楚生的父親，也沒想過一定要讓趙家東山再起。

顧楚生仍舊記得自己父親臨死前最後同自己說的話——若如今陛下於江山有幸，那就罷了。

那就罷了。

這皇位誰做不是做，重要的是那黎民百姓，是芸芸眾生。所以上一世，顧楚生一生雖為小人，在朝堂明爭暗鬥，卻從未辜負過百姓。

當年救下趙玥，一為主僕之情，二為朋友之誼。救下他的時候，包括長公主，沒有任何一個人會想到，那個溫暖的、柔軟的、連螞蟻都不忍心踩死的世子，會成今日模樣。

看著顧楚生的目光，趙玥眼裡露出厭惡：「不要這樣看朕。」

說著，他往顧楚生走去，冷著聲道：「你與朕沒有任何不同，顧楚生，你看你，如今明知我做過什麼，不也選擇站在了這裡。」

趙玥蹲下身，如毒蛇一般的目光凝視在顧楚生身上：「你同我一樣，自私、冷漠，我們是同類人，顧楚生，你又有什麼資格，這樣看我？」

顧楚生沒說話，許久後，他輕輕笑了。

「你說得對。」他抬起眼，看向趙玥：「你我是同類人，我的確沒這個資格。」

說著，他站起身：「如今陛下看上去胸有成竹勝券在握，那微臣不再打擾，這就去了。」

顧楚生說完轉身，然而剛走出兩步，就聽見身後趙玥提了聲音：「楚生！」

顧楚生停住腳步，背對著他，趙玥聲音裡帶著哽咽，卻仍舊試圖假裝出那份強硬，冷著聲道：「別背叛我。」

顧楚生沒有回聲，趙玥艱難道：「我落難時，是你顧家用滿門性命救我。楚生，你我兄弟多年，當初我曾許你，若我為君，你當作相，我並非戲言。你不負我，」趙玥嗓音沙啞：「你要所有，我自當不會負你。」

顧楚生聽到這話，忍不住笑了。

若是不負，當初他求娶楚瑜，他做那一番，又是為什麼？

然而他並未將這心思透露出來，只是道：「至此之後，你的事，我不插手。等衛韞之事過後，」顧楚生回頭，看著趙玥：「你我的舊帳，我們再來清算。」

說完，顧楚生便走了出去，到了門口，他走到轉角，同身邊人低語道：「讓趙公公安排，我要儘快見長公主一面。」

聽到這話，他身邊人低聲應是，迅速退了下去。

而他身後的另一位侍衛小聲道：「大人如今打算怎麼做？」

顧楚生淡淡看了他一眼：「這樣的狗賊，我還留他當皇帝嗎？」

說著，他平靜道：「如今衛韞打著的名號，無非是趙玥無德，所以他要殺了趙玥以祭江山。可趙玥死了之後，誰來當皇帝？李家還是趙家？可李家早就內鬥無人，而且血統本就不正。趙家如今就剩一個趙玥，趙玥若死了，怕便是群雄割據，天下大亂了。」

說著，顧楚生眼裡落了星光，平靜道：「衛韞怕也是想到了這一點，他如今就是在逼著我呢。」

「他如何逼您？」侍衛有些不理解。

顧楚生面色平靜：「這就要等見到長公主，才能知道了。」

顧楚生回了府裡，等到半夜，宮裡便來了人，小聲道：「大人，宮裡都安排妥當了。」

顧楚生點點頭，他在宮裡安插了無數暗樁，如今終於有了作用。

他化妝成侍衛，徑直入宮，而後被領到棲鳳宮中。到了棲鳳宮中，顧楚生垂著眼眸，沒有抬頭，他恭恭敬敬行禮，跪俯於長公主身前。

「臣顧楚生，叩見公主殿下。」

「昨日夜裡，衛韞曾讓人來同我說，你會來找我。」長公主聲音懶洋洋的，慢慢道：「你要找我，做什麼？」

聽到這話，顧楚生便笑了。

他終於明白了衛韞到底要做什麼。

衛韞要趙玥死，要天下換明主，可是趙玥若死，沒有合理的繼承人，必然天下大亂，衛韞內心深處，並不忍如此。衛韞不如他在宮中積累深厚善於鑽營，於是他讓他來解決。

趙玥計算人心，衛韞何不是計算人心？

只是趙玥覺得人心向來是惡，衛韞卻覺得，人心向來是善。

別人都覺得他顧楚生奸險小人，就連相伴一世的楚瑜或許都如此覺得，這一輩子，衛韞卻信了他。信他不會拿黎民命運，去換一個「血統純正」的執著。

顧楚生說不出該是什麼感覺，他抬眼看向長公主，平靜道：「我來找長公主，就只是問一句，公主想不想殺趙玥？」

長公主微微一愣，片刻後，她輕笑起來：「顧大人何必明知故問呢？你要做什麼便說吧。」

她沒告訴顧楚生，其實昨天衛韞讓人帶來的消息不僅是他會來找她，衛韞還告訴她，一切聽顧楚生安排。

顧楚生神色平靜，從袖子裡掏出兩盒東西。

「我欲殺趙玥，還請公主幫忙。」

長公主目光落在那藥盒之上，隨後聽顧楚生繼續道：「這裡兩盒藥，一盒是在性事之前服用，可加劇人的快感，使用兩月之後，與其交歡之人便會開始覺得手足麻痹，雙眼昏花，時常頭疼，再過兩月，便會澈底口不能言，眼不能視，四肢麻木，動彈不得。」

說著，顧楚生抬眼看著長公主：「公主可捨得？」

長公主笑起來：「殺他都捨得，這有何捨不得？」

「而這第二服藥，」顧楚生將藥盒推往前方：「可讓公主有假孕之相，到時候我會安排好太醫院的人，公主要做的事情就是，讓陛下立此子為太子。」

聽到這話，長公主皺起眉頭：「可我無孕。」

「您會有孩子。」顧楚生肯定道：「您一定會有孩子。」

長公主看著顧楚生這樣肯定的姿態，終於明白過來。

他根本不在意這個孩子是不是真的皇室血統，他在意的只是天下人要以為，這個孩子是皇室血統，這個孩子理所應當繼承皇位。

按照顧楚生的布置，他們二人聯手，或許直接有機會毒殺了趙玥，可殺了之後，沒有了確認的繼承人，天下怕是從此澈底亂下去。所以在趙玥死前，一定要有一個準備好的繼承人，以平息如顧家這樣注重皇室血脈的家族。

長公主明白過來，許久後，她點了點頭。

顧楚生恭敬叩首，不再多言，起身便要離開。

長公主叫住他：「顧楚生。」

他頓住步子，聽到身後的人問：「你讓楚瑜就這樣走了？」

顧楚生那份執念，所有人都看得明白。

他站在門口，久久不言，很久後，他終於道：「我能怎麼辦呢？」

多少次放了話，多少次下了決心，多少次決定要不擇手段得到她。

甚至這個清晨，當得知衛韞去了順天府，他都吩咐下去，要鎖住華京，不惜一切代價，殺了衛韞。

可是當他跟隨在百姓身後，看著她身著翟衣跟在衛韞身後，看著她神色堅毅，看著她高貴又溫柔地站在順天府大門前，陽光灑落在她身上。聽著衛韞一聲一聲擊鼓之聲，聽著衛韞訴說著的、衛家的冤屈。

那雖然是衛家的冤屈，可他卻從這些言語裡，重新繪出了這些年她走的路。

他在人群中聽人說了當年她跪宮門之事，聽了他不在的時光裡，她所經歷的、所遭受的。那樣陌生的楚瑜。

上一輩子，他位居人臣，卻沒給她掙一個一品誥命。而如今她嫁在衛家，卻成了這樣美麗的、高雅的、坦然的女子。

那是他一輩子不曾給過她的東西。

當她和衛韞手拉著手離開，當她抬頭看著那人綻開笑容，他猛地驚覺，那樣的笑容，他不曾相見，足足已近三十七年。

三十七年前她提劍而來時，便是這樣磊落又張揚的面容。

三十七年後，她歷經風霜雨雪，終於得歸當年模樣。

他能怎麼辦？

他的刀落不下去，他的手又放不開。

顧楚生麻木地走出宮城，乘轎來到顧府。

沒有楚瑜的顧府和他上輩子似乎沒有任何不同，仍舊是冰冷的、陰暗的、沒有任何光澤和溫暖。

他看著人來人往，下人上前問安。

好久後，他再也忍耐不住，捂住自己的臉，顫抖著，蹲了下去。

他突然不明白重生這一輩子有什麼意義。

如果重生過來，只是要讓他徹底失去楚瑜，那為什麼，又要讓他在這世上，這樣生滾活剮，再走一遭？

楚瑜和衛韞領著衛家人，在秦時月五千兵馬護送下一路狂奔衝向衛家在昆州最近的掌控地點淮城。衛進淮城之後，衛韞立刻吩咐秦時月調兵來淮城守控，隨後便直奔落腳的府邸，讓楚瑜安置了柳雪陽和蔣純，同時讓沈無雙到他房裡來。

楚瑜看了衛韞身上的傷一眼，面上不動，沉穩安排了蔣純扶著柳雪陽去休息後，便急急去了衛韞那裡。

沈無雙正在給衛韞上藥，衛韞沒了之前強撐著的模樣，臉色慘白，斜靠在床邊，是累極了的模樣。

楚瑜走過去，同沈無雙手裡接過紗布和藥，淡道：「我來吧。」

沈無雙一看楚瑜來了，趕緊讓了位置，同楚瑜道：「沒多大事兒妳放心，就一點外傷，一個月絕對好了。」

楚瑜「嗯」了一聲，沈無雙摸了摸鼻子，知道情況不好，趕緊撿起藥箱道：「那你們慢聊，我不打擾了，先走了哈。」

說完，沈無雙就跑了，走之前還不忘和人打招呼，帶著所有人一起離開。

房間裡頓時只剩下了楚瑜和衛韞，楚瑜不說話，衛韞心虛，也沒敢開口。楚瑜給衛韞上這膏藥，用紗布一圈一圈纏上，動作輕柔熟練到讓衛韞有些不安。

「阿瑜……」衛韞有些艱難道：「妳罵我吧。」

「我罵你做什麼？」

楚瑜聲音淡淡的，聽不出喜怒。衛韞垂下眼眸，認真道：「殺手是我布置的，這一箭是我算好的苦肉計，我沒先同妳吱聲，是我不對。」

楚瑜給衛韞紗布打了結，也沒說話，站起身便打算轉身，衛韞一把抓住她，握著她的手道：「阿瑜，妳別這樣，我害怕。」

楚瑜聽到這話，轉頭瞧他，面色有些無奈：「我沒什麼好怪你的。趙玥那樣算計的人，他不動手，你只能自己動手，我明白。」

「我只是……」楚瑜垂下眼眸，似是有些難過：「我只是瞧著你，覺得我自個兒無能，也覺得心疼。」

聽了這話，衛韞終於放下心來，他抬起手，將人抱在懷裡：「阿瑜，聽著妳說這話，我就覺得高興。」

「你高興什麼？」

「這證明妳將我放在心上，我受傷，妳會自悔，會心疼。」

「可是阿瑜，」他輕笑：「妳這樣，我心裡便難受了，我本就受著傷，妳還要讓我心裡難過麼？」

楚瑜被他逗笑：「你怎麼這樣無賴？」

「我不是無賴。」衛韞握著她的手，撥弄著她的手指，溫和道：「我是覺得，若能讓妳高興，怎樣我都願意。我不會說話，我就學；我不會討好妳，我就求教別人。妳要同我過一輩子，我總該讓妳高高興興過一輩子，對不對？」

聽衛韞說著一輩子，楚瑜的心微微一顫，她伸出手，小心翼翼抱住他。

她本想依賴著他說些什麼，最後卻又覺得臉紅，只是道：「不日後便是你生日，該是你加冠禮了吧？」

「嗯。」衛韞應聲：「我打算將封王儀式和加冠合在同一日。」

「你也要同王家一樣自封為王嗎？」楚瑜輕笑：「我還以為你是打算直接反了。」

衛韞沉吟片刻，最後道：「我終究還是希望，能不要大動干戈吧。其實當不當皇帝我不在意，只要有合適的人當就好，等再過些時日吧。」

「再過些時日做什麼？」楚瑜有些不解，衛韞垂眸看著楚瑜的肚子，他不動聲色抬手附上去，平靜道：「若過些時日找不到合適的人繼承皇位，我再做打算不遲。」

楚瑜點了點頭，如今的衛韞早已不需要她操心了。

衛韞環著她，嘆了口氣：「妳要是能給我生個孩子，我就不用這麼愁了。」

聽到這話，楚瑜面色變了變，衛韞見狀，趕忙笑道：「我同妳玩笑呢。」

說著，他靠在她肩頭：「沒事，阿瑜，我們不生，一切都要等妳願意才好。」

聽到這話，楚瑜心裡放鬆了些，她撫著衛韞的髮，終於道：「好了，府中還有許多事，我先去看看。」

說著，楚瑜便要起身，衛韞卻是抱著她不動。楚瑜皺著眉頭：「你這是做什麼？」

「我受傷了。」

「嗯？」

「我疼。」

「哦？」

「阿瑜，」衛韞像小狗一樣蹭著她的臉：「我受傷了不方便去找妳，妳晚上來找我好不好？」

聽到這話，楚瑜抬手輕輕拍了拍他的臉：「小混蛋，像什麼樣子。」

「阿瑜，好嘛，妳答應我嘛。」

「衛侯爺，」楚瑜拉長了聲音，認真道：「你不是奶娃娃了，別撒嬌，趕緊放手。」

衛韞不說話，楚瑜笑了：「你還和我耍賴了？」

衛韞無奈嘆氣，似是妥協，終於道：「好吧。」

說完，他終於放了手，楚瑜站起身，往外走去。走到門口，她開始忍不住想，她到底在顧慮什麼呢？

如今走這一步，當她提起孩子，還怕什麼呢？

她看著長廊外面淅淅瀝瀝的細雨，腦海中莫名其妙閃過了上輩子清平郡主那清麗高雅的面容。

她見過清平郡主一次，那時候正值戰亂，女子從馬車上走下來，白衣籠紗，玉簪挽髮。她師從醫聖，一路治病救人，神色平靜悲憫，因著面容姣好，差點被許多百姓當做觀音轉世。

那是當世不可多得的女子，只需一面，便終身難以忘懷。

當年的楚瑜便自嘆弗如，如今……

楚瑜抬手看著自己掌心，失去那一腔熱血，失去了少年意氣，失去了那些最寶貴的東西的楚瑜，與那月宮仙子、菩薩下凡，又有什麼好比？如果她的對手是別人，她或許還有幾分自信，可是是清平郡主……

楚瑜苦笑，她便真的自信不起來了。

她突然明白了自己在怕什麼。

沒有孩子，來就來了，去便去了，都是她一個人的事。

上一輩子，她為了愛情連累夠了別人，這一輩子，她希望感情只是自己的事。

她怕擁有孩子，她怕有一天，自己有了孩子，清平郡主驟然出現，如果衛韞像上輩子一樣要迎娶她為夫人，她要怎麼辦？

一想到這些，楚瑜對未來驟然害怕起來。

她閉上眼睛，重重舒出一口氣。

不管了。

她想，今朝有酒今朝醉吧，又管它未來做什麼？和衛韞這樣的人，能有過一場，都是幸事。

這樣一想，楚瑜突然又覺得有那麼幾分安慰，她睜開眼睛，轉過身去。如今衛家剛剛安置到新府，還有許多事需要她吩咐。

一路忙到夜裡，楚瑜到了深夜才回屋中，她先是洗漱淨身，而後便熄了燈，讓人下去，自己捲了簾子去睡覺。

只是剛捲開簾子，她便被人猛地一把拉進去，對方似乎蓄謀已久，將她往床上一捲，捂住她的唇翻身一滾，就將她壓在了身下。

熟悉的味道撲面而來，楚瑜放鬆下來，衛韞察覺到她放鬆，輕笑起來：「知道是我了？」

「我沒瞎。」楚瑜在夜裡瞥他一眼。

衛韞低笑出聲，低頭親了親她：「妳不來找我，我便來找妳了。」

「你……」

「我想妳。」衛韞伸出手，將楚瑜抱在懷裡，溫柔道：「可白天妳不屬於我，若是夜裡也不讓我在妳身邊，妳讓我怎麼辦？」

聽到這話，楚瑜一時被問住。

「妳看，我們相處的時間那麼少。」衛韞板著手指頭給她算時間：「每天白日至少八個時辰，妳都是別人的，妳又晚睡早起，加上我躲著人過來的時間，我每日能這麼靜靜抱著的時間不足兩個時辰。」

說著，衛韞有些委屈了：「妳不嫁我，還要這麼晾著我嗎？」

「好了好了。」楚瑜被他纏得無奈：「我又沒讓你走。」

衛韞聽到這話，總算高興了，覺得自己占據了合法位置，大大方方翻身滾開，將手枕在頭下，小聲道：「阿瑜，我的生辰賀禮妳準備了嗎？」

「尚未。」楚瑜覺得這人像極了小孩子，她有些無奈：「你想要什麼？」

衛韞聽到這話，高興極了，他認真思索了一會兒，終於道：「阿瑜，妳知道我第一次覺得，妳特別好看，不是長輩那種好看，是女人那樣的好看，是什麼時候嗎？」

楚瑜愣了愣，竟也有些好奇起來：「什麼時候？」

「那年妳給我跳過一場舞，還記得嗎？」衛韞似是有些不好意思，他握住她的手，支支吾吾道：「妳能不能，給我再跳一支，不一樣的？」

「什麼不一樣的？」

楚瑜有些不明白，衛韞靜靜看著她，黑白分明的眼裡帶著笑意。

「當初妳把我當孩子哄，如今我想讓妳把我當丈夫哄。」

聽到這話，楚瑜微微一愣，衛韞抬手覆在她臉上：「阿瑜，我希望妳把我當男人，更希望妳把我當成妳丈夫。」

「待我加冠日，可能為我一舞？」

第十一章　心念躊躇

第二天醒過來的時候，楚瑜抬手一摸身邊，人已經不見了。原來衛韞已經悄悄回了屋中，楚瑜看著空蕩蕩的身邊，突然有些失落。

她克制住這種驟然升起的情緒，起身梳洗之後，就聽長月走進來道：「大夫人，六夫人領了六位公子候在大堂，請您過去。」

聽到這話，楚瑜愣了愣，隨後詫異道：「她沒去昆陽？」

說完她卻知道，長月是不知道這些事兒的。於是她趕忙趕到大堂去，大堂裡卻坐滿了人，六個小公子都回來了，房間裡嘰嘰喳喳全是人聲。

楚瑜進去的時候，就看見蔣純正拉著衛陵春的手，仔細打量著衛陵春的手上的繭子，衛陵春如今已經十一歲了，眉目間依稀看得出幾分衛束當年的模樣，方正又英俊，看著便是個沉穩的。蔣純一面看一面心疼：「你在外面是吃了多少苦，怎麼手上多了這樣多傷口？」

旁邊王嵐抱著正在玩風車的衛陵冬，輕輕笑起來：「這一路我們遇到劫匪，多虧陵春保護我們，陵春武藝很好，二姐可以放心了。」

聽到這話，衛陵春臉紅了紅，正在給柳雪陽錘肩膀的衛陵書趕忙道：「是啊，大哥可厲害了！」

給柳雪陽敲腿的衛陵墨輕笑：「二哥你不要臉，就知道吹捧大哥。」

衛陵書回頭瞪衛陵墨，兩兄弟頓時又吵起來，衛陵寒跪坐在衛韞身旁，正恭恭敬敬聽著衛韞給他講書，聽到旁邊兩個哥哥吵起來，他抬起頭，有些奇怪地看了一眼。

整個屋裡熱熱鬧鬧，楚瑜心裡暖了起來，她上前給柳雪陽問安，隨後又轉身看向衛韞，恭恭敬敬叫了聲：「侯爺。」

衛韞被她叫得愣了愣，隨後趕忙點頭道：「大嫂來了。」

「阿瑜是個多禮的。」柳雪陽笑起來：「你看，把我們小七嚇了一跳。」

「我們畢竟不比以前了，」蔣純溫和道：「如今外界都正瞧著咱們，阿瑜做得也對，我們自己人先將小七立起來，外面的人才不會輕視。」

這話正中了柳雪陽的意思，她點了頭道：「我也是這個意思。日後大夥兒多同阿瑜學學。」

楚瑜低頭應了是，沒有多說。衛韞不著痕跡瞧了她一眼，抿了抿唇，最終還是什麼都沒說。

王嵐回來了，柳雪陽高興，便決定帶著全家出去走走。六位公子還要上課，王嵐雖然在外奔波，卻從未落下六位公子的課程，於是就剩下五個人一起，由柳雪陽領著往院子裡過去。

這一番變故下來，柳雪陽受驚不小，身體明顯虛了許多，王嵐同蔣純在前面攙扶著她，王嵐輕聲說著她出城之後的際遇。

「出城之後本是打算往昆陽去，路上卻被人追截，好不容易逃脫出來後，因著落難，又遇到了劫匪。好在陵春武藝高強，領著陵書陵墨，帶著我一路朝淮城趕過來，三個孩子都受了傷，我都快無法了，最後還好被淮城的士兵所救，知曉了淮城知府乃小七的人，我們便停在了淮城，給孩子養傷。」

說著，王嵐紅了眼：「是我沒照顧好他們……」

大家見到王嵐自責，紛紛安慰，楚瑜和衛韞走在後面靜靜聽著，楚瑜有些感慨，其實王嵐能走到這一步，她是未曾想過的，也是極為不易了。

楚瑜神似有些恍惚，不經意間就覺得有人握住了她的手。

她驟然轉頭，便看見衛韞站在她身側，一臉平靜，彷彿什麼都沒發生過一樣。

路道狹窄，衛韞個子高大，兩人並行，便同楚瑜擠在一起，兩人衣袖擦著衣袖，也看不清那衣袖下牽著的手。

楚瑜皺起眉頭，想要輕輕掙開，衛韞卻是換著法子去拉她，兩人一個想躲一個想抓，在衣袖下鬥智鬥勇，面上卻都是含笑不動，泰然自若。

他們身後的丫鬟是長月、晚月，楚瑜倒也不擔憂，但柳雪陽就在前面，衛韞同她這樣拉拉扯扯的，她整顆心都懸了起來，就怕前面的人回過頭來。

這樣糾纏了半路，楚瑜終於忍無可忍，猛地用力，「啪」一下打在衛韞手上，前面三個女人聽見聲音回頭，便看見衛韞捂著自己的手，楚瑜木然地站在一邊，衛韞看見柳雪陽關切的眼神，艱難笑了笑：「有蚊子。」

王嵐有些好奇：「如今都立秋了，還有蚊子嗎？」

「有。」衛韞認真道：「特別大隻。」

「那還是回去吧。」柳雪陽嘆了口氣：「我也有些乏了。」

柳雪陽開了口，大家也就不再逛下去。王嵐蔣純扶著柳雪陽回了屋子，衛韞瞧了楚瑜一眼，笑道：「我送嫂嫂回去。」

楚瑜點了點頭，沒有多話，兩人走在長廊上，衛韞見四下無人，轉頭朝她笑開：「嫂嫂，今天的蚊子咬得特別疼。」

楚瑜輕輕一笑，沒有說話。等到了楚瑜院裡，衛韞跟著想要進去，楚瑜「嘭」的一下，就將門死死關上了。衛韞愣了愣，旁邊長月、晚月瞧著他，他的面子有些掛不住，輕咳了一聲，轉身走了。

等到了晚上，楚瑜給自己窗戶加了兩把大鎖，安心睡了。

等到半夜，她聽到了外面傳來窸窣之聲，楚瑜張開眼，看見窗戶那裡有人用一根鐵絲在掏著什麼。

過了一會兒，對方終於意識到上了鎖，他頓了頓，總算走了。

楚瑜見他走了，翻過身去，心裡也說不出什麼感覺。放了心，又有點難過，然而沒多久，她就感覺頭頂上窸窸窣窣的。

她好奇探出頭去，就看見衛韞從屋頂磚瓦上露出來的眼睛。

楚瑜：「……」

對方看見她，趕緊多挪開了幾片瓦，露出他討好的笑容來。

楚瑜明白了，今晚不放他進來，這屋頂怕是保不了。她板著臉起來，去開了鎖，然後站到衛韞可以看到的位置，指了指窗戶，又用手勢做了個將瓦蓋回的動作。衛韞心領神會，乖巧地將瓦蓋上了，沒一會兒，衛韞就從窗戶溜了進來。

他進來之後，還沒等楚瑜發火，就先過去將人抱住了，開口就道：「我錯了。」

能屈能伸，讓人開口罵人都洩了火氣。

「哪兒錯了？」

「下次不在母親面前逗妳了。」衛韞悶著聲道：「聽妳的話，當一個遮遮掩掩見不得光的小情人。」

聽到這話，楚瑜忍不住笑出聲。

她抬頭瞧他，溫和聲道：「不是說等我嗎？」

衛韞愣了愣，他聽著她的話，沉吟片刻，終於道：「是我心急了。」

楚瑜嘆了口氣，沒有多說。兩人回榻上，躺著溫存說了會兒話，楚瑜見衛韞有些睏了，懵懵懂懂的，她忍不住開口問了句：「小七。」

「嗯？」

「你在外面四年，有沒有見過好看的姑娘啊？」

「嗯。」

衛韞隨口回答，楚瑜心裡提了起來，她朝他靠了靠，用手環住他，低聲道：「誰最好看啊？」

「妳啊。」衛韞不假思索，他皺著眉頭，嘟囔道：「阿瑜，睡了，好睏……」

「除了我呢？」

楚瑜耐心詢問，衛韞感覺自己睏得有些沒法思考，他艱難地分析她在問什麼，終於道：「魏清平？」

聽到這話，楚瑜猛地愣住。

魏清平便是清平郡主本人了。

原來他們已經見過了，哪裡見的呢？怎麼見的呢？

無數思緒紛雜起來，楚瑜有些慌亂，她突然很後悔問這個問題，問了做什麼呢？

她有無數問題想問，卻又怕問下來是給自己捅刀，她深吸口氣，轉過身去，背對著衛韞。

她盯著窗戶，反覆告誡自己，罷了罷了，不過是見了一面而已，又有什麼呢？

然而輾轉反側，她終於還是忍不住，將衛韞翻過身。

衛韞有些崩潰了，小聲哀求她：「好阿瑜，妳這是要做什麼呀。」

「你不准覺得她漂亮。」

楚瑜認真瞧著他，衛韞恍惚睜了眼，好像有點明白了。

他看著夜裡女子認真又帶著些稚氣的臉，聽她繼續道：「衛韞我和你說，你以後喜歡其他人沒關係，你覺得不想和我在一起了也沒什麼，可是你給我記著，你絕對不能騙我。你喜歡我就喜歡，喜歡別人就喜歡別人，喜歡了就要及時告訴我，知不知道！」

「告訴妳了，」衛韞忍不住笑了：「妳要怎麼辦？」

「沒怎麼辦，」楚瑜面上故作淡定：「你不喜歡我了，我就不喜歡你了。」

聽到這話，衛韞的瞌睡也沒了，他含笑瞧著她：「那妳如今是喜歡我了？」

楚瑜微微一愣，感覺似乎被套進了什麼怪圈，衛韞大笑起來，伸出手將人撈進懷裡：「我的傻姑娘，妳這是醋了啊。」

「我沒有！」

楚瑜伸手推他，衛韞笑著沒放手，將人固定在了懷裡，哄著她道：「好了好了我不同妳鬧了。妳放心，我不喜歡魏清平，我也不喜歡別人。」

「我就喜歡妳，獨獨只喜歡妳一個。」

楚瑜聽到這話，總覺得順心了些，卻還是冷著臉不說話，衛韞覺得這樣的楚瑜可愛極了，想了想，他又認真道：「其實我覺得長公主也長得挺好看的。」

楚瑜：「……」

衛韞有些奇怪：「妳怎麼不醋了？」

楚瑜冷笑一聲，拉上被子，閉上眼睛：「睡覺！」

等到第二日，楚瑜大清早醒過來，長月便進來道：「夫人，侯爺讓您去議事廳。」

楚瑜面上不動，點了點頭，心裡卻是琢磨著，這人早上什麼時候走的。

她思索著到了議事廳，隨後便看見廳裡坐滿了人，原來是衛秋、衛夏、衛淺這些人都回來了。除了這些人和秦時月、沈無雙，在桌還多了幾位楚瑜不太熟悉的面孔，她一進來，所有人便站起來同她行禮：「大夫人。」

楚瑜點了點頭，衛韞站起來道：「嫂嫂來坐這邊。」

楚瑜按著衛韞的吩咐，坐到他左手邊的位子。衛韞同楚瑜介紹著人。

「這是我師父，名士陶泉。」

衛韞引見的是一位看上去五十歲的老者，仙風道骨，倒是氣度不凡。楚瑜趕忙行禮，這人的名頭她聽過，當年淳德帝曾經三次入山相請，都沒請到這位老先生入仕。

「這位是左將軍陳澤……」

衛韞同她一一引見之後，隨後同衛秋、衛夏、衛淺道：「你們去問了，各家怎麼回覆的，說說吧？」

說著，他就看向了衛秋。衛秋平靜道：「王家說，願同侯爺共進退。」

衛韞點點頭，看向衛夏，衛夏艱難笑起來：「楚世子沒多說什麼，就說再看看，不過楚世子說了……那個，大夫人要不還是回去……」

「衛淺，」衛韞直接打斷了衛夏，看向衛淺。衛淺咽了咽口水，沒敢說話。衛韞皺起眉頭：「啞了？」

衛淺心一橫，閉上眼睛：「宋世子說，他想和咱們家二夫人聯姻，把二夫人嫁他，幹啥都成！」

聽到這話，在場的人都愣了，衛韞皺起眉頭，冷聲道：「他宋世瀾當我衛家是什麼了？」

在場的人同衛韞的想法都差不多，宋世瀾雖然是庶子出身，然而這些年身價卻是水漲船高，如今天下四分五裂，宋世瀾手握兵權，獨居瓊州，加上性格溫和，容貌出眾，因當年身為庶子一直未曾婚配至今，早惹了許多達官貴人都眼熱，是當下同衛韞一般炙手可熱的夫婿人選。蔣純雖然德容俱佳，但畢竟孩子都已經十一歲，家世又算不上出色，還是庶女，怎麼看，宋世瀾都不可能求娶她。

再加上，蔣純又非待嫁之身，乃衛韞二嫂，聯姻聯到她頭上，這話說出來，怎麼都帶著幾分羞辱意味。於是在場的人莫不冷了臉色，秦時月抿唇道：「欺人太甚！」

楚瑜看著眾人群情激憤，眼見著衛韞就要回絕，忍不住悄悄拉了拉他的袖子。

他們本並排坐在一起，她這樣的小動作被桌子遮擋，衛韞轉過頭去，就見楚瑜笑著道：「這事兒，還是問問二夫人吧。」

聽了這話，衛韞似乎有些悟了，他點了點頭，重新道：「也是，或許這中間也有許多我們不知的內情吧。」

說著，衛韞換了話題，詢問了華京的消息。

「侯爺剛出華京，趙玥就下了聖旨，說侯爺欺君枉法，犯上作亂，散播謠言誣陷今聖，論罪天下當討。」衛秋管理著情報，梳理出最重要的資訊。

衛韞應了一聲，隨後道：「近來投奔的人有多少？」

「約有三千，不過每日來投奔的人數正在增加。」衛夏恭敬回答：「約是大夫人的布置起了作用。」

這話讓所有人看向楚瑜，楚瑜有些不好意思：「還是衛夏說吧。」

「這些年大夫人經營產業眾多，尤其是人口密集的消息出處。侯爺事出之後，華京當夜便有人在公告欄血書了趙玥多年來種種醜事，還說其實當年真正的秦王世子早就死了，趙玥殺沈御醫就是為了維護這個祕密，趙玥並非天家血脈。」

「之後京中酒肆、賭坊、青樓、客棧，各處大夫人都讓人傳這個消息。還讓路上的戲班搭臺子唱了關於趙玥的戲，同時有關趙玥如何害人奪帝、奪帝之後所作所為，大夫人早已讓人加工成話本準備了上萬本，如今在坊間爭相傳閱，在燕州等地，已經被列為禁書，但仍舊由百姓私下覽閱。」

聽到這些，衛韞忍不住笑了。

禁書這種事，若趙玥不禁，百姓或許還沒這麼想看。趙玥一禁，怕反而給了這書名氣。

謠言總比真相跑得快，潑汙水總比洗乾淨容易得多。

衛韞壓著笑，轉頭看向衛秋：「那我讓你安排各種異相一事，你可去做了？」

「我已聽說了，」陶泉笑起來：「前些時日，有百姓問我，可知鳳落玉石[1]之事，我便猜測，這是衛秋的手筆了。」

「何謂鳳落玉石？」楚瑜有些奇怪。

陶泉恭敬道：「回稟大夫人，這是如今民間都在說的一幢奇石。說有一獵戶，入山打獵，睏頓之後在河邊小憩，等他睜眼時，就看見一隻鳳凰站立在一塊石頭之上，那鳳凰能語人言，便問他，如今何年？那獵戶答元和四年，那鳳凰說，非也，亡國之年。那鳳凰又問，今主何人？獵戶答，趙氏四世，鳳凰又搖頭，回說，非也，禍國之人。而後鳳凰一聲長鳴，消失在獵戶眼前，獵戶上前去將那石頭抱了回來，讓玉將開了之後，裡面果然有一塊美玉。那美玉上寫著十六行小字，字是周文撰寫，寫的是『賊星禍國，天罰將至，朱雀在北，得護永昌』。」

陶泉說得笑意盈盈，衛韞擊掌誇讚：「幹得好！」

朱雀在北，得護永昌。朱雀是衛家家徽，這意指已十分明顯。

楚瑜聽著衛韞的布置，又聽他們開始商議定都之事。

昆州畢竟混雜，各方勢力都在這裡各自占地為營，終究是不妥，衛韞楚瑜同其他人合計了一下，最終決定在白州白嶺舉行封王大典，舉家遷往白嶺。

1 改編自戰國故事。

白嶺在衛家徹底把控的白州，距離昆州又不算太遠，進可攻退可守，加上本就是白州州府，也算繁華。

等定下來後，已是深夜，眾人都散開去，就留楚瑜和衛韞在房間之中。衛韞遣退了下人，站起身來，走到門前。

他看著外面的星空，背對著楚瑜，平靜道：「阿瑜，這一仗若我輸了，妳當如何？」

「你不會輸。」

「若我輸了呢？」

楚瑜沒說話，許久後，她慢慢道：「那我就替你把這一仗打下去。」

聽到這話，衛韞朗笑出聲，他轉過身，靜靜注視著燭火旁端坐著的女子。

她得坐姿端莊從容，明明那樣柔弱的身骨，卻彷若能撐起大楚山河。

衛韞看著她，忍不住又問：「那若這一仗贏了，妳又當如何？」

「家裡還有五隻貓，」楚瑜聲音平淡，衛韞微微一愣，沒想過她怎麼提到這個。

楚瑜繼續道：「將牠們養到老死。」

天下太平，不過就是養貓逗鳥，又能如何？

衛韞得了這答案，走上前去，將對方攬進懷裡。

「妳說我是怎樣的福氣，怎麼就能遇到妳？」

他溫和開口，楚瑜有些臉熱，沒有應他，一言不發。

靠了片刻，衛韞送她回房，路上突然想起來：「二嫂和宋世瀾怎麼回事？」

「這事兒你二嫂同我說過。四年我讓她去給宋世瀾送過一次信，當時她是先去拜訪朋友，不想那時候那座城就被北狄占下了，宋世瀾知曉她在城裡，看在你面子上去把城強行給取了，攻城時阿純替他擋了一箭，在他那兒休養了大半個月。」

衛韞點點頭，四年前局勢太亂，許多事他根本顧不得那麼多，楚瑜繼續道：「後來宋世瀾一直纏著她，如今已經快五年了。他那話就是舊酒裝新壺，你聽聽就得了，千萬別當真了去。宋世瀾那人何等精明，怎麼可能為了一個女人做這樣重大的決定？」

楚瑜瞇了瞇眼：「你瞧著吧，不日後，他必也自封為王。」

反正這天下如今已經這樣亂，宋世瀾趁機打個秋風，這才是他的風格。

衛韞點了點頭，又道：「那二嫂如何想？」

「這個，」楚瑜想了想，突然想起之前蔣純給她操心著搭紅線的時候，她輕咳了一聲，抬頭同衛韞道：「等回到白城你舉行封王大典，你將宋世瀾請過來。感情都是培養的，你讓阿純接觸接觸他。」

衛韞聽著這話，皺著眉頭，似乎不大高興。

楚瑜有些疑惑：「你這是怎的？似是不願意？」

「我就是覺得有些奇怪，」衛韞手攏在袖中，淡淡瞧了楚瑜一眼：「一個兩個的，怎麼就盯著我衛家的夫人不放了？」

聽到這話，楚瑜「噗嗤」笑出來。

「若是一個都沒看上我們，」楚瑜感慨：「那證明你哥哥們的眼光得多差啊。」

這話說得衛韞高興很多，他點了點頭：「我衛家的眼光，自然是極好的。」

說著，他轉過頭來，瞧著她，似笑非笑：「例如我家阿瑜，就是極好的。」

將書信傳出去給楚臨陽和宋世瀾之後，楚瑜和衛韞便開始忙著定都白嶺之事，一家人浩浩蕩蕩朝著白嶺趕了過去。

衛韞和楚瑜要先過去準備，兩人便提前趕路前去，由蔣純領著王嵐柳雪陽和一干小公子在後面。

不在柳雪陽眼皮下，衛韞便放肆了許多，直接同楚瑜坐在一輛馬車裡，賴著不肯下去。旁邊都是近衛，倒也見怪不怪，楚瑜見趕不下去人，只能無奈道：「等到白嶺時，你便出去。」

「好阿瑜，」衛韞趕忙得寸進尺靠在楚瑜大腿上，撒著嬌道：「我就知道妳心疼我。」

楚瑜瞪他一眼，輕輕拍了拍他的臉：「若不是看你這臉俊，我今天一定要把你抽下去。」

聽這話，衛韞抬起手摸了摸自己的臉：「能生得如此俊俏，也是本事啊。」

楚瑜笑著推了他的頭，不再理他，瞧著白嶺的地圖。

白嶺沒有衛府固定的宅子，如今只能臨時從富豪手裡空著的宅院中選出一座買下來。衛韞安排著封王大典，楚瑜便主管著內宅之事，這選址也是她一手操辦。

「我請了先生來看，他替我挑了幾個個地方，說這都是風水俱佳之處，」楚瑜說著，將地圖上的點指給衛韞看：「到時候，州府府衙就要改成你辦公的地方，這座宅子離你不遠。另一個則是離府衙遠一些，清淨一些，你看……」

「前面那座吧。」衛韞果斷開口，楚瑜笑了：「可是怕懶，早上想多睡些時候？」

「這倒無妨，」衛韞抬手玩著她手指上的戒指，平淡道：「我就是想每頓飯都回家來吃。」

楚瑜愣了愣，聽衛韞繼續道：「以後我怕我越來越忙，妳倒還好，夜裡我總會見到，日後有了孩子，我怕陪他的時間太少，他會不滿。」

楚瑜聽著這些話，心裡彷彿被春光照耀著，溫暖又明亮。她聽著衛韞描繪未來，十分認真擔憂著：「所以我想每日中午晚上都回來吃飯，吃飯時候能同他們說說話。只是怕這樣也不夠，只能先這樣將就著，等日後我尋了法子脫身，咱們去過安穩日子。」

「阿瑜，」說著，衛韞有些期盼開口：「妳想要兒子還是女兒？」

「你問這些做什麼？」楚瑜笑容淺淺淡淡的，見不到底。

在衛韞問出口的這一瞬間，楚瑜腦海中猛然閃過的，是顧顏青稚嫩又害怕的叫著她「大夫人」的面容。她心裡發緊，也不知自己是在難過什麼。

衛韞聽到楚瑜的話，她雖帶著笑，可那笑意卻不進眼底。衛韞突然發現，在孩子這件事上，楚瑜沒有展現過同他一樣的愛和期盼。

他心裡有些發慌，卻又不敢深想，乾脆伸出手，抱住楚瑜，不再說話了。

楚瑜摸著他的頭髮，溫和道：「別鬧太久，好好養傷，事兒還多著呢。」

「嗯。」衛韞似是睏了的模樣，在她懷裡睡著，一言不發。

白嶺到淮城不過四日路程，衛韞和楚瑜到了白嶺之後，在州牧家中暫時休息下來，隔日楚瑜便去著手安家之事。她為此早已準備了許久，過來不過是將準備好的決定一一落實下去，從交房到把所有事安置好，也不過就是三日光景，三日後衛韞走進家門，看見府中連薰香都備好，衛府的牌位也安置好在祠堂之中，他同楚瑜一起去祠堂上了香，出門之後，走在長廊之上，楚瑜慢慢道：「一切安置得匆忙，你若是有什麼不如意之處便同我說，我讓人再做安排。」

「我缺什麼，妳安排什麼？」衛韞轉頭笑著瞧她。

楚瑜抬眼，有些疑惑：「你還缺什麼？」

他房中一切都是按照以往搬過來的，不該啊？

衛韞拉了拉身上大氅，垂眸道：「二十歲了，房裡缺個夫人，大夫人給我安了家宅，管了中饋，沒人願意嫁進來，大夫人瞧瞧怎麼辦吧？」

聽衛韞又耍賴，楚瑜不由得笑了：「你怎麼見縫插針說這個？」

衛韞抬眼瞟了她一眼：「想早上不跳窗戶，起早一點。」

楚瑜抿嘴輕笑，衛韞見她不說話，擺了擺手道：「罷了罷了，妳不答應就算了。」說完，他頓了頓，還是道：「我明日再來問問。」

這次楚瑜徹底笑了。

等到夜裡，衛韞在自己房間裡批著各處送來的文書，他抬頭看了天色一眼，將衛夏叫進來：「什麼時辰了？」

「子時了。」衛夏答得恭敬，隨後補了一句：「大夫人睡了。」

衛韞點點頭，明瞭這是到他去翻窗戶的時間了。

他將文書收好，擺了擺手，同衛夏道：「熄燈吧，我也休息了。」

夜訪香閨這種事，對楚瑜名聲終究不好，哪怕是最親近的人，他也不想讓人看輕她。於是他總是假裝睡了，等自己的人都鬆懈之後，才悄悄溜出去。

他像平日一樣熄燈更衣，躺在床上靜靜聽著外面的動靜，然而沒等片刻，他就聽到了窗戶木落地的聲音。衛韞皺起眉頭，他直起身來，直直盯著窗戶，便是這時，窗戶突然打開，一個女子正抬了一條腿翻進來，騎在窗戶上，與衛韞的視線撞個正著。

見著來人，衛韞愣了愣，楚瑜沒想到衛韞就這麼正正瞧著窗戶，她覺得有些尷尬，趕忙翻窗進來，將窗戶關上，疾步走到床前，掀開被子就躺了進去。

這一串動作做得行雲流水一氣呵成，衛韞好半天才緩過神來：「妳來做什麼？」

「不是睡不夠嗎？」楚瑜背對著他，有些不好意思開口。

不過是一時玩笑話，他這樣的人，哪裡會去計較睡不睡得夠？然而這人卻恰恰就放在了心上。

衛韞沒說話，楚瑜見身後的人久久沒有回聲，想回頭去看他，然而一回頭，便被柔軟的唇壓了上來。

他如今的吻溫柔又纏綿，和他這人看上去剛毅如金石不同，他的唇柔軟甘甜。他已經學會耐心的勾引挑逗，兩人糾纏在一起，等了許久，楚瑜氣喘吁吁掙開他道：「不行了不行了，我快悶死了。」

衛韞低笑，他用額頭抵著她的頭，小聲道：「妳真好。」

楚瑜不說話，紅臉不語。

衛韞又道：「阿瑜，妳能不能再好一點？」

楚瑜低聲道：「還要怎麼好？」

衛韞抬起手，覆在她的小腹上，眼中滿是憐愛：「給我個孩子吧？」

楚瑜愣了愣，衛韞的手順著衣衫上去，詢問她道：「不給孩子，那也給點甜頭吧？」

雖然是在問她，然而事兒卻已經做了。

楚瑜抬手抱著他沒有說話，好久後，她低著聲呢喃：「摸夠了沒啊……」

衛韞輕聲喘息：「還有一會兒。」

楚瑜紅著臉不說話，再過了一會兒：「夠了沒……」

「還有一會兒。」

後來，楚瑜終於忍無可忍。

「你的一會兒到底是多久。」

衛韞低笑，他去舔她的唇，啞著聲道：「天長地久。」

楚瑜：「……」

等衛韞結束後，在她懷裡睡過去時，她很認真地想。

以後的日子，大概會很疼吧。

還是高興幾天是幾天吧。

如此過了幾日，蔣純帶著柳雪陽、王嵐等人到了，楚瑜安置下所有人後，賓客禮單也出來了。

她笑著拿了禮單，同衛夏道：「侯爺要請的人，都在裡面了？」

「在呢，」衛夏小聲道：「應當請的，私交好的，都請了。」

楚瑜沒說話，她掃著名單，突然看見一個名字。

魏王，魏成雲。

而這個名字之後，又是一行字：清平郡主，魏清平。

——《山河枕【第二部】家燈暖》未完待續——

高寶書版集團
gobooks.com.tw

YE 071
山河枕【第二部】家燈暖（上卷）
作　　者　墨書白
責任編輯　吳培禎
封面設計　單　宇
內頁排版　賴姵均
企　　劃　何嘉雯

發 行 人　朱凱蕾
出　　版　英屬維京群島商高寶國際有限公司台灣分公司
Global Group Holdings, Ltd.
地　　址　台北市內湖區洲子街88號3樓
網　　址　gobooks.com.tw
電　　話　(02) 27992788
電　　郵　readers@gobooks.com.tw（讀者服務部）
傳　　真　出版部(02) 27990909　行銷部 (02) 27993088
郵政劃撥　19394552
戶　　名　英屬維京群島商高寶國際有限公司台灣分公司
發　　行　英屬維京群島商高寶國際有限公司台灣分公司
法律顧問　永然聯合法律事務所
初　　版　2024年4月

本著作物《山河枕》，作者：墨書白，由北京晉江原創網絡科技有限公司授權出版。

國家圖書館出版品預行編目(CIP)資料

山河枕. 第二部, 家燈暖/墨書白著. -- 初版. -- 臺北市：英屬維京群島商高寶國際有限公司臺灣分公司, 2024.04
冊；　公分. --

ISBN 978-986-506-963-6(上冊：平裝). --
ISBN 978-986-506-964-3(中冊：平裝). --
ISBN 978-986-506-965-0(下冊：平裝). --
ISBN 978-986-506-966-7(全套：平裝)

857.7　　113004070